GRADO IN ANGST

Andrea Nagele leitete über ein Jahrzehnt ein psychotherapeutisches Ambulatorium. Heute arbeitet sie als Autorin und betreibt in Klagenfurt eine psychotherapeutische Praxis. Sie pendelt zwischen Klagenfurt am Wörthersee, Grado und Berlin.

ANDREA NAGELE

GRADO IN ANGST

Ein Adria Krimi

emons:

Bibliografische Information der Deutschen Nationalbibliothek
Die Deutsche Nationalbibliothek verzeichnet diese Publikation
in der Deutschen Nationalbibliografie; detaillierte bibliografische
Daten sind im Internet über http://dnb.d-nb.de abrufbar.

© Emons Verlag GmbH
Alle Rechte vorbehalten
Umschlagmotiv: shutterstock.com/Snake Xenzia
Umschlaggestaltung: Nina Schäfer, nach einem Konzept
von Leonardo Magrelli und Nina Schäfer
Umsetzung: Tobias Doetsch
Gestaltung Innenteil: DÜDE Satz und Grafik, Odenthal
Lektorat: Marit Obsen
Druck und Bindung: CPI – Clausen & Bosse, Leck
Printed in Germany 2024
ISBN 978-3-7408-2038-1
Ein Adria Krimi
Originalausgabe

Unser Newsletter informiert Sie
regelmäßig über Neues von emons:
Kostenlos bestellen unter
www.emons-verlag.de

Ich widme diesen Krimi
dem echten Kommissar, *il vero Comandante di Grado*,
Mario Bressan, und ich hoffe, diesmal hat
Commissaria Maddalena Degrassi perfekt recherchiert.

1

Ich schlurfe in meinen ausgetretenen Latschen über den altmodisch gemusterten Linoleumboden.

Die Sohlen geben bei jedem Schritt ein grauenvolles Quietschen von sich.

Warum trage ich die jahrzehntealten verblichenen Prada-Flip-Flops?

Wohin will ich überhaupt?

Der Weg dehnt sich unendlich lang vor mir aus.

Rechts und links begrenzen kahle Wände, durchbrochen von Zimmertüren, den schmalen Flur.

Halt.

Da war doch eben in einem Kästchen neben der Tür die Zahl Elf zu lesen gewesen, und als hätte man sie vergessen, kam anschließend nicht die Zwölf, sondern die Dreizehn.

Ach! Ich schlage mir auf die Stirn. Die Zwölf ist ja hier in meinem Land, in Italien, genau wie die Siebzehn eine Unglückszahl.

Bin ich in einem Krankenhaus gelandet?

Hatte ich einen Unfall?

Bin ich Patientin oder Besucherin?

Um diese Frage werde ich mich später kümmern.

Zuerst und unabhängig davon muss ich einen bestimmten Raum finden.

Nirgendwo begegnet mir eine Krankenschwester, ein Pfleger oder ein Weißkittel aus der Ärzteschaft. Und das Licht ist so dämmrig, dass ich meine Augen zusammenkneife, in der irrigen Annahme, dadurch besser sehen zu können.

Kein Laut dringt zu mir.

Die Stille nimmt mir den Atem.

Sie vermittelt Gefahr.

Jetzt weiß ich wieder, wohin ich will.

Zimmer siebzehn ist mein Ziel.

Da liegt sie.

Und sie erwartet mich sehnlich.

Also bin ich die Besucherin und sie die Patientin.

»Hallo«, sage ich leise, falls sie vor sich hindämmert, wie so häufig in letzter Zeit. »Ich setze mich neben dich und warte, bis du aufwachst. Ich habe alle Zeit der Welt, und die will ich mit dir verbringen.«

Zum Glück hat sie ein Einzelzimmer. Ihr Mann war immer schon großzügig und hat sie nach der Heirat in seine Privatversicherung mit hineingenommen.

»So ein netter Typ«, flüstere ich aus dem Zusammenhang gerissen, und da wieder keine Antwort von ihr kommt, nehme ich an, dass sie schläft.

Vorsichtig lasse ich mich auf dem Bettrand nieder, um unmittelbar wieder aufzuspringen.

Da ist nur ein Laken, ein weißes, das sich über eine Matratze spannt.

Sonst nichts.

Weder die Kontur eines Körpers noch dessen Abdruck zeichnet sich ab.

Das Bett ist leer.

Die beiden Fensterflügel sind weit geöffnet und gähnen auf einen Parkplatz hinaus.

Schreiend reiße ich die Tür auf, laufe auf den Flur, verheddere mich in meinen Schlappen und begegne einer älteren Schwester mit einer Hornbrille, durch deren dicke Gläser sie mich mit vergrößerten Augen kummervoll betrachtet.

Ruckartig bleibe ich stehen.

»Sie ist von uns gegangen«, murmelt sie, bedacht darauf, die anderen Menschen, die den Flur entlanggehen, nicht zu verschrecken.

»Was heißt das?«, frage ich, obwohl ich bereits Schlimmes ahne. »Ist sie früher abgeholt worden und schon zu Hause?«

»Es tut mir und uns allen hier sehr leid, aber Ihre Freundin ist vor einer Stunde verstorben.«

»Das kann nicht sein!«, herrsche ich sie an und schüttle ihre mageren Schultern. »Sie irren sich. Vor zwei Stunden noch haben wir

telefoniert und über einen Film gesprochen, den wir uns demnächst gemeinsam ansehen wollen. Im großen Kino von Monfalcone.«

»Signora, mein Beileid.« Die Schwester entfernt sanft meine rüttelnden Hände von ihren Schultern. »Kommen Sie bitte mit mir in den Besprechungsraum, die Oberärztin wird es Ihnen genauer erklären.«

Mir bleibt die Luft weg, der Atem steckt irgendwo zwischen meiner Kehle und dem Rachen.

Wimmernd sinke ich zu Boden.

Ruckartig wachte Maddalena auf.

Sie war schweißüberströmt.

Ihr Kissen war nass geschwitzt, und die langen Locken hatten sich zu einem verfilzten Zopf zusammengedreht.

Wie spät war es?

Kurz nach vier Uhr morgens, verriet ihr ein schneller Blick auf die Uhr.

Also kein Grund, eine »Aufstehpanik« zu entwickeln.

So nannte sie das Gefühl, wenn sie tief und fest verschlafen hatte und deshalb mit einem Sprung das Bett verließ.

Heute blieb ihr noch ausreichend Zeit für ein weiteres Nickerchen, bevor der Wecker unwiderruflich in schrill anhaltendem Ton ihren Schlaf beenden würde. Das Geräusch erinnerte sie an das akustische Signal, das die Fischer des Nachts warnte, in See zu stechen, sobald zähflüssige Nebelschwaden sich auf das Meer und die Lagune herabsenkten.

Warum aber war sie jetzt hochgeschreckt, mit pochendem Herzen und zitternden Gliedern?

Es konnte nur ein Alptraum gewesen sein. Einer von jenen, die so grauenvoll waren, dass sie jeglichem Schlaf unweigerlich ein Ende setzten.

In ihrem Zimmer roch es stickig, und das lag nicht zuletzt daran, dass sie vor dem Zu-Bett-Gehen noch eine Zigarette am offenen Fenster geraucht hatte.

Eine schlechte, jedoch lieb gewonnene Angewohnheit, die sie so schnell nicht aufgeben würde.

Sie streckte ihre Arme und Beine, drückte den Rücken durch und schwang sich dann, etwas wirr im Kopf, von ihrer Matratze.

Auf dem Boden lagen ihre alten, zerfledderten Flip-Flops, einer mit der Sohle nach oben, der andere einige Zentimeter weiter entfernt.

Orange.

Wieso hatte sie sich damals bloß von Franjo – ihre Brust zog sich beim Gedanken an ihn schmerzhaft zusammen – diese Dinger andrehen lassen?

»Ultramodern, die passen einfach zu deinem Stil«, hatte er gesagt.

Ihre Outfits waren weder besonders modern, noch bevorzugte sie Marken oder auch nur eine eindeutige Richtung, was ihre Kleidung betraf. Wenn man mal von ihrer ewig gleichen Kluft absah, die aus Jeans, Boots, T-Shirt und der abgegriffenen Lederjacke bestand.

Als sie so gedankenverloren auf die brüchigen Flip-Flops starrte, überkam sie ein unangenehmes Gefühl. Es war, als würde sie versuchen, einen Traumfetzen zu erhaschen, der, sobald er in greifbare Nähe rückte, unmittelbar davonsegelte.

Klar, die lächerlichen Latschen mussten Teil ihres nächtlichen Alptraums gewesen sein. Auch das noch. Da gab es wesentlich besseres Schuhwerk für einen unruhigen Schlaf.

Gähnend schlüpfte sie in die Gummisandalen, da sie nun mal gerade da waren, öffnete die Terrassentür und ließ den erfrischenden frühen Morgen herein.

Gierig sog sie die salzige Herbstluft ein. Nach und nach beruhigten sich ihre aufgewühlten Nerven.

Was war da los gewesen?

An der Arbeit lag es nicht, zurzeit gab es keine Höhen und keine Tiefen. Ein Tag verlief wie der andere, und sie hatte endlich mal Zeit, ihre alten Akten durchzuarbeiten.

Ihr Vorgesetzter und Stiefvater, Achille Scaramuzza, war auch nicht schuld. Er weilte mit Maddalenas Mutter Sibilla in Südafrika.

Mit ihren Freundinnen Stella und Bibiana hatte sie sich diese

Unternehmung unlängst bei einem gemeinsamen Abendessen bildlich vorgestellt und herzlich gelacht.

»Man stelle sich das mal vor, die schöne Sibilla, durchgestylt von den Füßen bis in die Haarspitzen, auf Großwildjagd.« Bibiana hatte amüsiert gekichert. »Die arme Frau. Zerstochen von allen möglichen Insekten, wird sie lautstark klagen und bereuen, an der Reise teilgenommen zu haben.«

Maddalena hatte sich ihre zartgliedrige, an Luxus gewöhnte Mutter im Kreise von Scaramuzzas eher derben, mit ihrer Beute prahlenden Jagdkumpanen ausgemalt und in sich hineingelächelt.

»So ein paar Insektenstiche wären aber sicherlich nichts gegen Montezumas Rache, die wollen wir ihr wirklich nicht wünschen, die verdient keiner«, erklärte Stella und strich über ihre ewig geröteten, von blondem Haar umrahmten Wangen.

»Was ist das denn schon wieder, Frau Neunmalklug? Ein übler afrikanischer Fluch?« Bibiana wechselte über den Kopf der Freundin hinweg genervt einen Blick mit Maddalena.

Manchmal reagierte Bibiana ein wenig eifersüchtig auf die, wie sie meinte, allzu besserwisserische Stella. Maddalena hingegen fand, dass Stella eher bescheiden auftrat und ihre beachtliche Bildung nicht heraushängen ließ.

»Das sind durch Unreinheiten ausgelöste Durchfallerkrankungen, die man sich in heißen Gegenden häufig einfängt«, erklärte Stella und schob ihre Brille zurück auf die Nase.

»Sie wird doch wohl kein ungewaschenes Obst essen oder an gegrillten Elefantenbeinen knabbern«, entgegnete Bibiana spitz.

Stella sah sie mit einem leicht konsternierten Blick an. »Machen die das dort?«

»Na, meine Liebe, wenn du das nicht weißt … Dann vermutlich nicht.«

»Hoffentlich wird Mama wirklich nicht krank«, warf Maddalena ein, um das beginnende Keppeln ihrer beiden engsten Freundinnen zu unterbinden. »Sie verträgt so vieles nicht, und ich denke, dort im Camp gibt es eher bodenständige Kost«, sinnierte sie.

»Wird schon alles gut gehen, schließlich hat sie Scaramuzza an ihrer Seite.«

»Und dieser Tarzan rettet seine Jane sicher aus jeder noch so unangenehmen Situation.«

Maddalena grinste, als sie sich an diese Unterhaltung erinnerte. Ihre Mutter hatte ihr einige WhatsApp-Nachrichten geschickt, und aus keiner ging hervor, dass sie krank war oder Grund zum Nörgeln fand. Zum Glück.

Ein letztes Mal atmete Maddalena am Fenster stehend tief ein. »So«, ermunterte sie sich laut, »und jetzt ab unter die Bettdecke.«

Sie schlief sofort wieder ein und schlummerte zwei traumlose Stunden lang, bevor der Wecker sie wach rief.

2

Gianna gähnte.

Sie fühlte sich schlapp und ausgelaugt, dabei hatte sie heute nichts anderes getan, als sich um ihren vierjährigen Sohn Vittorio zu kümmern.

Jetzt saß er vor seiner Toniebox und hörte sich zum wohl tausendsten Mal »Peter und der Wolf« von Sergei Prokofjew an. Das Entzücken und die Begeisterung auf seinem lieben Gesicht bei dieser Musik waren nicht zu übersehen.

Gianna kannte das Libretto inzwischen auswendig. Sie lächelte, auch wenn sie von dem ewigen Gedudel etwas genervt war. Für sie war Vittorios Begeisterung die reine Freude an der Musik.

Ihr Mann Gianluca hingegen deutete Vittorios Leidenschaft für Prokofjew als Zeichen einer wunderbaren Begabung. Er sah seinen Sohn schon auf den großen Bühnen der Welt am Klavier sitzen oder die Querflöte blasen.

Es war nicht leicht gewesen, ihn davon abzuhalten, Vittorio in allen möglichen Kursen für musikalische Früherziehung anzumelden. Gianna wusste jedoch zum einen von den anderen Eltern aus der Kindergruppe, die ihr Sohn besuchte, dass sein Verhalten nicht außergewöhnlich war. In ein paar Wochen schon würde er sich wahrscheinlich auf Hörspiele oder Popsongs stürzen und Prokofjew keine Beachtung mehr schenken. Zum anderen wollte sie ihren Jungen nicht überfordern. Jedes der Kinder hatte zu Hause unzählige Tonies, aber stets nur eine Handvoll Lieblings-Tonies, die sie für eine Weile in Dauerschleife hörten und dann rasch durch andere ersetzten.

Klar stimmte es, dass Vittorio sich schon verhältnismäßig lange die Zeit mit dieser einen Erzählung vertrieb, wobei Gianna nicht sagen konnte, ob ihn die Geschichte von Peter oder die begleitenden Klänge so faszinierten. Doch sie war um einiges realistischer als ihr Mann und sah den Jungen nicht als Genie, sondern als normalen kleinen Knirps, der an allem Möglichen interessiert war.

Vielleicht war Gianlucas Enthusiasmus, was die Fähigkeiten seines Sohnes betraf, seiner eigenen mangelnden Kreativität und der zunehmend ermattenden Tätigkeit in seiner Praxis geschuldet.

Die gynäkologische Praxis von »Dottor Pirandelli«, wie ihr Mann für seine Patientinnen und alle anderen, die ihn kannten, hieß, gab es nun seit mehr als drei Jahren.

Zu Beginn, als sie aus Mailand hierhergezogen waren, nach Fossalon, dem »Gemüsegarten« Grados, wo sie in einem hübschen Haus an einem der vielen Kanäle der Lagune lebten, hatte Gianna sich manchmal einsam und verloren gefühlt. So mitten aus dem turbulenten Leben in einer Großstadt in ein dörfliches Ambiente geworfen zu werden war für sie nicht gerade das Gelbe vom Ei gewesen. Aber aus Gründen, die ihr bis heute unbekannt waren, hatte Gianluca seine gut gehende Praxis einem seiner Kollegen in Mailand überlassen und beschlossen, diesen irrwitzigen Ortswechsel vorzunehmen. Irgendetwas – Gianna vermutete, dass es mit der Steuer zusammenhing – war in Mailand wohl schiefgegangen.

Nun lebten sie also hier in diesem landwirtschaftlichen – und zugegeben wunderschönen – Naturschutzgebiet, und sie hatte sich arrangiert. Immer wenn sie ihren Mann auf die wahre Ursache für den überstürzten Umzug angesprochen hatte, war er zornig geworden, und da sie der harmonisierende Teil in ihrer Partnerschaft war, hatte sie sich danach stets in ihr Schneckenhaus zurückgezogen und versucht, seine gute Laune wiederherzustellen, indem sie nicht darauf beharrte, Antworten auf ihre Fragen zu bekommen.

Vogel-Strauß-Politik?

Möglich, aber allemal besser als diese nervtötenden Streitereien. Stur, wie er war, würde er ihr ohne guten Grund ohnehin nicht verraten, was ihn belastete oder was vorgefallen war.

Nun gut.

Inzwischen hatte sie über Vittorios Kindergruppe und ihren

Pilates-Kurs neue Freundschaften geschlossen. Obschon sehr verschieden, war jede der teilnehmenden Frauen auf ihre Art interessant. Klug und lustig waren sie obendrein.

Und so sehnte sie sich regelrecht nach dem Beginn des heutigen Abends. Die sportliche Betätigung tat ihr gut, und ihre anschließenden Plaudereien in der Bar von Francescas Mann Stefano beflügelten sie geradezu.

Gianluca gönnte ihr dieses Vergnügen und kümmerte sich vom Abendessen bis zum Schlafenlegen in diesen Stunden liebevoll um ihren kleinen Sohn.

Wenn es nur nicht diese eine eigenartige Sache gäbe, die heftig an ihr nagte, dann wäre ihr Leben auf einer Scala von »grauenvoll« bis »wunderbar« derzeit angenehm und das Landleben erträglich.

Vielleicht sollte sie sich einer der neuen Freundinnen anvertrauen, ihr erzählen, was ihr so anwachsend Sorgen bereitete?

Möglicherweise würde ihr der Blick eines Außenstehenden Klarheit bringen. Waren es bloß Hirngespinste, die sie quälten? Oder gab es einen realen Grund für ihre Ängste?

Verdrossen biss sie die Haut um ihren Daumennagel ab.

Vittorios helle Stimme riss sie abrupt aus ihren düsteren Überlegungen. »Lass das, Mama, Papa sagt immer, er findet es abscheulich, wenn du dich selbst auffrisst.«

Ertappt steckte sie ihre Hand in die Tasche ihrer Jeans und schwor sich wohl zum hundertsten Mal, mit diesem Tick aufzuhören.

Dennoch ärgerte es sie, dass Gianluca mit Vittorio über ihre schlechten Angewohnheiten sprach. Ihr hätte er es sagen sollen, wenn es ihn so störte, doch nicht dem Kleinen.

Aber so war er nun mal, ihr von allen bewunderter Göttergatte.

3

Der Tag schlich eintönig an Maddalena vorbei, weshalb sie regelrecht aufschreckte, als ihr Handy schrillte.

»Bibiana?«

»Hi, Maddalena, sehe ich dich heute Abend im Kurs?«

»Aber sicher. Ich freue mich schon darauf.«

»Und du wirst dich auch bestimmt nicht drücken?«

»Nein. Ganz im Gegenteil. Ich komme auf jeden Fall pünktlich«, versicherte Maddalena. Bibianas Nachfrage amüsierte sie. Es stimmte, sie ließ so manchen Termin in Vergessenheit geraten. Oft kam die Arbeit dazwischen, und die gewissenhaft auszuführenden Pilates-Übungen stellten für Maddalena trotz ihres wegen des Jobs regelmäßig absolvierten Fitnesstrainings eine nicht zu unterschätzende Herausforderung dar. Sie waren anstrengend, und den Blicken ihrer sizilianischen Lehrerin, Signorina Zamparutti, entging kaum etwas.

Dennoch tat ihr die Teilnahme am Kurs gut. So kam sie unter Leute, und der Wechsel zwischen Anspannung und Entspannung in den Übungen steigerte ihr Wohlbefinden. Seit sie nach ihrer Auszeit nach Franjos Tod wieder zurück in Grado war, versuchte sie daher, die Termine, so gut es ging, einzuhalten.

»Perfekt. Dann kann ich dir meine neue weiße Bluse vorführen. Bis jetzt hat Simone es noch nicht geschafft, ihr einen Fleck zu verpassen.« Bibiana lachte.

Maddalena stimmte in das Lachen ein. Ihre Freundin war ein richtiger Freak, was weiße Blusen anbelangte. Mit einer fünfjährigen Tochter, die gern malte und mit bunter Knetmasse alles Mögliche fabrizierte, war es allerdings keine leichte Aufgabe, sie sauber zu halten. Ging ein Fleck mal nicht mehr raus, kam Bibiana das aber durchaus gelegen, denn so hatte sie einen Grund, sich ein weiteres Stück zuzulegen.

»Das wird sicher der Höhepunkt meines Tages«, sagte Maddalena und grinste noch immer. Die Freundschaft mit Bibiana, der herzlichen und umtriebigen Immobilienmaklerin, war eine wertvolle Säule in ihrem einsamen Leben.

»Wir gehen viel zu selten aus in letzter Zeit, finde ich. Was ist eigentlich mit Leonardo? Ich weiß kaum noch, was bei dir so los ist.«

»Du übertreibst mal wieder, Bibiana. Du und Stella seid mehr als nur gut im Bilde, was mein Privatleben betrifft. Erst neulich waren wir bei ›Gianni‹ zum Abendessen, und ihr habt mich mit Fragen über den Stand unserer ›Beziehung‹ regelrecht gequält. Um es endgültig auf den Punkt zu bringen: Leonardo Morokutti ist und wird für mich niemals mehr sein als mein unterhaltsamer Kollege und Freund aus Triest.« Sie stockte. »Es stimmt, ich habe versucht, mehr in ihm zu sehen, vielleicht auch, weil ihr beide mich gedrängt habt, mein Schneckenhaus zu verlassen. Aber der Reiz, das gewisse Etwas fehlte einfach, und daran hat sich nichts geändert.«

»Ich wollte dich bloß ein bisschen necken, sei nicht gleich eingeschnappt. Mir ist schon klar, dass es knistern muss, und wenn es das nicht tut, läuft eben nichts.«

»Ich bin nicht beleidigt, keineswegs. Franjo und mich hat ein tiefes, inniges Gefühl verbunden, das weit über die füreinander empfundene Leidenschaft hinausging. Dann und wann gibt es eben einen Knall, und zwei Menschen sehen einander, erkennen sich in den Augen des anderen wieder. Zumindest Teile von sich.«

»Genau so ist es. Fabrizio und ich haben uns unweigerlich ineinander verliebt, auch wenn wir unterschiedlicher nicht sein könnten.«

»Dein Fabrizio und du, ihr gebt zusammen einfach ein tolles Paar ab. Du hattest Glück.«

»Es ist kompliziert. Manchmal könnte ich meinen lieben Ehemann zum Mond schießen, aber ohne ihn zu leben kann ich mir nicht vorstellen.«

Maddalena schluckte.

Denn sie musste das.

Franjo war nicht mehr da.

»Verdammt, ich blöde Gans. Für meine Unbedachtheit geht ein Glas Prosecco auf mich.«

Maddalena, die wusste, wie verrückt Bibiana nach dem prickelnden Getränk war, musste herzlich lachen. »Eines nur? Das ist entschieden zu wenig. Du hast mir einen Dolch ins Herz gestochen.«

»Stimmt. Ich zahle dafür gern zwei Runden.« Auch in Bibianas Stimme schwang das Lachen mit. »Soll ich dich abholen? Und wir trinken vorher zusammen ein Gläschen in unserer Bar am Hafen bei Aurora?«

»Ja, das wäre fein, komm zu mir. Aber Alkohol vor dem Training? Ausgeschlossen. Stell dir bloß mal die Reaktion der Zamparutti vor, wenn sie unsere Fahnen riecht. Nicht auszudenken, was sie dann zur Strafe mit uns macht. Abgesehen davon muss ich mich so schon konzentrieren, und mit Alkohol im Blut würde es mir schlechter denn je gelingen, meine Ungeschicktheit zu verbergen.«

»Schade, du Puritanerin, aber ich gebe mich geschlagen, weil du wie immer recht hast. Ich läute also fünfzehn Minuten vor Beginn an deiner Haustür, und wir nehmen die Drinks wie immer danach bei Stefano.«

»So machen wir es. Und jetzt sollte ich weiterarbeiten. Vor mir liegt ein beträchtlich hoher Stapel Akten.«

»Ich sollte eigentlich noch zwei Ehepaaren aus Deutschland Wohnungen zeigen. Aber irgendwie fühle ich mich heute schlapp, also hab ich's auf morgen verschoben.«

»Die Übungseinheiten mit der wilden Sizilianerin werden deine Müdigkeit sicher vertreiben«, sagte Maddalena und verabschiedete sich. »Ciao, bis später.«

Bibiana war oft erschöpft in letzter Zeit und klagte über Kopf- und Bauchschmerzen. Kein Wunder bei ihrem Vollzeitjob und der lebhaften Simone, überlegte Maddalena, bevor sie eine weitere Seite des Falles, den sie gerade bearbeitete, aufschlug.

»Warum müssen hier alle ständig Fahrräder klauen oder in die im Herbst leer stehenden Villen einbrechen?«, fragte sie ohne große Begeisterung halblaut in ihr leeres Büro.

Lustlos schob sie den Aktenstapel zur Seite.

Als wäre das ein Zeichen, ging die Verbindungstür auf, und ihr Kollege Piero Zoli betrat erwartungsvoll den Raum. »Haben Sie nach mir gerufen?« Er hielt seine chromfarbene Thermoskanne in der Hand. »Espresso gefällig, Chefin?«

Maddalena grinste. Sie hatte diesen kauzigen Kerl über die Jahre ins Herz geschlossen. Und der Espresso seiner Mutter kam einfach immer zur rechten Zeit.

»Sind Sie etwa unter die Mentalisten gegangen, statt wie ich hart zu arbeiten? Immer diese öden Diebstähle. Wie das nervt.« Maddalena blinzelte, als sie Zolis entgeisterten Ausdruck wahrnahm. Die bläuliche Ader auf seiner Stirn begann zu pochen. Das tat sie stets, wenn er sich aufregte.

»Keineswegs, Chefin. Ich versuche ebenfalls, den ganzen ungelösten Ballast aufzuklären. Meiner Meinung nach sind das Banden, die einige Male zuschlagen und dann wieder verschwinden«, ereiferte er sich.

»War doch bloß ein Scherz. Mir ist doch sonnenklar, wie tief Sie Ihre lange Nase in den Akten versenken. Ein Schluck vom Gebräu Ihrer verehrten Mutter würde meinen Enthusiasmus allerdings beträchtlich heben.«

Piero Zoli freute sich offenkundig und vergab ihr die kleine verbale Entgleisung, für die Maddalena sich schämte.

In Zolis hagerem Gesicht prangte eine auffällige Hakennase, die an einen Raubvogel denken ließ. Dagegen ließ sich nichts machen. Seine Maria liebte ihn trotzdem.

»Inzwischen kenne ich Ihren geschätzten, wenn auch sehr schwarzen Humor ganz gut«, schwindelte er und errötete bis zu den Ohren.

Vorsichtig stellte er die Thermoskanne auf Maddalenas Schreibtisch ab. »Ich hole schnell die Tasse.«

»Sagen Sie mal«, hielt Maddalena ihn zurück, um wieder etwas Leichtigkeit in die Situation zu bringen, »Ihre Gattin, Maria, ist doch auch Sizilianerin? Meine Pilates-Lehrerin kommt aus Palermo. Vielleicht möchte Maria an unserem Kurs teilnehmen? Wir sind eine Gruppe von Frauen, die auch nach dem Kurs noch zusammensitzen und viel Spaß miteinander haben. Stella, Lippis Angetraute, ist ebenfalls mit von der Partie.« Sie sagte das möglichst beiläufig, um Zoli keinen Grund zur Eifersucht zu geben. Er wusste natürlich um ihre enge Freundschaft zur Ehefrau des Kollegen Guido Lippi, doch Zoli war sensibel.

»Ich richte es ihr heute noch aus.« Er zögerte und ergänzte verlegen: »Es wird ihr vermutlich gefallen, mit Ihnen, Commissaria, zu turnen.«

Sichtlich geehrt und noch eine Spur röter, verließ er ihr Büro, und Maddalena spürte, dass er immer noch eine kleine Schwäche für sie hegte.

4

Fabrizio korrigierte augenscheinlich eifrig und mit nicht zu überhörenden Kommentaren die Geschichtsklausuren seiner Schüler.

Bibiana dröhnte der Kopf, und in ihrem Unterleib spürte sie spitze Stiche.

Üblicherweise schwächelte er und nicht sie.

Eine Zeit lang war er so nervös gewesen, so fahrig, dass sie ihn am liebsten eigenhändig zu Dottor Beltrame, ihrem Hausarzt, geschleppt hätte. Zum Glück hatte sich seine bedauernswerte Gemütsverfassung inzwischen gelegt, und er war wieder ganz der Alte. Ein von den Römern und Griechen besessener Typ, der aber seine Familie über alles liebte und ihr stets den Vorzug vor seiner Arbeit als Lehrer gab. Simone, sie und seine anspruchsvolle, fordernde Mutter bildeten seinen ganzen Lebensinhalt.

Auch sein Aussehen hatte sich zu seinem Vorteil verändert. Fabrizio hatte sich lange Zeit keinen Deut darum geschert, dass er immer runder wurde. Erst als Bibiana ein Machtwort gesprochen hatte, war ihm aufgegangen, dass er ihr nicht mehr so gut gefiel wie am Anfang ihrer Beziehung. Sie hatte ihm eine Essensumstellung verordnet, und er bemühte sich sehr, sich daran zu halten.

Bibiana strich ihre schwarzen Haare zurück und drückte mit den Daumen gegen ihre Schläfen, dann presste sie eine Hand auf ihren Unterleib. Das Pochen und Stechen wollte nicht aufhören. Ihr entfuhr ein: »Au!«

Fabrizio hielt mit seinen Korrekturen abrupt inne und drehte sich zu ihr um. »Bibiana, *bella mia*! Du bist so schrecklich blass. Hast du heute wieder diese Kopfschmerzen? Du arbeitest eindeutig zu viel.«

»Tue ich nicht«, wehrte sie ab. »Ich habe sogar ein paar Besichtigungstermine auf morgen verschoben. Ich bin nur ein wenig müde, aber das legt sich wieder.«

»Triffst du dich heute mit Maddalena und den Mädels?«

»Klar doch, ich hole Maddy ab, und danach kippen wir ein paar Gläschen.«

Fabrizio schüttelte den Kopf. »Übertreibe es nicht. Das wird deine Kopfschmerzen nicht mildern. Im Gegenteil, ein ordentlicher Kater macht dich noch fertiger, als du es ohnehin schon bist.«

»Ich bin nicht fertig. Was quasselst du da?« Sie mochte es nicht, wenn Fabrizio sie belehrte, sie war keine seiner Schülerinnen, und noch weniger konnte sie es annehmen, von ihm auf ihr blasses Aussehen angesprochen zu werden. Es war ihr natürlich nicht entgangen, dass etwas mit ihr nicht stimmte, nichts war so wie sonst. Seit Kurzem hatte sie auch noch diese quälenden Schmerzen im Unterbauch. Wüsste er davon, würde er sie unmittelbar ins Krankenhaus bringen.

»Bibiana, tut mir leid«, sagte er und sah sie mit seinem Dackelblick so herzzerreißend an, dass sie nicht anders konnte, als zu lachen.

»Ist schon gut.«

»Sag mal, *bella mia*«, setzte er vorsichtig an, stand auf und kam zu ihr. Er fläzte sich neben sie auf die Couch und drückte sie fest an sich.

Sie mochte seinen Geruch, es lagen eine Prise Fichtennadeln und der Duft nach wilden Bergblumen darin. Und das hier am Meer, wo fast alles nach den Pinien, dem Salz, den Fischen, dem Rosmarin, dem Basilikum und den Zitronen roch. Sogar die teuersten Aftershaves.

Sie kicherte und schmiegte sich eng an ihn.

»Machst du dich über mich lustig? Das mag ich nämlich gar nicht so gern. Es reicht, wenn meine Schüler ihre Witzchen über mich reißen.«

»Aber nein, du liegst völlig falsch. Ich dachte nur gerade, dass mich dein Duft an den eines Bergsteigers erinnert, den es von den hohen Bergen und Almwiesen hierher nach Grado verschlagen hat.«

»Was? Ich stinke nach Kuhdung?« Er schüttelte sich.

Sie lachten beide herzlich.

Dann wurde er ernst und holte tief Luft. »Du weißt, dass ich dich nicht unter Druck setzen will, keineswegs. Ich sehe ja, wie erschöpft du bist. Aber ich frage mich, ob wir die Sache mit dem zweiten Kind irgendwie falsch angehen.«

Es war ein ständiges Thema zwischen ihnen.

Meistens, da hatte er schon recht, fühlte Bibiana sich durch seine Nachfragen in Bedrängnis gebracht, denn mit der Schwangerschaft wollte und wollte es einfach nicht klappen. Dabei verstand sie Fabrizios Verlangen besser als jeder andere, es war schließlich ebenso ihr Wunsch.

Sie fragte sich oft, was denn bitte die Schwierigkeit war? Beim ersten Mal war alles ganz schnell gegangen. Dabei hatte sie zu der Zeit gar kein Baby haben wollen, aber als ihre bezaubernde Tochter dann zur Welt gekommen war, änderte sich alles. Sie konnte sich ein Leben ohne ihren süßen Schatz nicht mehr vorstellen. Und sie wünschte sich von Herzen ein Geschwisterchen für sie.

Sie lächelte, doch irgendwie war ihr, als schwebte eine dunkle Wolke bedrohlich über ihnen. »Es will momentan einfach nicht klappen. Noch dazu ist mein Menstruationszyklus völlig durcheinandergeraten. Ständig habe ich Zwischenblutungen. Ich kenne mich schon gar nicht mehr in meinem Kalender aus.«

»Wie bitte? Davon hast du mir nichts erzählt. Solltest du mal zum Arzt gehen und dich durchchecken lassen?« Fabrizio rückte ein Stück von ihr ab und sah sie besorgt an.

»Keine Angst. Da war ich schon. Es scheint alles okay zu sein.« Bibiana klang ruhiger, als sie sich in Wirklichkeit fühlte. »Der Dottore meinte, das sei normal, so etwas komme manchmal vor. Ich müsse geduldiger werden, weniger Stress haben, dann funktioniert das schon mit dem zweiten Kind.«

»Wenn das so ist, versuchen wir es einfach weiter. Egal, ob du nun den berühmten Eisprung hast oder eben nicht. Wir vergessen den Kalender und lassen es auf uns zukommen. Was meinst du?«

»Finde ich klasse. Genau so gehen wir es an. Lockerer und eine Spur ungezwungener. So könnte es vielleicht wirklich funktionieren. Nichts würde mich glücklicher machen.« Sie lächelte

Fabrizio gelöst an, küsste ihn auf die Wange und stand auf. »Ich lege mich nur mal kurz aufs Ohr, damit ich für den Kurs nachher fit bin. Könntest du dann bitte Simone aus der Kindergruppe holen?«

»Selbstverständlich. Ich beschäftige unser kleines Monsterchen, damit du ungestört schlafen kannst.«

»Danke, du bist so lieb. Ich stelle mir den Wecker, damit ich rechtzeitig aufwache, um Maddalena abzuholen.«

»Wird das Training nicht zu viel sein, wenn du ohnehin schon geschlaucht bist? Auch deine Kräfte sind begrenzt.«

»Quatsch. Das wird lustig. Darauf freue ich mich schon riesig.«

Bibiana zog sich ins Schlafzimmer zurück.

Sie schloss die Jalousien, um den Tag auszublenden, und kuschelte sich unter ihre leichte Sommerdecke.

Dann stellte sie den Wecker und schlief tief ein.

5

Komisch, dachte Maddalena, es ist gar nicht Bibianas Art, mich einfach so zu versetzen und dann nicht mal ans Handy zu gehen, wenn ich versuche, sie zu erreichen. Eigenartig, vielleicht war ihr Telefon auf lautlos gestellt.

Sie wartete nun schon über zwanzig Minuten, und wollte sie den heutigen Kurs nicht versäumen, musste sie wirklich langsam los.

Nach einem weiteren erfolglosen Versuch, schon im Gehen begriffen, eilte sie hinaus und kam keuchend gerade noch rechtzeitig vor Beginn der ersten Lektion an.

Außer ihr waren schon fast alle Teilnehmerinnen anwesend.

Maddalena lächelte in die Runde, wischte den Schweiß von ihrer Stirn und wurde von den anderen mit einem überraschend ernsten Kopfnicken begrüßt.

Bibiana fehlte.

Und noch eine weitere der Frauen war nicht da.

Maddalena, die nie alle Namen im Kopf behielt, suchte in ihrer Erinnerung nach ihrem Namen.

Inzwischen war die Gruppe größer geworden; sie hatte Stella, die Ehefrau ihres Mitarbeiters Guido Lippi und inzwischen eine ihrer engsten Freundinnen, zum Mitmachen überredet, und Gianna, die Frau von Gianluca Pirandelli, einem beliebten Gynäkologen, der seit einiger Zeit in Fossalon praktizierte, hatte sich während Maddalenas Abwesenheit ebenfalls dazugesellt. Die lebhafte, mollige Mailänderin war Maddalena auf den ersten Blick sympathisch gewesen, und mit ihren Erzählungen über die neuesten Abenteuer ihres kleinen Sohnes Vittorio brachte sie alle stets zum Lachen.

Jetzt fiel ihr der Name wieder ein.

Cinzia. Cinzia Bocelli.

Die war ebenfalls nicht da.

Zwar waren fast nie sämtliche Teilnehmerinnen anwesend.

Maddalena selbst fehlte regelmäßig, aber über dem Trainingsraum lag diesmal eine eigenartig gedrückte Stimmung.

Sie warf Stella einen fragenden Blick zu.

»Weißt du, wo Bibiana abgeblieben ist?«, flüsterte sie, während sie ihre Trainingsmatte neben der Freundin auf dem Boden ausbreitete. »Sie wollte mich eigentlich abholen.«

Stella schüttelte bloß den Kopf und sah betreten auf ihre Matte.

»Was ist denn heute los? Ist irgendetwas passiert, das mir entgangen ist?«, fragte Maddalena nun weniger gedämpft.

»Es ist schrecklich. Unfassbar. Nicht zu glauben«, flüsterte Stella. »Stell dir das mal bitte vor, Maddalena. Cinzia ist gestern Abend gestorben.« Ihre Stimme schwankte.

»Was? Unsere Cinzia? Die aus dem Kurs? Wie ist das geschehen? Gab es einen Unfall? Das wäre mir doch gemeldet worden.« Beklommen setzte Maddalena sich in Position.

»Ich weiß es nicht. Sie lag wohl einige Zeit im Krankenhaus von Monfalcone und ist dann unerwartet und plötzlich verstorben. Die Zamparutti hat uns eben darüber informiert. Ich nehme an, sie weiß es von Lara. Sie und Cinzia kannten einander doch schon seit der Kindheit.«

Vorsichtig musterte Maddalena Lara von der Seite und bemerkte erst jetzt deren rote, geschwollene Augen. Betreten wandte sie sich ab. Sie schämte sich, den Kummer einer der anderen Frauen zu beobachten. So gut kannte sie Lara und Cinzia nicht, ihre Begegnungen waren auf die Turnübungen hier im Saal und gelegentliche Drinks danach beschränkt gewesen. Zu privaten Treffen war es nie gekommen.

Niemand konnte sich heute so richtig konzentrieren.

Immer wieder wurden befangene Blicke ausgetauscht. Und so manche Träne wurde verstohlen von kalkweißen Wangen gewischt.

Endlich war das Training vorüber, und nach einer kurzen Dusche schlüpfte Maddalena in ihre Jeans und das Shirt mit den langen Ärmeln und zog einen dunklen Hoodie über ihren Kopf. Die langen Locken drehte sie zu einem Zopf, den sie mit ihrem eigenen Haar zusammenband. Dann stieg sie in ihre unvermeid-

emons: Tel. 0221- 569 77-0 · info@emons-verlag.de

Bitte senden Sie mir das aktuelle Verlagsprogramm zu

Ich möchte den Newsletter von emons: per E-Mail erhalten

Ich habe Interesse an Krimis aus folgender Region:

f Besuchen Sie uns auch auf www.facebook.com/EmonsVerlag

Name

Straße

PLZ/Ort

E-Mail

emons: verlag
Cäcilienstraße 48

50667 Köln

I.L. CALLIS

DOCH DAS MESSER SIEHT MAN NICHT

KRIMINALROMAN

emons:

lichen Boots und warf den in die Jahre gekommenen Rucksack mit den Trainingsklamotten über ihre Schultern.

Stella wartete bereits. »Was von Bibiana gehört?«

»Nichts. Gar nichts. Ich versuche es später noch mal, und wenn sie wieder nicht rangeht, rufe ich Fabrizio an und frage ihn, warum sie nicht ans Handy geht.«

Gemeinsam machten sie sich Arm in Arm, bestürzt über den Tod ihrer Pilates-Kollegin, auf den Weg zu Stefanos Bar.

Francesca war schon vor Ort und hielt einen der Tische im hinteren, ruhigeren Teil für sie besetzt.

»Ich habe eine Runde Cynar caldo bestellt, der tut uns jetzt gut.«

Maddalena mochte dieses Getränk, das so intensiv nach Artischocken und Orangen schmeckte. Sie fühlte sich außerdem verspannt wie selten nach den Pilates-Übungen, und der Alkohol würde ihre Muskeln lockern.

Bibianas flapsige Versprechungen, einige Runden Prosecco auszugeben, fielen ihr ein.

Hastig kramte sie das Handy aus dem Seitenfach ihres Rucksacks und überprüfte die eingegangenen Nachrichten.

Außer ein paar Fotos von der Safari ihrer Mutter gab es keine neuen Nachrichten oder Anrufe.

»Komisch«, meinte Stella, »das passt ganz und gar nicht zu unserer Quasselstrippe. Vielleicht ist Simone krank? Das wäre eine Erklärung.«

Bevor Maddalena Fabrizio anrufen konnte – Bibianas Handy war inzwischen ausgeschaltet –, trafen die anderen aus dem Kurs ein und setzten sich zu ihnen. Stefano brachte die Getränke und stellte eine Schale Pistazien in die Mitte des Tisches.

Er wusste, dass sie alle diese gerösteten Nüsse hoch schätzten und eine nach der anderen mit Genuss verschlangen. Francesca lachte jedes Mal, wenn er das Knacken der Schalen hörte und ihr zuzwinkerte.

»Falls ihr Chips oder Grissini mit Prosciutto wollt, meldet euch.« Er strich seiner Frau liebevoll übers Haar, und Francesca lächelte ihn glückselig an.

Da die strenge Sizilianerin nicht mitgekommen war, konnten sie sich ungezwungen austauschen.

Lara schniefte unentwegt in ihr Taschentuch und schien sich in einer anderen Welt, fern der ihren, aufzuhalten.

Sie mussten sie da herausholen.

Annamaria, eine der Älteren in der Pilates-Gruppe, legte fürsorglich den Arm um ihre Schultern. »Was ist denn nur passiert? Hatte Cinzia einen Autounfall? Warum hast du dich nicht bei uns gemeldet?«

Lara schüttelte Annamarias Arm brüsk ab, und Maddalena dachte, dass es keine allzu gute Idee war, Lara auch noch Schuldgefühle zu bereiten. Aber Annamaria handelte, ohne groß nachzudenken. Ein wenig erinnerte die Köchin sie an ihren Franjo, der auch sehr spontan und unüberlegt hatte sein können.

»Es war doch kein Unfall, Mensch. Wie kommt ihr darauf? Sie hatte Krebs im Unterleib«, brachte Lara schließlich unter Tränen hervor.

Claire sog erschrocken die Luft ein.

»Sie haben es zu spät entdeckt, die Krankheit war schon zu weit fortgeschritten. Überall hatte sie Metastasen. Die haben sie dann in kürzester Zeit gekillt.«

»Sie war doch vor gar nicht allzu langer Zeit noch im Kurs, und da wirkte sie fröhlich. Gar nicht belastet, so als wäre sie schwer krank«, warf Francesca überrascht ein.

»Da wusste sie es ja selbst noch nicht. Es kam völlig überraschend, auch für sie.«

Maddalena bemerkte aus den Augenwinkeln, dass Gianna sich zu Stella hinüberbeugte. »Kannst du bitte einen Moment mit mir hinausgehen? Ich muss mit jemandem reden. Mir platzt sonst der Kopf«, hörte sie sie flüstern und war erstaunt über das Zittern in ihrer Stimme. Sonst unterhielt die Mailänderin alle nur zu gern mit lustigen Geschichten.

Stella warf Maddalena einen ebenso verwunderten Blick zu, folgte aber der Aufforderung. Sie stand umständlich auf und sagte leise: »Ruf du bitte in der Zwischenzeit Fabrizio an. Ich bin beunruhigt, weil Bibiana sich nicht meldet.«

Während die beiden die Bar verließen, erhob Maddalena sich und stellte sich in eine ruhige Ecke. Sie tippte auf Fabrizios Nummer in ihrer Favoritenliste.

Er hob nach dem ersten Läuten ab.

»Maddy«, seine Stimme war kaum zu verstehen, »ich hätte dich später selbst angerufen.«

»Wann später?« Maddalena war im höchsten Grad alarmiert. »Geht es um Simone, ist sie krank?«

»Nein, mit Bibiana stimmt etwas nicht. Ich konnte sie nicht wach bekommen, und den alten Wecker, den sie sich für den Kurs gestellt hatte, hat sie komplett verschlafen, obwohl ich ihn selbst im Wohnzimmer hören konnte. Wir warten jetzt auf Dottor Beltrame. Bibi sitzt hier neben mir, aber sie wirkt apathisch und schläft ständig zwischen zwei Wörtern ein.«

»Soll ich bei euch vorbeischauen?«, brachte Maddalena wie betäubt hervor. »Ich kann in ein paar Minuten da sein.«

»Bitte mach das. Ich bin der Situation allein absolut nicht gewachsen. Bibiana hält sonst das Zepter in der Hand. Und so habe ich meinen Schatz noch niemals zuvor erlebt.«

»Bin gleich bei euch«, erwiderte Maddalena, die spürte, dass sie jetzt Bibianas Rolle zu übernehmen hatte. Fabrizio klang, als wäre er völlig durch den Wind. Sie zwängte sich an den anderen Gästen vorbei nach draußen, ohne noch einmal zum Tisch zurückzukehren und den Freundinnen einen Grund für ihr plötzliches Verschwinden zu nennen. Stefano warf ihr einen fragenden Blick zu.

Maddalena zuckte nur hilflos mit den Schultern, schob ihr Handy in die Hosentasche und verließ das Lokal. Ein angenehmer frischer Wind blies ihr entgegen und trug den salzigen Geruch vom Hafen herüber.

Stella stand mit Gianna nahe bei der Tür und hörte ihr aufmerksam zu.

Erst als Maddalena sie anstupste, wurde sie von Stella bemerkt. »Was?«

»Ich muss weg. Fabrizio steht total neben sich. Bibiana ist krank, so scheint es. Sie schläft immer wieder ein, ist kaum ansprechbar. Er wartet mit ihr auf Dottor Beltrame. Ich laufe schnell hinüber und hoffe, ihn unterstützen zu können.«

Gianna trat einen Schritt zurück. »Stella, wenn du Maddalena begleiten möchtest, bitte, nur zu. Das hier hat Zeit. Wir reden später weiter, vielleicht die Woche bei einem Cappuccino?«

»Nein«, wehrte Maddalena ab, »Stella, bleib da und zahl mein Getränk. Ich rufe dich an, sobald ich Genaueres weiß.«

Stella nickte betroffen und wandte sich wieder Gianna zu.

6

Gianna schämte sich.

War sie zu weit gegangen, sich einer Frau anzuvertrauen, die sie nicht wirklich gut und lange kannte? Ihr dieses Geheimnis zuzuflüstern?

Nicht zuletzt angesichts der tragischen Ereignisse war das wohl ein Verstoß gegen die guten Sitten. Eine Kollegin aus dem Kurs war verstorben, und sie wusste nichts Besseres, als über ihre inneren Ängste und Zweifel zu sprechen.

Ungeachtet dessen zeigte Stella sich verständnisvoll und hatte nicht im Geringsten vorwurfsvoll reagiert.

»Bist du dir sicher, oder liegt das alles im Bereich bloßer Vermutungen?«, fragte sie jetzt.

Gianna wickelte den Schal mit dem bunten Paisleymuster enger um ihren Hals. So kaschierte sie hoffentlich die aufkommenden hektischen Flecken, die sich bereits durch unerträgliches Jucken bemerkbar machten. Das passierte immer, wenn sie sich aufregte.

Sie zuckte ein wenig ratlos mit den Schultern und wandte den Blick von der Freundin ab. Stella nahm zweifelsohne an, dass hinter dem, was Gianna ihr erzählt hatte, nicht mehr als die überreizte Phantasie einer Großstädterin steckte, der es in dem kleinen Dorf auf dem Land langweilig geworden war.

Stellas nächste Frage deutete jedoch auf das Gegenteil hin, sie klang abwägend.

»Sag mal, wann hast du eigentlich aufgehört, in der Praxis deines Mannes mitzuarbeiten?«

Gianna musste nicht lange grübeln. »Eigentlich schon in Mailand. Vor Vittorios Geburt habe ich vom Empfang über die Terminvergabe und kleinere Assistenzarbeiten bis hin zum Abschicken der Proben an die unterschiedlichen Labors und zur Buchhaltung alles gemacht. Gianluca meinte oft, ich sei nicht mehr wegzudenken aus seiner Praxis. Dann kam Vittorio zur

Welt, und ich war nur noch für bestimmte Tätigkeiten verant-
wortlich, die nicht meine Anwesenheit erforderten.«

»Hm«, machte Stella. »Du warst aber weiterhin in seiner Praxis
angestellt?«

»Nun, zuerst schon, keine Frage. Auch dann noch, als wir
nach Fossalon gezogen waren, doch als … Mariella zu uns stieß,
sagte er, er könne mich nur noch halbtags anmelden.«

»Und was genau führt dich nun zu der Annahme, dass dein
Mann eine Affäre mit dieser Mariella hat?«

»Zum einen bleibt sie immer viel zu lange mit Gianluca in der
Praxis. Das könnte man natürlich als Arbeitseifer interpretieren.
Aber es steckt mit Sicherheit mehr dahinter, denn die Tür zum
Flur, der unseren Wohnbereich mit der Praxis verbindet, bleibt
verschlossen, auch wenn die Patientinnen längst weg sind. Das
war am Beginn ihrer Zusammenarbeit nicht so. Dann spricht er
häufig abfällig über ihr Aussehen. Ein Umstand, den ich höchst
bedenklich finde, denn Mariella ist eine auffallend hübsche junge
Frau.«

»Wie sieht sie denn aus?«

»Langes schwarzes Haar, das sie immer ordentlich hochge-
steckt trägt, dazu himmelblaue Augen, und sie hat den Körper
einer Göttin«, erklärte Gianna verdrossen.

»Du bist doch aber selbst nicht von schlechten Eltern.« Stella
betrachtete sie von oben bis unten und blinzelte ihr zu.

»Ach, ein bisschen Make-up und teure Klamotten können so
einiges verbergen.«

»Denkst du das wirklich? Oder ist das bloß ›Fishing for Com-
pliments‹?«

»Nein. Darum geht es mir nicht. Ich bin mir meiner Vorzüge
wie auch meiner Nachteile durchaus bewusst. Und so einer Frau
wie Mariella, der kann ich rein äußerlich nicht das Wasser reichen.«

»Geht es denn wirklich nur noch um äußere Schönheit? Das
ist unter allen Umständen lächerlich.« Feine Röte stieg in Stellas
Gesicht.

»Da hast du natürlich recht. Aber gleichzeitig muss ich dir

auch widersprechen. Natürlich ist das Aussehen eines Menschen neben anderen Dingen ausschlaggebend dafür, ob sich ein anderer von ihm angezogen fühlt oder eben nicht. Das wirst du sicher nicht in Abrede stellen, oder?«

»Nein, schon klar. Das sehe ich auch so.«

»Weißt du, die sogenannten inneren Werte klingen zwar toll, aber wenn es darauf ankommt, vergessen viele, vor allem Männer, dass es sie gibt.«

»Also gut, halten wir fest: Mariella ist ein anziehendes Wesen und dein Mann womöglich nicht standhaft genug, ihr zu widerstehen. Zudem verbringen sie viel Zeit miteinander. Dass dich dieser Umstand nervös macht, verstehe ich. Aber hast du irgendeinen Hinweis, der nicht bloß ein Verdacht ist? Etwas Konkretes?«

»Ja.« Gianna schwieg einen Moment und starrte in das durch ein vorbeifahrendes Fischerboot aufgewirbelte Wasser des kleinen Hafens Mandracchio, an dem Stefanos Bar lag.

»Dann los.« Stella legte aufmunternd ihren Arm um Giannas Schultern. »Spuck es aus.«

»Vor einer Woche wollte ich für Vittorio eine Wundsalbe aus dem Apothekerschrank der Praxis holen und öffnete, wie oft zuvor, die Verbindungstür. Die beiden standen viel zu eng beieinander über eine Krankenakte gebeugt und stoben richtiggehend auseinander, als ich hereinkam. ›Klopf das nächste Mal gefälligst an, bevor du mich so zu Tode erschreckst‹, herrschte Gianluca mich an. Verstehst du? Mich, seine Ehefrau. Mariella warf er einen entschuldigenden Blick zu und schüttelte erbost den Kopf.«

»Und sie? Wie reagierte sie?«

»Diese Unschuld in Person lächelte mich liebreizend an und erklärte zuckersüß: ›Mich können Sie nicht erschrecken, ich bin so einiges gewöhnt. Und immerhin sind Sie hier die Dame des Hauses und dürfen überall ungefragt eintreten. Außer wir haben Patientinnen auf dem gynäkologischen Stuhl.‹ Dann wandte sie sich an meinen Mann und verhaspelte sich: ›Gian... äh ... Dottore, Sie sollten sich schleunigst bei Ihrer Frau entschuldigen.‹ Genau das sagte sie, wortwörtlich.«

»Das klingt schauerlich. Ehrlich. Jetzt hast du mich überzeugt. Offensichtlich duzen die beiden sich, und dein Mann hielt es nicht für erforderlich, dich darüber zu informieren. Hast du ihn darauf angesprochen? Ich hätte Guido die Ohren lang gezogen und ihn gezwungen, Rede und Antwort zu stehen.«

»Klar habe ich das getan, doch er meinte bloß lapidar, ich würde mir da was einbilden. Seine Reaktion war kühl, fast abweisend, und erinnerte mich an den gruseligen alten Schwarz-Weiß-Film ›Gaslicht‹. Da versucht ein Mann, seine Frau verrückt zu machen, indem er ständig behauptet, sie würde halluzinieren. Dabei hat sie recht.«

»Ich kenne den Film und auch die darauf zurückgehende Bezeichnung ›Gaslighting‹. So nennt man in der Psychologie seelische Manipulationen, die einem Partner das Selbstbewusstsein rauben und ihn, wenn es zum Schlimmsten kommt, völlig verwirren können. Das Opfer erkennt dann den Unterschied zwischen Lüge und Wahrheit nicht mehr und bezieht alles auf das eigene, mutmaßlich eingeschränkte Urteilsvermögen. Es ist eine Art psychische Gewalt.«

»Arg. Das ist unheimlich. Aber so ähnlich habe ich mich wirklich gefühlt. Als hätte ich mir eingebildet, dass sie so nah beieinanderstanden und auseinanderstoben, als ich hereinkam.«

»Wenn du mich fragst, solltest du mit Gianluca ein ernstes Gespräch über Treue und ganz allgemein über eure Beziehung führen. Und ihn auf alle Fälle bitten, nein, von ihm fordern, sich eine neue Assistentin zu suchen.«

»Das ist nicht so einfach, wie du glaubst. Es gibt Arbeitsverträge. Aber ich wurde nach dem Vorfall eine Spur aufmerksamer und hellhöriger.«

»Wäre ich auch geworden. Es ist gut, die Situation, so gut es geht, objektiv zu beurteilen. Manchmal interpretiert man ja wirklich etwas falsch. Doch eine Affäre darfst du dir nicht gefallen lassen. Das würde ich Gianluca unmissverständlich klarmachen. Und Verträge können geändert werden.«

Gianna atmete laut aus und hustete. In ihrer Kehle saß ein dicker, fetter Frosch. »Das habe ich doch schon versucht. Gianluca lachte meine Bedenken einfach weg und meinte, selbstverständlich duzen sie einander nicht. Da hätte ich mich wohl verhört. Er liebe mich und Vittorio über alles und würde unsere Ehe niemals durch ein Geplänkel am Arbeitsplatz aufs Spiel setzen. Nur kündigen wollte er Mariella nicht. Er meinte, er hätte keine Zeit für Prozesse am Arbeitsgericht. Am nächsten Tag überraschte er mich mit Orchideen, einem Babysitter und einem tollen Abendessen im ›Mare‹, meinem Lieblingslokal in Grado. Er war so aufmerksam und süß wie lange nicht.«

»Natürlich, das passt alles zum Muster der Manipulation beziehungsweise Irreführung.«

»Was soll ich deiner Meinung nach denn noch tun? Ich bin finanziell auf ihn angewiesen, abgesehen davon, dass ich ihn immer noch sehr liebe. Und er ist ein reizender Vater.«

Gianna war jetzt um einiges verunsicherter als vor dem Gespräch mit Stella. Sie zog einen losen Faden aus ihrem Schal und wickelte ihn so fest um ihren Finger, dass dieser blau anlief.

»Lass das, mit Selbstverletzung kommst du an die Sache nicht ran«, ermahnte Stella sie unverblümt, ehe sie Gianna mitfühlend an sich zog. »Es tut mir leid. Das klingt alles nicht gut. Lass mich wissen, wenn ich dir mit irgendwas helfen kann, und sei es nur durch ein Gespräch bei einem Cappuccino.«

7

Als Maddalena Bibianas und Fabrizios Haus betrat, wurde sie von Nervosität erfasst.

Fabrizio hastete kopflos von einem Raum zum anderen, und die kleine Simone, die schon längst hätte schlafen sollen, lief ohne Pyjama in ihrer bekleckerten Tageskleidung hinter ihm her. »Mami!«, rief sie schrill. »Sie soll mir eine Geschichte vorlesen.«

Bibiana machte eine Art Ritual daraus, Simone alle Bücher, die ihr in ihrer eigenen Kindheit etwas bedeutet hatten, näherzubringen.

»Simonetta!«, brüllte der sonst so sanfte Fabrizio. »Halt endlich die Klappe.«

Und Simone verzog sich weinend in die Küche.

»Fabrizio«, sagte Maddalena beherrscht und hielt ihn durch einen starken Griff um seinen Oberarm davon ab, weiter wie ein Irrer durch das Haus zu rennen. »Ich bin da, erzähl mir, was los ist. Wo ist Bibiana? Und war der Arzt schon da?«

»Nein, Beltrame ist auf dem Weg. Aber ich habe ihn auf einer der Inseln erreicht. Jemand hatte sich beim Grillen verbrannt, und jetzt wartet er auf das Rettungsboot.« Wieder glitt sein Blick fahrig umher.

»Bring mich sofort zu Bibiana«, befahl Maddalena ihm barsch.

Eine andere Sprache verstand er nicht, da er offensichtlich unter Schock stand.

»Nun mach schon!«

Fabrizio warf ihr einen verstörten Blick zu, dann löste er ihren Klammergriff von seinem Arm. »Komm, aber wir dürfen das Klingeln des Arztes an der Tür unter keinen Umständen überhören.«

Er zog sie mit sich ins Schlafzimmer, wo Bibiana blass und regungslos auf dem Bett lag.

Maddalena näherte sich mit angehaltenem Atem. Sie fühlte sich auf einmal wieder wie in dem Alptraum, der sie gestern Nacht hatte hochschrecken lassen. »Bibiana«, sagte sie und legte ihre Hand auf die Stirn ihrer besten Freundin.

Doch Bibiana rührte sich nicht.

»Sie ist eindeutig bewusstlos, Fabrizio. Da helfen nur noch die Ambulanz und der Notarzt. Auf Dottor Beltrame können wir nicht mehr warten.«

Fabrizio rührte sich nicht. Sie stieß ihn grob gegen die Rippen. »Hast du überhaupt ein Wort von dem verstanden, was ich gerade gesagt habe?«

Er nickte, und im selben Moment bemerkte Maddalena das Blut auf dem Laken unter Bibiana.

»Gib mir sofort dein Handy.«

Anstandslos überließ Fabrizio ihr sein Telefon.

Maddalena wählte den Notruf und schilderte dem Arzt am anderen Ende der Leitung, wie sie ihre Freundin vorgefunden hatte.

Sie wusste selbst nicht, worum es ging. War Bibiana schwanger gewesen und hatte eine Fehlgeburt erlitten?

Fabrizio stand zitternd an die Fensterbank gelehnt und starrte auf seine Frau. »Bibiana«, flüsterte er ein ums andere Mal. »Wach auf, ich flehe dich an.«

»Reiß dich zusammen, so hilfst du ihr nicht. Geh lieber zu deiner Tochter und tröste sie. Die Kleine sitzt zu Tode erschrocken völlig allein in der Küche. Ich warte inzwischen hier bei Bibiana.«

Fabrizio reagierte wie ferngesteuert. Er schlurfte aus dem Schlafzimmer und hielt, wie ihm geheißen, auf die Küche zu.

Was war mit Bibiana?

Der Notarzt hatte ihr die Anweisung gegeben, sie in die stabile Seitenlage zu bringen.

Das war längst geschehen.

Behutsam wischte sie mit einem feuchten Taschentuch über Bibianas Stirn. Kurz flatterten ihre Augenlider, und ihre Wimpern hoben sich.

»Gut, du bist da«, nuschelte sie, und draußen begann jemand, Sturm zu klingeln.

Das Notarztteam stürmte zeitgleich mit Dottor Beltrame in die Wohnung.

Nach einer kurzen Überprüfung der Vitalzeichen betteten die Pfleger Bibiana auf die Trage und brachten sie in den Rettungswagen, während der Notarzt mit dem Krankenhaus telefonierte.

Als die Sanitäter ihre Freundin vorsichtig hochhoben, sah Maddalena die Menge an Blut, die Bibiana verloren hatte, und ihr wurde schwindlig.

Sie wankte in die Küche, wo sie Simone schluchzend in Fabrizios Armen vorfand.

8

Stella ging unruhig in der Küche auf und ab.

Cinzia Bocellis Tod war ihr sehr nahegegangen, und auch das Gespräch mit Gianna hatte ihr mehr zugesetzt, als sie zuerst dachte.

»Stimmt was nicht?«, fragte ihr Ehemann Guido und sah leicht verstimmt von seiner »Gazzetta dello Sport« auf.

»Nichts stimmt«, antwortete Stella gereizt und blieb abrupt stehen.

Guido klappte die rosafarbene Zeitung zu, faltete sie ordentlich zusammen, legte sie auf den Tisch und verstaute seine Lesebrille im Etui. »Erklär mir das genauer, beinhaltet dieses ›nichts‹ auch mich?«

Er klang nun nicht mehr genervt, sondern beunruhigt. Sie waren schon mal geschieden gewesen und dann wieder zusammengekommen. Seither verstanden sie sich so gut wie nie zuvor. Jetzt schien er das jedoch in Zweifel zu ziehen.

»Blödsinn. Natürlich geht es nicht um dich oder um unsere Beziehung. Ich habe heute nur etwas sehr Trauriges erfahren und mache mir Sorgen.«

»Komm, setz dich zu mir.« Er stand auf und holte sich eine Flasche Bier aus dem Kühlschrank. »Magst du ein Glas Eistee? Habe ich extra für dich besorgt, mit Pfirsichgeschmack, den magst du doch so gern.«

Stella fand Guido sehr aufmerksam und nickte. »Danke«, murmelte sie und setzte sich ihm gegenüber an den Küchentisch. Sie wusste nicht, wie sie anfangen sollte, und stellte daher eine unbedeutende Frage. »Sag mal, warum ist die Sportzeitung eigentlich rosarot? Sie ist ja schließlich kein Mädchenmagazin, in dem es um Pferde, Ponys und Barbiepuppen geht.«

»Das ist so eine Art Hommage an Learco Guerra, einen der Sieger des Giro d'Italia. Er war nämlich der Erste, der das rosarote Trikot tragen durfte, das seit den dreißiger Jahren dem jeweils führenden Rennfahrer vorbehalten ist, und daher sind die Seiten dieser Sportzeitung in dieser Farbe gehalten.«

Stella, die keine so ausführliche Antwort auf ihre eher nebensächliche Frage erwartet hatte, staunte wieder mal über Guidos umfassendes Wissen, was den Sport betraf. Ein Mann, so offensichtlich untrainiert wie ihrer, konnte sich im Sport dennoch auskennen wie kein anderer. Sie lächelte. Immerhin hatte er für sie abgenommen und seine Essgewohnheiten umgestellt. Das war schon mal was, und der Guido von früher ähnelte dem heutigen nicht die Spur.

»Alle Achtung«, lobte sie ihn stolz, auch wenn sie gar nicht richtig zugehört hatte.

»Erzähl mir, was vorgefallen ist.« Er sah sie forschend an, und Stella traten Tränen in die Augen. Sie wischte sie hastig weg und nahm einen Schluck von ihrem Eistee.

»Cinzia, eine aus unserem Pilates-Kurs, ist gestorben. Sie hatte Krebs, und es wurde zu spät erkannt. Wir wussten nichts davon und waren alle völlig verstört, als man uns informierte.«

»Das kann ich mir gut vorstellen. Armes Ding. Hatte sie Kinder?«

Stella rügte sich innerlich, da sie das nicht wusste. Sie kam sich oberflächlich vor, aber es war nicht ihre Art, im Privatleben anderer herumzustochern. Bei Maddalena hatte sie damals eine Ausnahme gemacht, war ihr sogar nach Santa Croce gefolgt, obwohl sie sie kaum kannte, und hatte versucht, sie nach dem schweren Schicksalsschlag von Franjos Tod wieder aufzubauen. Es war der Beginn ihrer innigen Freundschaft gewesen. Doch meistens waren es andere, die sich ihr anvertrauten. »Ich habe keine Ahnung. Ich kann mich nicht erinnern, dass sie einmal was in der Art erzählt hätte. Und heute, als wir bei Stefano zusammensaßen, fand sich keine Möglichkeit, genauer nachzufragen. Die meiste Zeit war ich gar nicht dabei, sondern draußen vor der Bar, denn Gianna bat mich um ein Gespräch unter vier Augen.«

»Gianna, wer ist das denn? Diesen Namen hast du mir gegenüber bisher nie erwähnt.«

»Ich glaube schon. Gianna ist die aus Fossalon, die Frau des Gynäkologen. Sie glaubt, dass er sie betrügt.«

»Und was hast du damit zu tun? Bist du neuerdings die Klagemauer von Grado?«

»Sei nicht so zynisch. Sie hat mich um Rat ersucht. Hätte ich sie abweisen sollen? Ist nicht meine Art.«

»Das weiß ich doch, *tesoro mio*. Du hast ein großes Herz und bist für alle die erste Ansprechperson.«

»Na, dann hättest du mal Maddalena sehen sollen. Die hätte mich am liebsten die Felsen im Karst hinuntergestoßen, als ich damals unangemeldet bei ihr in Santa Croce auftauchte.«

Guido enthielt sich eines Kommentars, da Maddalena seine Vorgesetzte war und er Stellas Verhalten damals unangemessen fand, auch wenn es den gewünschten Erfolg gebracht hatte.

»Und als wäre das nicht schon genug für einen Abend, warte ich jetzt auf ihren Anruf, der einfach nicht kommt.«

»Deshalb trippelst du so nervös herum und hast mich von meiner hochgeistigen Lektüre abgelenkt? Was hat es damit auf sich? Ein weiteres Drama? Eines, in das zu allem Überfluss meine Chefin verwickelt ist? Oder geht es um diese betrogene Ehefrau?«

»Nein, das hat mit Gianna nichts zu tun. Bibiana ist heute nicht im Kurs aufgetaucht und war auch nicht erreichbar. Sie ist Maddalenas beste Freundin, wie du weißt, und sollte sie zu Hause abholen. Wir machten uns Sorgen. Später in der Bar erreichte Maddalena schließlich Fabrizio, der ihr verworren mitteilte, Bibiana sei krank, irgendwie apathisch, und er würde auf Dottor Beltrame warten. Sie marschierte sofort los, um sich selbst ein Bild von der Situation zu machen. Sie wollte mich anrufen, wenn sie mehr weiß. Deshalb bin ich etwas angespannt. Sie sollte sich längst gemeldet haben.«

»Da säße ich an deiner Stelle auch wie auf glühenden Kohlen. Vielleicht solltest du die Degrassi anrufen?«

Guido zierte sich immer noch, seine Chefin Maddalena zu nennen.

In diesem Moment vibrierte Stellas Handy.

Sie sprang vom Stuhl hoch und griff danach. »Es ist Maddalena.« Atemlos hörte sie sich an, was die Freundin mit brüchiger Stimme berichtete.

Stella spürte, wie ihr das Blut aus den Adern wich. Sie griff sich an die Stirn. »So schlimm steht es um Bibiana?«

Im Hintergrund hörte sie das Schluchzen der kleinen Simone, die allein mit Maddalena zurückgeblieben war, als man ihre Mama fortgebracht hatte, und nicht zu weinen aufhören konnte. Da musste sie nicht lange überlegen.

»Ich komme zu euch und helfe.« Sie wandte sich an Guido. »Bibiana scheint ernstlich erkrankt zu sein. Der Notarzt, Dottor Beltrame und die Ambulanz waren dort, sie wird gerade ins Krankenhaus gebracht. Fabrizio ist mit seinem Auto hinterhergefahren. Und nun sitzt Simone mit Maddalena in der Küche und heult in einem durch. Du weißt, deine Chefin hat es nicht so mit Kindern. Ich sollte sie unterstützen.«

Erneut faltete Guido seine Sportzeitung ordentlich zusammen. »Geh du ruhig und weck mich, wenn du wieder zu Hause bist, okay? Manches klingt schlimmer, als es dann ist. Du kannst mich jederzeit anrufen. Ich setze mich noch kurz vor den Fernseher. Es läuft ein Fußballspiel.«

Er stand auf und umarmte sie.

Schon lange hatte Stella eine Umarmung nicht mehr so gutgetan.

9

Gianna machte nach dem für sie sehr aufregenden Gespräch mit Stella noch bei einer kleinen Osteria halt, die auf ihrem Heimweg lag. Den kleinen Cinquecento parkte sie in einer schmalen Bucht, er brauchte nicht mehr Platz.

Ihr Magen knurrte.

Das war typisch für sie, wenn sie etwas beschäftigte, brauchte sie Nahrung, um sich zu beruhigen. »Nervenfutter« hatte ihre Großmutter das genannt. Andere brachten in einer ähnlichen Situation nicht mal einen Löffel Suppe hinunter, sie hingegen musste das Kribbeln in ihrem Inneren mit Essen besänftigen. Und das funktionierte nun mal am besten mit einer ordentlichen Portion Spaghetti.

Kurz war sie drauf und dran, Gianluca über ihren Zwischenstopp zu verständigen, dann überlegte sie es sich anders. Sollte er ruhig zur Abwechslung mal ohne Information von ihr auf sie warten. Inzwischen hatte er Vittorio ohnehin vorgelesen und ihn ins Bett gebracht. Wahrscheinlich saß ihr Göttergatte jetzt bei einem Glas Whiskey vor dem Fernseher und zog sich einen Abenteuerfilm rein. Da spielte es keine Rolle, ob sie ein Stündchen früher oder später auftauchte.

Außerdem brauchte sie diesen Abstand nach ihrer Beichte bei Stella. Auch der Gedanke an die verstorbene Cinzia ließ sie nicht los. Diese tragische Geschichte löste irgendeine Erinnerung bei ihr aus. Doch es gelang ihr nicht, der Assoziation habhaft zu werden. Sie hatte die arme Frau auch noch nicht besonders lange gekannt und nur ein, zwei belanglose Gespräche mit ihr geführt.

Was war da geschehen?

Keiner wusste es genau.

Nun, sie sollte sich da besser nicht auch noch hineinsteigern, ihr Leben war schon schwierig genug.

Je länger sie über Gianlucas seltsames Verhalten und die eigentümlich verstörende Szene in der Praxis nachgrübelte, desto klarer stand ihr vor Augen, was sie bis heute nicht hatte sehen wollen: Ihr Mann betrog sie mit seiner Arzthelferin.

Die Gamberetti in Salsa rosa verschlang sie gierig, sie schmeckten einfach himmlisch. Die darin enthaltenen Kalorien ignorierte sie gleichgültig. Ein paar Kilo mehr waren ihr egal. Anscheinend fand Gianluca sie ohnehin nicht mehr attraktiv.

Also was sollte es?

Nach den Spaghetti alla Carbonara, einem noch gehaltvolleren Nudelgericht mit Speck, frisch darüber geschlagenem Ei, Pfeffer und geriebenem Grana Padano, war in Giannas Magen immer noch ausreichend Platz für eine Nachspeise.

Der Wirt lächelte sie an. »Statt der üblichen Dolci gibt es heute eine herrlich cremige Torte mit Ricotta und Pistazien. Die kann ich empfehlen.«

So gesättigt, fuhr sie schließlich heim.

Das Wohnzimmer war hell erleuchtet, und zu ihrem grenzenlosen Entsetzen parkte Mariellas Mini Cooper vor dem Haus.

War diese Ehebrecherin womöglich immer noch da?

Wieso das denn?

Hastig sprang sie aus ihrem Cinquecento, vergaß sogar ihren Trainingsbeutel auf dem Beifahrersitz und stürmte zum Eingang.

Sie schloss auf und rief nach ihrem Mann.

»Gianluca! Wo bist du?«

»Gianna!«, gellte Gianlucas laute Stimme durchs Haus. »Endlich! Wo hast du dich denn herumgetrieben? Ich musste Mariella regelrecht anflehen, hierzubleiben und mir zu helfen.«

»Wobei?« Gianna blieb die Spucke weg.

So nannte man das jetzt also?

Sie stand mit funkelnden Augen und in die Hüften gestemmten Händen vor ihrem Mann und musterte wachsam sein verschwitztes Gesicht. Seine Augen waren gerötet, und er sah aus, als hätte er sich heute Morgen nicht rasiert.

»Vittorio hat, kurz nachdem du losgefahren bist, zu spucken begonnen. Es war wohl eine Art Brechdurchfall und dauerte Stunden. Er ist gerade erst eingeschlafen.«

Erschrocken sah Gianna ihn an. »Geht es ihm besser? Warum hast du mich denn nicht angerufen?«

»Du hast vergessen, dein verdammtes Handy aufzuladen, es ging immer gleich die Mailbox ran. Bedanke dich lieber mal bei Mariella.«

»Wo ist sie?« Gianna blickte sich suchend um.

»Ja, wo könnte sie sein? Im Badezimmer, um sich die Kotze abzuwaschen. Ich nehme an, sie duscht. Such ihr am besten ein paar deiner kleineren Klamotten raus und wirf dann ihre in die Waschmaschine. Das ist wohl das Geringste, nachdem sie so nett war, mich bei dieser Sauerei zu unterstützen. Morgen besorgst du ihr einen Blumenstrauß.«

»Gia… oh … Dottore.« Mariella stand, in ein flauschiges Handtuch gewickelt, das jedoch nicht allzu viel von ihrem Körper verdeckte, im Türrahmen und musterte Gianna überrascht. »Oh, Signora, ich habe Sie gar nicht kommen gehört. Seien Sie beruhigt, Ihrem Kleinen geht es inzwischen besser. In die Kindergruppe würde ich ihn morgen allerdings nicht bringen, falls es etwas Ansteckendes ist. Ich meine, wenn Vittorio mein Kind wäre, würde ich so handeln. Ich möchte Ihnen natürlich nicht vorschreiben, was Sie tun sollen.« Sie lächelte Gianna verlegen an.

In Gianna tobte ein Sturm aus Wut, Zorn und Hass.

Was nahm diese Pute sich heraus? Lief halb nackt hier herum, als wäre sie zu Hause.

»Ich bringe Ihnen eine saubere Jogginghose und ein Sweatshirt. Warten Sie solange im Badezimmer auf mich und werfen Sie Ihre schmutzigen Klamotten in die Waschmaschine«, sagte sie schroff und warf Gianluca einen grimmigen Blick zu.

»Danke, das ist so lieb von Ihnen, Signora«, hauchte Mariella und zog sich zurück.

So ein Biest.

»Was hast du dir dabei gedacht, sie in unser Bad zu lassen?«, fauchte Gianna.

»So, wie du dich gerade verhältst, kenn ich dich nicht. Du bist im höchsten Maße undankbar.« Ihr Mann starrte sie aus kalten Augen an. »Bring der Armen saubere Kleidungsstücke, und danach setzt du dich zu Vittorio. Ich begleite Mariella zum Auto, sobald sie sich umgezogen hat.«

Sprachlos verließ Gianna das Wohnzimmer, suchte aus ihrem Kleiderschrank die am deutlichsten abgetragen und verwaschen aussehende Kleidung heraus, die sie finden konnte, reichte sie Mariella wortlos hinein und setzte sich dann an das Bett ihres Sohnes. Sie befühlte seine Stirn. Heiß war sie nicht, und sein Atem ging regelmäßig.

Sie zog die Decke sorgsam etwas höher und bemerkte, dass Vittorio denselben Schlafanzug anhatte wie zuvor. Den hätten sie doch wechseln müssen, wenn er alles vollgekotzt hatte.

War ihm womöglich gar nicht schlecht gewesen?

Sie würde morgen versuchen, die Sache dezent aufzuklären. Ob es ihr gelang, ruhig zu bleiben, musste sich allerdings noch zeigen.

10

Maddalena saß Simone am Küchentisch gegenüber. Sie hatte ihr eine dicke heiße Schokolade zubereitet und redete begütigend auf sie ein. Doch Bibianas Tochter, die sonst kaum einer Süßigkeit widerstehen konnte, nahm keine Notiz davon. Maddalena fühlte sich hilflos. Es gelang ihr nicht, den Tränenfluss der Kleinen zu stoppen. Sie hatte kaum Erfahrung mit Kindern und wusste einfach nicht, was sie sagen sollte.

Vielleicht etwas vorlesen?

Oder Puppen aus Papier ausschneiden und die dann fröhlich einkleiden? Solche Hefte lagen herum, auch welche zum Ausmalen von Bildern.

Aber das schien ihr unangemessen. Um diese Zeit sollten Kinder schlafen. Doch daran war nicht zu denken. Simone zitterte, und Maddalena holte rasch eine rosafarbene Jacke aus dem Wohnzimmer und zog sie ihr an.

»Die gehört meiner Mama.«

Wieder schluchzte sie laut auf.

»Wo ist Papa? Warum bleibt er so lange fort? Ist er bei Mama?«

»Ja. Dein Papa passt auf, dass die Ärzte deine Mama richtig behandeln. Du kennst ihn doch, er kann sehr stur sein, und obwohl er lieb ist, lässt er seinen Schülern kaum etwas durchgehen.«

»Jetzt ist er aber nicht in der Schule. Alle Schüler sind zu Hause und schlafen«, stellte Simone klar. »Was ist mit meiner Mami?« Wieder weinte sie laut und konnte nicht aufhören.

»Es wird alles wieder gut, mein süßer Engel«, sagte Maddalena tröstend.

»Warum ist mein Papa weggefahren und hat mich allein hiergelassen? Er hat mich einfach vergessen. Ich bin böse auf ihn.« Simone schnaubte weinend in ihre Papierserviette.

»Dein Papa würde dich niemals vergessen, und du bist außerdem nicht allein. Ich bin doch bei dir, und ich bleibe so lange hier, bis dein Papi zurückkommt. Tante Stella taucht außerdem auch gleich auf.«

Simone schnäuzte sich ausgiebig und wischte die Tränen mit ihrem Ärmel weg.

»Sie ist lustig. Aber Mami sagt, sie weiß alles besser, sogar besser als jeder Lehrer. Und mein Papa ist doch ein Lehrer. Der kennt sich überall aus.«

»Klar, mein Engelchen. Wenn ich etwas nicht verstehe, frage ich immer deinen Papa.«

»Verstehst du denn nicht immer alles? Obwohl du eine Polizistin bist?« Simone schaute sie mit großen, tränenumflorten Augen ungläubig an.

»Na ja, aus meinem Job halte ich deinen Papa natürlich raus. Da kenne ich mich schon aus. Aber es gibt ja noch so viel anderes, was er mir erklären kann. Er erzählt zum Beispiel so schön von den Menschen, wie sie früher lebten.«

»Und gegeneinander kämpften.«

Maddalena grinste. »Du passt ja sehr gut auf, stimmt's, kleine Maus?«

»Bin keine kleine Maus, bin dein Engelchen.«

»Ein schlaues Köpfchen hast du allemal. So viel steht fest.«

Simone war vielleicht kein Wunderkind, aber doch eine Art Überfliegerin. Noch nicht in der Schule, konnte sie schon bis hundert zählen und ihren Namen schreiben.

Es klingelte an der Haustür, und beide zuckten kurz zusammen.

»Alles in Ordnung, Simone. Das wird die Tante sein.«

Maddalena ließ Stella herein.

Sie umarmten sich.

Zusammen gingen sie in die Küche, und Stella umarmte Simone.

»Ich habe dir etwas mitgebracht, sieh mal«, forderte Stella die Kleine sanft auf.

Simone ließ ihre Schokolade, die inzwischen kalt und klumpig geworden war, sofort stehen und nahm erfreut das Geschenk entgegen.

»Was ist das denn?«

Auch Maddalena musste sich anstrengen, um zu erkennen, was Stella in der Hand hielt.

»Das ist ein Polizeiabzeichen von meinem Mann Guido«, erklärte sie stolz und reichte Simone eine vergoldete Anstecknadel.

»Juhu!«, jubelte Simone. »Gehöre ich jetzt auch zur Polizei von Maddalena?«

Mit dieser Gabe hatte Stella es ordentlich übertrieben. Maddalena wollte sich Guido Lippis Gesicht lieber nicht vorstellen, wenn er bemerkte, dass die Nadel fehlte. Sie verzog skeptisch den Mund.

Stella, der das nicht entging, meinte leichthin: »Ach, ihm fällt wahrscheinlich gar nicht auf, dass dieses Ding nicht mehr da ist.«

Außer, dachte Maddalena, Achille Scaramuzza lässt ihn zum Rapport antreten. Von Zeit zu Zeit wollte er seine Kompanie in Uniform und mit Abzeichen geschmückt sehen. Nur sie war davon ausgenommen. Und dem Alten entging so schnell nichts.

»Tante Stella borgt dir das Abzeichen natürlich nur«, sagte sie daher eilig.

Stella verstand wortlos und nickte. »Klar, aber für längere Zeit. Ich hole es nicht so schnell wieder ab.«

»Danke.« Simone hatte die Nadel bereits an ihr Shirt geheftet und strich stolz über das Abzeichen.

Stella nickte anerkennend und sah Simone dann forschend ins Gesicht. »Bist du denn kein bisschen müde?«

»Nein«, antwortete die Kleine trotzig, gähnte dabei aber ausgiebig.

Maddalena und Stella verständigten sich über Blicke.

»Wer von uns beiden soll dir denn heute eine Geschichte vorlesen? Du darfst entscheiden.«

Zu Maddalenas Erstaunen sagte Simone wie aus der Pistole geschossen: »Tante Stella, du sollst mich zu Bett bringen.«

Maddalena musste nicht lange warten, bis Stella zurück in die Küche kam.

»Simone schläft bereits, die arme Kleine ist schon nach der

ersten Seite ins Land der Träume abgetaucht«, sagte sie mitfühlend.

»Sie muss ja auch todmüde gewesen sein.«

»So, und jetzt mal alles der Reihe nach. Was war hier los?«

»Komm bitte mit ins Wohnzimmer. Ich muss einen Moment verschnaufen.«

Sie setzten sich nebeneinander auf die in die Jahre gekommene Ledercouch.

»Es war so schrecklich«, begann Maddalena und erzählte, wie sie Bibiana vorgefunden hatte. »Ich stehe irgendwie neben mir. Mir ist, als würde mein Verstand aussetzen und mich keinen klaren Gedanken fassen lassen. Die arme Bibiana. Es ist für mich weiterhin unerklärlich, was mit ihr los ist.«

»Fabrizio ist im Krankenhaus? Hast du eine Ahnung, wann er heimkommt? Wir können Simone nicht allein hierlassen.«

»Natürlich muss eine von uns auf ihn warten. Ich versuche, ihn anzurufen, okay? Bisher wollte ich ihn nicht stören.«

»Das ist mehr als nachvollziehbar.«

Maddalena erreichte Fabrizio nach dem ersten Klingeln. Er erklärte, es gebe noch nichts Neues und er wolle Bibiana, die immer noch untersucht werde, nicht allein lassen.

»Das heißt, du bleibst über Nacht in der Klinik?«

»Ja, ja, jetzt kommt wieder eine Ärztin. Ich muss mit ihr reden.«

»Was ist mit Simone?«, fragte Maddalena schnell, aber Fabrizio hatte die Verbindung bereits unterbrochen.

»Er will anscheinend, dass du das regelst«, stellte Stella fest.

Maddalena sah ihre Freundin ratlos an. »Danach sieht es wohl aus. Heute Nacht bleibe ich also hier. Aber was mache ich, wenn Simone aufwacht und Fabrizio ist noch nicht wieder aus dem Krankenhaus zurück?«

»Du solltest lieber nach Hause gehen, du musst doch morgen arbeiten. Ich halte einstweilen hier die Stellung. Ich rufe rasch Guido an, und wenn du weg bist, richte ich mir ein Lager auf der Couch.«

Maddalena nickte erleichtert. »Also, wenn du wirklich dableiben könntest? Das wäre großartig und hilfreich.«

»Kein Problem«, erklärte Stella und telefonierte kurz mit ihrem Mann. »So, Guido ist im Bilde. Morgen besprechen wir uns mit Fabrizio und sehen weiter. Hoffentlich steht es nicht allzu schlimm um Bibiana.«

»Das hoffe ich auch. Ich blicke da nicht durch. Am Nachmittag habe ich noch mit ihr telefoniert. Sie klagte zwar über Abgeschlagenheit, freute sich aber ganz eindeutig auf den Kurs und darauf, uns zu treffen.«

»Mir bereitet das Ganze wahrhaftig große Angst. Vielleicht reagiere ich deshalb so empfindlich, weil die Nachricht von Cinzias Tod heute so überraschend kam. Ist es nicht fürchterlich, dass sie die Krebsdiagnose erst erhielt, als es für eine Behandlung schon zu spät war?«

Dem konnte Maddalena nur zustimmen. »Morgen fahre ich nach der Arbeit ins Krankenhaus und versuche herauszubekommen, was Bibiana hat. Wir beide bleiben in engem Kontakt, schon wegen Simone.«

Maddalena verließ Stella ungern, aber es war spät, und sie brauchte eine Runde Schlaf, um morgen zu funktionieren.

11

Gianna wachte auf, noch bevor der Wecker schrillte. Ihre Nacht war unruhig gewesen, immer wieder war sie aufgestanden und hatte nach Vittorio gesehen. Gianluca hingegen hatte geschlafen wie ein Murmeltier und tiefe Schnarchlaute von sich gegeben.

Bevor heute seine Sprechstunde begann, würde sie ihn noch mal auf die befremdliche Situation von gestern Abend ansprechen. Es war für sie untragbar, dass die aufreizende Mariella weiter mit ihrem Mann zusammenarbeitete.

»Mama!«, rief Vittorio aus seinem Zimmer, und Gianna sprang aus dem Bett.

»Du musst nicht gleich so hektisch reagieren, kaum dass der Junge einen Pieps von sich gibt«, brummte Gianluca und drehte sich auf die andere Seite.

Sie ignorierte ihn und ging ins Kinderzimmer. »Vittorio, mein Schatz.« Gianna befühlte seine Stirn und stellte erleichtert fest, dass sie kühl war. Auch sein Pyjama klebte nicht verschwitzt an ihm. »Vittorio, Schätzchen. Ist dir immer noch schlecht? Papa sagte, du hättest ordentlich gespuckt.«

»Schlecht? Nein, Papi und Tante Mariella haben mir Würstchen mit Senf vor den Fernseher gebracht. Dann habe ich falsch geschluckt, und ein bisschen Haut ist in meinem Hals stecken geblieben.«

»Oh mein Gott, davon hat Papa mir gar nichts erzählt«, brachte Gianna erschrocken hervor.

»War gar nicht so schlimm. Ich musste ein paarmal fest husten, dann kam die Wursthaut hoch, und ich habe sie einfach ausgespuckt. Papa war zuerst nicht da, aber dann durfte ich zum Trost Eis essen, so viel ich wollte. Als ich müde wurde, habe ich mir ›Peter und der Wolf‹ angehört und an dich gedacht, Mami. Ich mag dich lieber als die Freundin vom Papa.«

»Welche Freundin meinst du?«

»Na, die ihm bei den Patientinnen hilft.«

»Mariella? Die ist doch keine Freundin, sondern seine Angestellte.«

»Ja. Sie war aber die ganze Zeit hier. Als ich mich verschluckt hatte, kam Papa erst, als ich laut nach ihm rief, aus dem Schlafzimmer gelaufen. Mariella rannte hinter ihm her. Ich habe ihn gefragt, warum sie dadrin waren, und Papa hat gesagt, sie haben was gesucht.«

Gianna war, als kämen die Wände auf sie zu und nähmen ihr jegliche Luft zum Atmen.

»Komm, wir putzen erst mal deine Zähne und waschen dich. Dann ziehen wir dir deine Lieblingsjeans an, und du darfst dir das Poloshirt und den Pulli aussuchen. Heute wird es sicher lustig in der Kindergruppe. Wollte Freddo nicht seinen Hamster mitbringen?«

Es kostete sie unendliche Überwindung und eine übergroße Portion an Mutterliebe, diese Worte gelassen hervorzubringen.

»Ja. Und jedes Kind, das ein Haustier hat, kommt der Reihe nach dran. Kaufst du mir ein Meerschweinchen, Mami? Ich hätte so gern eines.«

»Das wird sich einrichten lassen. Aber du musst es füttern und den Stall sauber halten.«

»Ich hab dich lieb. Danke! Das mache ich, versprochen. Ich werde es gleich allen erzählen.« Er stand auf und sprang fröhlich hüpfend ins Badezimmer.

Von Giannas Herz brach ein weiteres Stück ab.

Bald darauf hatte sie Vittorio mit seiner Frühstücksbox in der Kindergruppe abgeliefert und für Gianluca ein Croissant besorgt und parkte ihr Auto vor dem Haus.

Mariellas Mini Cooper stand noch nicht vor dem Praxiseingang. Das war ungewöhnlich. Sie kam meistens schon, bevor die ersten Patientinnen eintrafen, weil sie doch so gewissenhaft und fleißig war. Gianlucas silberner Jaguar parkte wie sonst neben Giannas Abstellplatz.

Ihre Hand zitterte, als sie die Wohnungstür aufschloss.

Jetzt würde sie mit ihm reden müssen, so wie sie es sich vorgenommen hatte. Daran führte kein Weg vorbei.

»Bist du es, Gianna?«, hörte sie ihren Mann rufen.

Wer soll es sonst sein, hat deine kleine Freundin etwa schon einen Hausschlüssel, dachte sie erbost.

»Ich bin in der Küche.«

Sie beherrschte ihre aufschäumende Wut, trat ein und legte das Croissant vor ihn auf die Küchentheke. Dann setzte sie sich neben ihn auf einen Barhocker.

Er griff lächelnd zu einem Glas frisch gepresstem Orangensaft und hielt es ihr hin. »Möchtest du?«

»Danke, nein, danach ist mir jetzt nicht«, würgte sie hervor, nahm, ohne es selbst zu bemerken, aber dennoch das Glas entgegen. »Bleibt die Praxis heute geschlossen? Das hast du mir gar nicht gesagt. Ich sah vorhin bloß, dass Mariellas Mini Cooper nicht davorsteht.«

»Ja. Hast du das Schild nicht gesehen? Ich habe es auf die Praxistür geklebt. Mein Auto muss nach Monfalcone, da ich in letzter Zeit immer wieder lästige Fehlzündungen bemerke. Die Werkstatt hier in Fossalon kriegt das nicht hin, mit der diffizilen Technik meines Fahrzeugs kennen die sich nicht aus. Und die Arzthelferin soll sich nach ihrem selbstlosen Einsatz für unseren Sohn erst einmal ausschlafen. Du vergisst doch bitte nicht, ihr einen Blumenstrauß zu besorgen?«

Was bildete sich dieser Kerl bloß ein?

Gianna trank hastig einen Schluck von dem Orangensaft und musste husten. Erst jetzt fiel ihr auf, wie irrational sie eben reagiert hatte, als sie den Saft ablehnte und dann doch nahm. Anscheinend war das die Macht der Gewohnheit. Sie beschloss, ihren unmäßigen Zorn zu verbergen und das anstehende Gespräch auf später zu verschieben. Denn seit gestern Abend hatte sie, unabhängig von ihrer Erkenntnis in Bezug auf ihren Mann und seine Affäre, ein unheimliches Gefühl, dem sie unbedingt nachgehen wollte. Und gerade bot sich die perfekte Gelegenheit dazu.

»Das heißt, du fährst nach Monfalcone? Könntest du mir bitte aus dem Laden mit der feinen Tischwäsche eine Packung Stoffservietten mitbringen? Die zarten weißen.«

»Gern, wenn es weiter nichts ist. Brauchst du sonst noch etwas?«, fragte er überrascht.

Sicher hatte er mit Vorwürfen oder, schlimmer noch, mit einem handfesten Streit wegen gestern Abend gerechnet.

»Kommt darauf an, wie lange die Reparatur dauert. In der Pasticceria am Hauptplatz haben sie köstliche Törtchen. Kaufst du uns welche fürs Abendessen, wenn noch Zeit ist?«

»Klar doch. Ich werde bestimmt nicht länger als drei, maximal vier Stunden unterwegs sein.«

»Ach«, sagte Gianna betont ruhig, »dann melde dich doch bitte, wenn du deine Angelegenheiten und die Einkäufe erledigt hast, denn vielleicht könntest du ja Vittorio danach abholen? Dann kann ich mich um den Haushalt kümmern.«

»Aber klar, ich melde mich bei dir, wenn ich losfahre.« Sichtlich zufrieden mit dem Verlauf des Gesprächs, ergänzte er gut gelaunt: »Fein, dass es dem kleinen Kerl besser geht.«

Gianna setzte ihr bestes Pokerface auf. »Alles wieder gut. Vermutlich hatte er nur etwas zu viel Eis gegessen.«

Gianluca musterte sie einen Moment lang irritiert, öffnete den Mund, um etwas zu sagen, schloss ihn dann aber wieder und schaute weg.

»Lass dir ruhig Zeit«, fügte Gianna noch hinzu, »ich muss ohnehin die Wäsche machen und die Blumen für Mariella besorgen.«

12

Maddalena war heute schwerfällig und wie benommen aus den Federn gekrochen. Nicht mal die morgendliche Zigarette und der starke Espresso, den sie auf ihrer kleinen Terrasse trank, vermochten ihre Lebensgeister neu zu erwecken.

Der gestrige Abend lag ihr drückend im Magen.

Wie es wohl Bibiana ging?

Schaffte Stella es, Simone zu versorgen und zu beruhigen?

Ihr Kopf brummte, und sie nahm zwei Schmerztabletten, bevor sie auf ihr Rad stieg, um zur Dienststelle zu fahren.

Ihr erster Anruf galt Stella.

»Wie geht es dir, wie läuft es mit Simone?«

»Geschlafen habe ich nicht. Dafür das Chaos beseitigt und Bibianas Bettzeug abgezogen und in die Waschmaschine gesteckt. Maddalena, da war so viel Blut, ich fasse es nicht. Vorhin habe ich der Kleinen ihr bevorzugtes Frühstück gemacht, Porridge mit Honig und Früchten, stell dir das vor.« Stella lachte verkrampft. »Welches Kind isst Obst, ohne dazu gezwungen zu werden? Sorry, ich quatsche dich voll. Aber in meinem Kopf purzelt alles durcheinander.«

»Lass gut sein, *tesoro*, du machst alles richtig. Was hast du zu Simone gesagt, warum Fabrizio und Bibiana nicht da sind?«

»Nun, ich erzählte ihr, die beiden würden einen Ausflug machen, damit ihre Mama sich wieder erholt. Mir fiel bei Gott nichts Besseres ein.«

»Ist doch eine tolle Idee, das wäre mir nicht in den Sinn gekommen. Denkst du, sie kann heute in die Kindergruppe?«

»Ich habe sie bereits hingebracht, mit der Betreuerin gesprochen und ihr die Sachlage erklärt, so gut ich es eben konnte. Jetzt werde ich, da ich Fabrizio nicht erreiche, erst mal nach Hause gehen und Simone später wieder abholen. Bibiana hat einen Plan an den Kühlschrank gepinnt, auf dem sämtliche Telefonnummern und Termine stehen.«

»Das passt zu ihr. Vielleicht solltest du, bevor du weggehst, noch schnell im Arbeitszimmer ihren Kalender durchforsten und ihre Besichtigungen vorerst aus Krankheitsgründen absagen? Das wäre eine große Hilfe, denn Bibiana versetzt ihre Kunden nur ungern. Sie ist ausgesprochen zuverlässig.«

»Das ist eine sehr gute Idee. Das mache ich. Man soll nicht denken, sie sei nachlässig. Das könnte ihrem hervorragenden Ruf als Immobilienmaklerin schaden. Daran hatte ich gar nicht gedacht.«

»Stella, sobald ich hier wegkann, fahre ich nach Monfalcone und erkundige mich, was mit ihr los ist. Auch mir gelingt es nicht, Fabrizio zu erreichen. Er scheint wie selbstverständlich davon auszugehen, dass wir Simone übernehmen.«

»So ähnlich empfinde ich das auch. Ich kann es ihm nicht verübeln, doch wenn ich in Simones traurige Augen schaue, steigt schon ein bisschen Zorn in mir hoch. Schließlich ist sie seine Tochter. Er hätte sich wenigstens mit uns absprechen können.«

»So ist Fabrizio, ein weltfremder Eigenbrötler. Und wenn so einer dann auch noch in einen Ausnahmezustand gerät, dann vergisst er alles andere und blendet das eigene Kind einfach aus.«

»Es ist kaum zu glauben. Aber so etwas kommt vor. Ich habe darüber mal eine Seminararbeit geschrieben. ›Eingeengtes Sichtfeld‹ war der Titel.«

Stella, die vor ihrer Ehe mit Guido Lippi in Padua studiert hatte, kannte sich in Psychologie ziemlich gut aus. Den Abschluss hatte sie nicht mehr gemacht, würde ihn aber bald nachholen, das hatte sie sich fest vorgenommen. Sie musste nur noch die Abschlussarbeit schreiben.

»Beeindruckend, Stella. Ich muss jetzt aufhören, Guido, Arturo, Rita und Zoli kommen zu einem Gespräch. Ich melde mich, sobald ich im Krankenhaus war.«

Piero Zoli, der wohl ahnte, dass heute etwas im Busch war, betrat nach kurzem Klopfen mit einem großen Servierbrett als Erster ihr Büro. Mehrere Tassen, eine Zuckerdose und seine berühmte Thermoskanne standen darauf.

Tollpatschig balancierte er das Tablett vor sich her, und Maddalena konnte mit einem raschen Handgriff gerade noch verhindern, dass sich der Zucker wie ein Schneegestöber über ihren Schreibtisch verteilte.

Zoli war peinlich berührt und hörte nicht auf, sich zu entschuldigen.

»Stopp! Es gibt keinen Grund, sich zu erniedrigen«, fuhr Maddalena ihn an und ärgerte sich gleich darauf über ihren harschen Ton.

Ihre Nerven lagen blank, aber wie sollte der ungeschickte Kerl das denn wissen?

Guido Lippi kam, als Piero Zoli alles ordentlich vorbereitet hatte.

Mit sorgenvoller Miene betrat er das Büro.

»Hmm«, brummte er und kratzte über seinen Hinterkopf, »guten Morgen, Chefin. Üble Nacht, was?«

»So kann man das auch sehen.« Im Gegensatz zu Zoli, der pikiert aufblickte, weil er anscheinend glaubte, der Kollege würde ihr schlechtes Aussehen kommentieren, wusste Maddalena natürlich, worauf Lippi sich bezog.

Arturo betrat mit seinem wie üblich strahlenden Lächeln schwungvoll ihr Büro.

»Habe ich Ihr Klopfen mal wieder überhört?«, fragte sie ihn gereizt, denn seine »Spontanität« war eine alte Unstimmigkeit zwischen ihnen. Der Kollege Fanetti, von Maddalena und Teilen der Belegschaft zuweilen auch Legolas genannt, weil er dem Elbenprinzen aus dem Düsterwald im berühmten Roman »Der Herr der Ringe« so sehr ähnelte, nahm sich wie selbstverständlich das Recht heraus, überall hereinzustürmen, wann immer er Lust dazu verspürte. Er meinte es nicht böse, das war Maddalena inzwischen klar, und sie mochte diesen schrägen Kerl von Herzen, aber sie durfte ihm nicht alles durchgehen lassen. Das ging schon wegen der Kollegen nicht.

Auf Rita Beltrames zaghaftes: »Darf ich hereinkommen?«, reagierte sie daher umso freundlicher.

»Klar doch, Beltrame, guten Morgen. Zoli hat für uns alle Espresso eingeschenkt.«

Sie erzählte ihrem um sie versammelten Team, was gestern geschehen war. Ihre Freundin Bibiana war in halb bewusstlosem Zustand ins Krankenhaus eingeliefert worden, doch niemand wusste bislang, aus welchem Grund. Es schien allerdings nicht gut um sie zu stehen.

Guido Lippi nickte wissend.

»Rita«, sie wandte sich an ihre Kollegin, »würden Sie mich mit dem Dienstwagen nach Monfalcone fahren? Ich muss jetzt unmittelbar ins Krankenhaus, um nachzuforschen, was passiert ist.«

»Natürlich, Commissaria.« Beltrame nickte.

Zoli, der Maddalena üblicherweise fuhr, warf ihr einen gekränkten Blick zu, so als hätte sie seine Rechte beschnitten. Aber ihre Wahl war nicht grundlos auf Rita gefallen. Sie war immerhin Dottor Beltrames Tochter, und möglicherweise kam Maddalena mit ihrer Hilfe eher an verlässliche Informationen als mit Piero Zoli.

»Lippi hat während meiner Abwesenheit wie üblich die Leitung, falls erforderlich. Und Sie wissen ja, wie Sie mich erreichen.«

Alle nickten dienstbeflissen, und Stühle wurde gerückt.

Während Rita die Autoschlüssel und ihre Uniformjacke holte, öffnete Maddalena ihr Fenster weit und ließ frische Meeresluft herein.

Die jodhaltige Brise roch würzig nach Pinien, Zypressen und Salz.

Über den Wellen schäumte weiße Gischt, und Wind war aufgekommen.

13

Gianna ging in den Warteraum und ließ die Jalousien der Fenster zum Parkplatz herab. So fühlte sie sich sicher und fast hermetisch abgeriegelt.

Schon lange war sie nicht mehr Teil von Gianlucas Praxis, sie konnte sich nicht erinnern, wann sie das letzte Mal zum Arbeiten hier gewesen war. Früher gehörte die Ansprache seiner Patientinnen wie auch alles, was mit der Abwicklung seiner Termine zusammenhing, zu ihren täglichen Aufgaben.

Alles das hatte nun Mariella übernommen.

Sich aufmerksam umblickend, schlenderte sie durch die Räume der Praxis. Alles sah gepflegt und sauber aus, hier konnte sie der Assistentin keinen Vorwurf machen. Im Warteraum lagen die neuesten Magazine ordentlich übereinandergestapelt auf dem Tisch, eine große Vase mit frischen Herbstblumen stand in einer Ecke. Auf den zwei gegenüberliegenden Regalen verbreiteten jeweils zwei Duftschalen mit Blüten, getränkt mit ätherischen Ölen, einen angenehmen Duft. Das Kinderspielzeug lag ordentlich aufgeräumt in einem Plastikkorb. Behälter mit Desinfektionsmittel hingen gut sichtbar an den Wänden.

Auch der Untersuchungsraum mit dem gynäkologischen Stuhl und den unterschiedlichen Instrumenten wirkte wie poliert, ebenso die Scheiben der Fenster sowie die des Glasschranks mit den Fachbüchern. Die Mülleimer waren leer, und als Gianna mit dem Finger über eine Holzleiste strich, konnte sie kein bisschen Staub ausmachen. Ein Wasserspender, gut gefüllt, mit einer Reihe daran befestigter Pappbecher hing an der Mauer neben dem Eingang.

Der Boden war gesaugt, gekehrt und gewischt.

Ja, Mariella war eine vorbildliche Praxisgehilfin, an deren Arbeit nicht das Geringste auszusetzen war.

Dennoch gab es sicher noch andere Jobsuchende in der Umgebung, die ebenso gewissenhaft arbeiten würden. Und Gianna könnte an den Vormittagen, wenn Vittorio in der Kindergruppe war, selbst auch wieder einen Teil der Aufgaben übernehmen. Eine Affäre ihres Mannes in dessen Arbeitsumfeld durfte sie nicht dulden.

Aber deshalb hatte Gianna sich hier nicht eingesperrt.

Nach all der Aufregung und den vielen Fragen um Cinzias überraschenden Tod war etwas in ihrem Kopf haften geblieben, dem sie unbedingt nachgehen musste.

So fand sie sich schließlich im ebenfalls wunderbar aufgeräumten Büro von Gianluca wieder und saß auf dem ergonomischen Stuhl vor seinem majestätischen Schreibtisch. Der Computer, einer von denen mit dem angebissenen Apfel und natürlich das neueste Modell, schimmerte silbern.

Früher, als seine einzige Mitarbeiterin und Buchhalterin, hatte sie Zugang zu allen Daten gehabt.

Zögernd erweckte sie den Computer zum Leben, und das Apple-Symbol erschien auf dem Bildschirm.

Anders als früher musste sie ein Passwort eintippen, um in seinen Account zu gelangen. Wahrscheinlich kannte es außer ihm nur seine Arzthelferin. Wenn überhaupt.

Gianna biss ungeduldig an ihrer feinen Haut um die Nägel, die mal wieder eine Maniküre gebraucht hätten.

Wie kam sie da bloß hinein?

Mit Gianlucas, ihren und Vittorios Geburtsdaten und Namen scheiterte sie kläglich.

Wieder riss sie ein Stück Nagelhaut mit ihren Zähnen ab, und der metallische Geschmack von Blut breitete sich in ihrem Mund aus.

Verdammt.

Aus einem Instinkt heraus gab sie »Mailand« ein, und der mit unterschiedlichen Icons und Ordnern bestückte Desktop erschien.

Sie konnte ihr Glück kaum fassen. Hastig überflog sie die Bezeichnungen der abgespeicherten Ordner. Sie stand unter dem Eindruck, sich beeilen zu müssen, denn für Gianluca war Zeit ein unbestimmter Begriff. Er könnte auf einmal dastehen und gegen die von innen verschlossene Tür trommeln. Dann käme sie in Erklärungsnot.

Endlich fand sie, wonach sie suchte.

Es war die Datei mit der Kartei seiner Patientinnen.

Der Reihe nach ging sie die Namen der Frauen durch. An viele, die er in Mailand behandelt hatte, konnte sie sich noch gut erinnern, da sie sie in Empfang genommen, ihre Arztbriefe geschrieben und die Proben mit ihren Abstrichen ins Labor gebracht hatte.

Komisch, überlegte sie, dass Gianlucas Passwort ausgerechnet »Mailand« lautet.

Cinzia, Cinzia, Cinzia.

Der Name ließ sie nicht mehr zur Ruhe kommen.

Natürlich gab es in der Kartei einige Frauen, die so hießen, es musste sich nicht um jene aus ihrem Pilates-Kurs handeln, aber sie hatte so eine unscharfe Erinnerung, Cinzia einmal hier in der Praxis gesehen zu haben, bevor sie sich kannten.

Vielleicht irrte sie sich auch, aber falls sie recht hatte und Cinzia Patientin ihres Mannes gewesen war, sollte sie Gianluca von deren Tod in Kenntnis setzen.

Sie fand fünf Cinzias. Vom Alter her passten drei.

Was sollte sie tun?

Kurz entschlossen und mit einer gehörigen Portion Mut wählte sie Signorina Zamparuttis Nummer. Stella und Maddalena wollte sie damit nicht belästigen, und sie kannte weder Laras noch Claires, Francescas oder Annamarias Telefonnummer.

»Zamparutti«, meldete sich die Pilates-Lehrerin nach dem zweiten Klingelton in gewohnt grimmigem Ton.

»Entschuldigen Sie die Störung, Signora. Könnten Sie mir bitte mit einer Information behilflich sein?«

»Sie haben den Stundenplan doch per E-Mail bekommen. Also, was brauchen Sie?«

»Würden Sie mir bitte sagen, wie die verstorbene Cinzia mit Nachnamen hieß?«

»Sind Sie noch ganz bei Trost? Ich verstoße doch nicht gegen den Datenschutz.«

»Es ist nur so, ich sitze hier in der Praxis meines Mannes. Er ist Gynäkologe, und möglicherweise war sie seine Patientin.«

»Dann fragen Sie doch ihn, wenn er ihr Arzt war. Was geht mich das an?«, fauchte die Zamparutti und unterbrach grußlos die Verbindung.

Gianna war genauso klug oder besser blöd wie zuvor.

Rasch googelte sie die Telefonnummer von Stefanos Bar.

Francesca hob ab.

»Hallo, Francesca«, sagte Gianna beklommen, »hier ist Gianna Mantovanni, ich hoffe, ich störe dich nicht.«

»Nein, überhaupt nicht. Stefano ist mit seinem Bruder im Großmarkt, und ich schmeiße einstweilen den Laden. Ist allerdings gerade nicht viel zu tun. Was gibt es denn? Haben wir denn nie unsere Handynummern ausgetauscht, dass du mich auf dem Festnetz anrufst?«

»Anscheinend nicht. Ich rufe an, weil ich gern wissen möchte, wie die verstorbene Cinzia mit Nachnamen hieß.«

»Wart mal. So ähnlich wie der blinde Sänger, Andrea ... Botticelli, genau.«

»Dessen Namensvetter Sandro war doch ein berühmter Künstler aus der Renaissance, der unter anderem die ›Geburt der Venus‹ verewigt hat. Und die vielen Engel, die jetzt alle möglichen Ansichtskarten zieren.«

»Stimmt, Cinzia hieß aber nicht genauso, sondern ... warte, Bocelli, ja, so hieß sie. Warum willst du das wissen?«

»Ich vermute, dass sie eine Patientin meines Mannes war, und möchte in seiner Kartei nachsehen. Über den Tod einer Patientin wird er informiert werden wollen, sofern er nicht bereits davon weiß.«

»Hm«, machte Francesca unbestimmt. »In seiner Patientenkartei wirst du bestimmt mehrere Namen von Frauen aus unserem Kurs finden, meinen eingeschlossen. Denn ich bin froh, dass es in der Nähe einen zusätzlichen Gynäkologen gibt. Unserer hier ist nicht mehr der Frischeste.«

»Wir sehen uns wahrscheinlich bald beim Begräbnis.«

»Ich weiß nicht so recht. Ein Gast, der in der Pathologie beschäftigt ist, erzählte mir heute, dass die Leiche erst nach einer ausführlichen Obduktion freigegeben wird. Da gibt es wohl einige Zweifel auszuschließen.«

Ein Schauer rieselte über Giannas Rücken. Der plötzliche Tod von Cinzia schien Fragen aufzuwerfen.

Verunsichert scrollte sie weiter durch die Patientinnenkartei und fand tatsächlich einige ihr bekannte Namen. Auch den von Bibiana, Maddalenas bester Freundin, der es gestern so schlecht gegangen war, dass sie dem Kurs fernbleiben musste.

Da war sie, Cinzia Bocelli. Gianna klickte die Patientinnenakte an, als ihr auf dem Desktop ein weiterer Ordner ins Auge stach.

»Vittis süßeste Babyfotos«, las sie und wunderte sich, dass ihr wenig sentimentaler Mann einen Ordner mit Fotos von ihrem Sohn auf dem Rechner hatte. Womöglich wollte er ein Fotobuch erstellen und es ihr zu Weihnachten schenken? Ihre Gefühle ihm gegenüber gerieten, wie üblich, ins Wanken. Neugierig öffnete sie die Datei und prallte zurück.

Nicht Vittorio, sondern Mariella war auf den Bildern zu sehen, in jeder nur denkbaren Pose.

Einmal lag sie mit gespreizten Beinen nackt und glatt rasiert auf Gianlucas Schreibtisch, dann wieder trug sie einen engen Slip und bedeckte schamvoll ihre Brüste, sodass nur die rosa Warzen hervorlugten.

Beschämt drehte Gianna sich weg.

Den Anblick des Unterleibs ihres Ehemannes, den sie seit Jahren kannte, wollte sie sich ersparen.

Es reichte ihr, endgültig.

Mit bebenden Fingern tippte sie auf das Print-Symbol und holte die markierten pornografischen Fotos, die Gianlucas Ehebruch eindeutig bewiesen, aus dem Drucker.

Ihr Herz hämmerte gegen ihre Rippen, als sie die ausgedruckten Papiere sorgfältig faltete und sie, nachdem sie wieder in der Wohnung war, in der untersten Lade ihres Schminktisches versteckte.

Ihr Blick streifte den Safe, und sie überlegte, was Gianluca darin wohl noch vor ihr verbarg. Rasch gab sie das Passwort ein, das ihr vorhin den Zugang zu seinem Computer ermöglicht hatte, aber leider ohne Erfolg.

Jetzt blieb ihr nur noch, schweren Herzens auf die Rückkehr ihres Mannes mit dem Kleinen zu warten.

Sobald sie Vittorio seine Gute-Nacht-Geschichte vorgelesen hatte, würde sie das unaufschiebbare Gespräch mit Gianluca führen müssen.

Daran führte nicht mal der schmalste Pfad vorbei.

14

Die Fahrt nach Monfalcone verlief still. Maddalena und Rita zogen es vor, zu schweigen, jede war in ihre eigenen Gedanken vertieft.

Aus dem Radio dudelte leise Countrymusik, und Maddalena fragte sich, wer das Dienstauto wohl zuletzt gefahren hatte, denn ihren Geschmack traf das Gejaule nicht. Kurzerhand suchte sie einen anderen Sender und gab sich schließlich mit den lokalen Nachrichten zufrieden.

Als sie fast angekommen waren, sagte Rita unerwartet: »Mein Vater hat mir nichts erzählt, falls Sie das angenommen haben. Er nimmt es genau mit der Schweigepflicht.«

»Wenn Sie glauben, ich hätte Sie gebeten mitzukommen, um Sie darüber auszufragen, irren Sie. Ich hoffe lediglich, durch Ihre Begleitung eventuell mehr aus der Ärzteschaft herauszubekommen, da Sie nun mal die Tochter eines dort bekannten Mediziners sind. Außerdem schätze ich Ihre ausgezeichnete Beobachtungsgabe. Ihnen entgeht so schnell nichts. Das haben Sie mehr als nur einmal bewiesen.«

»Danke, Chefin, dass Sie so über mich denken, bedeutet mir viel«, murmelte Beltrame undeutlich.

Erst jetzt nahm Maddalena den leichten Schweißgeruch wahr, der die Kollegin stets umgab. Heute war er eindeutig stärker.

Sie parkten und gingen nebeneinander den glatten, altmodisch gemusterten Linoleumboden entlang.

Im Schwesternzimmer fragte sie nach Bibianas Zimmernummer.

Der angesprochene Pfleger erwiderte freundlich: »Sind Sie eine Angehörige?« Sein Blick glitt über Beltrames Uniform, die sie unschwer erkennbar als Polizistin auszeichnete.

»Die Signora ist meine beste Freundin, wir stehen einander nahe wie Schwestern.«

In diesem Moment erklangen Schritte auf dem Gang, und

Fabrizio eilte mit wild zerzaustem Haar und sorgenvoller Miene auf sie zu. »Maddalena!«, rief er. »Bibiana wartet schon auf dich.«

Das hieß, Bibiana war bei Bewusstsein. Maddalena atmete hörbar aus.

»Kommt mit, sie liegt in Zimmer elf.«

Zum Glück befindet sie sich nicht in Zimmer zwölf oder siebzehn, den Unglückszahlen, dachte Maddalena.

Warum ihr das jetzt einfiel, wusste sie beim besten Willen nicht.

Als sie zu dritt das Krankenzimmer betraten, lag Bibiana jedoch mit geschlossenen Augen da, an unzählige Apparate angeschlossen. In ihrem Mund steckte ein Schlauch, und ihr Brustkorb hob und senkte sich gleichmäßig im Rhythmus, den das Beatmungsgerät vorgab.

»Was ist los mit ihr?«, fragte Maddalena entsetzt. Sie konnte nicht anders, als Fabrizio zu rütteln, der wie paralysiert neben ihr stand und schwieg. »Mann, komm zu dir.«

»Sie dämmert vor sich hin. Ich sitze neben ihr, halte ihre Hand und warte, dass sie aufwacht. Immer wieder wird ihr Bett weggerollt, und unterschiedliche Untersuchungen werden an ihr vorgenommen. Gott sei Dank haben wir die Privatversicherung. Deshalb wird Bibiana nun besonders gut und gründlich behandelt.«

Beltrame räusperte sich unwohl.

Maddalena winkte verstohlen ab. Das Krankenhaus von Monfalcone genoss einen hervorragenden Ruf, und auch Patienten ohne eine Zusatzversicherung waren hier sicherlich bestens aufgehoben. Aber dies war nicht der Moment, um darüber zu diskutieren.

»Bibiana, *tesoro*«, flüsterte sie und ließ sich vorsichtig neben ihrer Freundin auf dem Bettrand nieder. Da sie keine Antwort bekam, nicht das geringste Zucken ihrer Wimpern oder der Mundwinkel wahrnehmen konnte, nahm sie an, dass die Freundin in künstlichen Tiefschlaf versetzt worden war.

Über die Gründe bekam sie aus Fabrizio kein klares Wort

heraus, und auch bezüglich Bibianas Diagnose und Behandlung konnte er ihr keine vernünftige Auskunft geben. Sogar Rita Beltrame, die, wenn es darauf ankam, sehr einfühlsam sein konnte, schüttelte nach einer Weile entmutigt den Kopf.

Maddalena versuchte es auf die kameradschaftliche Tour, aber Fabrizio schien sie gar nicht zu hören, er war völlig gefangen in seiner eigenen Welt. Nicht mal, als sie erzählte, dass Stella Simone am Morgen in die Kindergruppe gebracht hatte, reagierte er.

»So wird das nichts«, stellte Beltrame nüchtern fest. »Signor Vascotto, nehmen Sie sich zusammen. Was soll mit Ihrer Tochter geschehen? Die Kleine darf doch nicht allein zu Hause bleiben.«

Erst diese Frage riss Fabrizio aus seiner Traumwelt. Er legte Maddalena eine Hand auf die Schulter und sah sie aus geröteten Augen an. »Ich dachte, du würdest dich um sie kümmern. Ich will und kann hier unmöglich weg. Das verstehst du doch? Nimm Simonetta bitte so lange zu dir, bis es meinem Schatz besser geht. Ich werde ihr ein Eis holen, eines, das sie liebt, Erdbeeren mit Vanille. Allein von dem Duft wacht sie auf, dann spiele ich ihre Lieblingssongs. Irgendetwas muss doch funktionieren.«

Fabrizio schien wirklich unter einem schweren Schock zu stehen.

»Hast du eigentlich die Direktorin deiner Schule verständigt, oder bist du heute einfach nicht hingegangen wie einer deiner Schwänzer?«, fragte sie sarkastischer als beabsichtigt.

Beltrame ließ ein nervöses Kichern hören.

Fabrizio gab keine Antwort.

Also würde Maddalena in der Schule anrufen müssen. Damit hatte sie ohnehin schon gerechnet.

Sie warf einen letzten Blick auf ihre Freundin, hoffte, ihre braunen Augen aufleuchten zu sehen. Aber die blieben hartnäckig geschlossen, und die Wimpern warfen dunkle Schatten. Das schwarze Haar lag ausgebreitet auf dem Kissen, und Maddalenas Herz zog sich vor Schmerz zusammen.

Draußen vor der Tür des Krankenzimmers sahen Maddalena und Rita sich verstört an.

Eine junge Ärztin mit kurzen braunen Locken und hochgeschobener randloser Brille blieb interessiert vor ihnen stehen, anscheinend beeindruckt von Ritas Uniform.

»Warum ist die Polizei bei Signora Taddi? Es geht doch um kein Verbrechen. Oh, entschuldigen Sie, ich bin Dottoressa Giovanotti.«

»Commissaria Degrassi«, stellte Maddalena sich vor, »und das ist meine Kollegin Rita Beltrame. Signora Taddi ist meine Freundin, wir sind also nicht dienstlich hier.«

»Ach«, äußerte die Ärztin an Beltrame gewandt, »Ihren Vater kenne ich recht gut. Ich habe sogar mal ein Praktikum bei ihm gemacht. Ein toller Diagnostiker.« Sie lächelte. »Ich freue mich immer, ihn zu sehen, selbst unter so widrigen Umständen wie gestern. Er war ja mit dabei, als die bedauernswerte Signora Taddi eingeliefert wurde. Sie hatte sehr viel Blut verloren. Zum Glück hatten wir ausreichend Transfusionen mit ihrer Blutgruppe lagernd. Sonst hätten wir sie verloren. Aber das wird Ihnen inzwischen sicher alles bekannt sein.«

Maddalena witterte ihre Chance. »Dottoressa, der Ehemann meiner Freundin versteht nicht, wie es um seine Frau steht. Er scheint den Ernst der Situation zu verdrängen. Vielleicht sollte ein Psychologe mit ihm reden, möglich, dass er Medikamente braucht.«

»Das haben wir in der Morgenbesprechung bereits notiert, ein Psychologe wird ihn heute noch aufsuchen. Mit dem Tod wird keiner so leicht fertig.«

Der Boden unter Maddalenas Füßen drohte einzubrechen. Sicher wäre sie aus dem Gleichgewicht geraten, hätte Rita sie nicht gestützt.

»Tod?«

Dottoressa Giovanotti schwieg einen Moment lang bestürzt. »Es tut mir leid, ich wusste ja nicht, dass Sie im Unklaren über Signora Taddis Zustand sind. Sie leidet an einem karzinogenen Primärtumor, der, da er nicht früh genug entdeckt wurde, unheilvoll viele Metastasen gebildet hat. Es wäre ein Wunder, wenn sie überlebt.«

Ein grauhaariger Arzt mit einem eingefallenen Gesicht und schmalen Lippen eilte auf sie zu.

»Paola, es ist nicht deine Aufgabe, Angehörige zu informieren. Du musst noch viel lernen. Wir sprechen uns später«, fuhr er die junge Dottoressa eisig an und wandte sich an Maddalena. »Dottor Colitti. Ich habe die letzten Worte meiner allzu redseligen Kollegin gehört. Leider muss ich bestätigen, dass es nicht gut um Signora Taddi steht.«

»Nicht gut? Was heißt das genau? Eine Chance gibt es doch immer, bei jedem. Nicht wahr? Es ist doch möglich ... ich meine, dass Sie den Krebs und die Metastasen in den Griff bekommen? Dass sie wieder gesund wird? Wie ist es überhaupt so weit gekommen?« Maddalena versuchte verzweifelt, dass Wimmern in ihrer Stimme zu unterdrücken. Doch es gelang ihr nicht, und sie brach vor Rita Beltrame und dem strengen Dottore in Tränen aus.

»Das untersuchen wir gerade. In der Regel ist diese Erkrankung langsam fortschreitend und bei rechtzeitiger Diagnose auch gut heilbar. So etwas heftig Explodierendes erleben wir selten. Warum es nicht erkannt wurde, ist mir ein Rätsel, aber wir tun, was wir können«, erklärte er eine gute Spur milder.

Rita legte den Arm um Maddalenas Schulter. »Chefin, kommen Sie. Wir fahren zurück zur Dienststelle.«

Während der Fahrt flossen unaufhörlich Tränen über Maddalenas Wangen. Sie wurde schmerzhaft an ein furchtbares Leid erinnert. Auch wenn sie Franjos Verlust wohl nie wirklich verwinden würde, hoffte sie auf die langsame Distanzierung von der übergroßen Trauer, die sie immer noch umklammert hielt. Dies nun anscheinend auch noch mit Bibiana, ihrer besten und liebsten Freundin, erleben zu müssen, wollte sie sich lieber gar nicht erst vorstellen.

15

Bibiana kam schleppend zu sich.

Dunkle Wolken zogen an ihr vorüber, und eine Last, schwer wie ein Zementsack, drückte auf ihre Brust.

War es ein Tier?

Wo war sie?

Wo war Simone, wo Fabrizio?

Sie konnte sich nicht bewegen.

Ein stählernes Ding verschloss ihren Mund, zwängte die trockenen Lippen auseinander.

Ein dicker Schlauch würgte sie, und sie rang gequält nach Luft.

Ihre langen Wimpern klebten zusammen und verhinderten, dass sie die Augen öffnen konnte.

Um sie herum piepte es.

Waren das elektronische Apparate?

Im Zeitlupentempo nur gelang es ihr, einen Arm zu heben. Sie hing fest und kam nicht höher.

War denn niemand hier, der ihr beistehen, ihr helfen konnte?

Ein schmatzendes Geräusch zu ihrer Linken erregte ihre Aufmerksamkeit und forderte ihre ganze Konzentration.

Weinte da jemand?

Ein Gewicht ließ sich an ihrer Seite nieder und drückte sie nach unten.

»Bella mia«, hörte sie eine vertraute Stimme schluchzen. »Du bist aufgewacht.«

War das Fabrizio oder sein Geist?

»Schwester, schnell, Bibiana ist bei Bewusstsein. So kommen Sie!«, brüllte er so laut, dass seine Stimme sich überschlug und in ihren Ohren schrillte.

Die Apparate begannen schneller zu piepen, und Bibiana wollte sich wegdrehen, sich von den Drähten, an denen sie hing, befreien.

»Dottor Colitti, die Patientin versucht sich loszureißen. Die

Geräte zeigen beunruhigende Werte an, der Puls liegt bei 150, der Blutdruck bei 160 zu 120. Die Sauerstoffsättigung im Blut ist unzureichend.«

»Es besteht die Gefahr eines epileptischen Anfalls.«

Fabrizio, bat Bibiana lautlos, verhindere, dass sie mich in die Schattenwelt zurückbefördern.

Doch ihre Stimme fand kein Gehör.

Maddy würde ihr helfen.

Maddalena.

Wo war die Freundin?

Sie brachte ein gurgelndes Geräusch hervor, vorbei am Atemgerät, das sie nicht selbstständig Luft holen und sprechen ließ.

Dann spürte sie einen Einstich, es fühlte sich an wie der einer aggressiven Wespe, und wieder versank sie in einer Schwärze, die von jeglichen Gedanken und Gefühlen befreit war.

16

Fabrizio fuhr Dottor Colitti und Schwester Nina, deren Namen er sich inzwischen gemerkt hatte, grob an.

»Haben Sie denn nicht bemerkt, dass meine Frau etwas sagen wollte? Warum haben Sie sie nicht aufwachen lassen, jetzt, wo sie endlich zu sich kam? Das finde ich verantwortungslos.«

»Wir verstehen Ihre Aufregung sehr gut. Doch es hätte Ihrer Ehefrau geschadet, weiter bei Bewusstsein zu bleiben. Sie haben doch selbst gesehen, wie ihr Körper sich gegen die erforderlichen Maßnahmen wehrte. Das hätte bittere Folgen haben können.«

»Bittere Folgen? Ja, haben wir die nicht schon längst? Und wieso sprachen Sie von Krampfanfällen? Bibiana leidet nicht unter Epilepsie.«

»Darum ging es in ihrem Fall auch nicht.«

»Fall?«, herrschte Fabrizio den Arzt aufgebracht an. »Wagen Sie kein zweites Mal, Bibiana als einen Ihrer ›Fälle‹ zu bezeichnen.« Am liebsten wäre er mit der Faust auf den Mediziner losgegangen und hätte ihm die überhebliche Visage poliert.

Aber so war Fabrizio nicht gestrickt. Es gelang ihm zwar in Ausnahmezuständen, zu poltern, doch handgreiflich war er noch nie geworden.

»Die Gefahr eines epileptischen Anfalls bei Ihrer Frau ist keiner Vorerkrankung, sondern allein dem tragischen Umstand geschuldet, dass sich in ihrem Kopf Metastasen gebildet haben, die zu solchen Krämpfen führen können. Deshalb haben wir sie vorerst wieder in künstlichen Tiefschlaf versetzt.«

»Künstlicher Tiefschlaf? Metastasen?« Fabrizio wandte sich mit waidwundem Blick an Schwester Nina. »Schwester, Sie verfügen doch über ein Diplom. Ich vertraue Ihnen, weil Sie sich um meine Frau fürsorglich zu kümmern scheinen. Bitte klären Sie mich auf. Was für Metastasen? Ich verstehe nichts mehr. Woher sollen diese Dinger plötzlich kommen?«

Die Schwester legte ihre Hand auf Fabrizios Schulter. »Darüber wird unser Psychologe mit Ihnen sprechen. Er ist ein guter Mann und wird Ihre berechtigten Fragen gewissenhaft beantworten.«

Fabrizio gab ein trockenes Schluchzen von sich. »Sie wird doch nicht daran sterben? Bibiana ist mein Engel, meine Seelenverwandte, mein Lebensmensch. Sie können sie doch retten? Ich bin sehr gut zusatzversichert. Kann mir einiges leisten. Falls wir sie nach Triest ins Cattinara-Krankenhaus oder in die Klinik in Aviano schaffen müssen, wäre das kein Problem. Dort arbeiten sie eng mit der amerikanischen Mayo-Klinik zusammen und sind spezialisiert auf Metastasen. Woher kommen diese Metastasen überhaupt? Das heißt doch, meine Frau hat Krebs, also einen Tumor, der gestreut hat? Meine Bibi hat aber keinen Krebs. Sie ist ein lebendiger, energiegeladener, lustiger Mensch. Sie ist viel stärker als ich, und wir haben eine kleine Tochter, um die sie sich trotz ihres aufreibenden Jobs großartig und selbstlos kümmert. Das soll ihr einmal einer nachmachen!«

»Signor Vascotto, seien Sie bitte zuversichtlich, Ihre Gattin ist bei uns in den besten Händen. Sie müssen jetzt nach Hause zu Ihrer Tochter gehen und sich eine Mütze Schlaf gönnen«, riet ihm die Schwester behutsam. »Hier können Sie einstweilen nichts bewirken. Wir tun alles Erforderliche. Das versichere ich Ihnen, Hand aufs Herz.«

»Ich rühre mich ganz sicher nicht vom Fleck. Was ist, wenn meine Frau wieder aufwacht und sich allein im Zimmer befindet? Angekettet an diese surrenden Maschinen? Nein, so ein Ehemann bin ich nicht.« Fabrizio verbarg sein Gesicht in den Händen und kauerte gramgebeugt an Bibianas Bettrand.

Er bemerkte nicht, dass der Arzt und die Schwester leise miteinander redend das Zimmer verließen.

17

Auf der Rückfahrt zur Dienststelle erkannte Maddalena zum dritten Mal in ihrem Leben die eigene Hilflosigkeit.

Höhere Mächte bestimmten über sie.

Zuerst war ihr Papa überraschend verstorben, dann hatte sie die tragische Sache mit Franjo erleben müssen und jetzt die entsetzliche Krankheit ihrer besten Freundin.

Sie und Bibiana hatten so einiges miteinander durchgemacht, und obwohl Maddalena die Freundin erst über Francesca kennengelernt hatte, waren sie mit der Zeit ein Herz und eine Seele geworden.

Sollte sie Bibianas Onkel Massimo Taddi verständigen?

Obwohl sie häufig mit ihm stritt, mochten die beiden einander, und Bibiana nannte ihn keck »Onkelchen« als Vergeltung für sein provozierendes »Bibi«.

Das, was sie vorhin von dem Dottore und zuvor von der redseligen Dottoressa erfahren hatte, war tief in Maddalenas Knochen gedrungen.

»Chefin«, sagte Beltrame aufmunternd, »es wird nichts so heiß gegessen wie gekocht. Ich bin die Tochter eines Arztes und darf das daher sagen.«

»Danke, liebe Rita, dass Sie mir heute zur Seite stehen. Ich weiß das sehr zu schätzen, doch wir beide wissen genau, dass es nicht gut um Bibiana steht. Da irre ich mich nicht, oder?«

»Was soll ich anderes tun als Ihnen recht geben?« Beltrame bog scharf ab, sicher um einige Stundenkilometer zu schnell. »Ich denke, es wird am besten sein, wenn Sie sich zunächst in Ruhe mit Signora Lippi besprechen. Sie kümmert sich um die Kleine. Sie sollte daher über Bibianas Zustand aufgeklärt werden.«

»Stimmt, das hätte ich fast übersehen. Ich verständige Stella, und später trommeln wir unser Team zusammen und gehen ins ›Delfino Blu‹. Ich bezahle. Was halten Sie davon?«

Maddalena dachte an ihren Junggesellinnenabschied bei Pasqualina Migliore, der wunderbaren Wirtin des Restaurants. Sie sehnte sich in ungeahnter Weise nach ihrer Mutter und würde vermutlich Trost bei Pasqualina finden.

Stella reagierte, wie von Maddalena nicht anders erwartet, gefasst auf die wahrlich niederschmetternden Neuigkeiten.

»Wir schaffen das. Schon der Kleinen wegen«, sagte sie, und einen Moment lang konnte Maddalena die zurückgehaltenen Tränen in Stellas Stimme hören.

Als Maddalena nach dem Telefonat, das sie draußen vor der Dienststelle geführt hatte, ihr Büro betrat, waren darin bereits alle aus ihrem Team versammelt. Mit angespannten Gesichtern sahen sie ihr entgegen.

Rita Beltrame ergriff das Wort, da Maddalenas Kehle wie zugeschnürt war.

»Der Besuch im Krankenhaus hat den Ernst der Lage leider noch verdeutlicht. Aber dazu später mehr. Wir arbeiten jetzt bis Dienstschluss unsere Akten ab. Anschließend lädt die Chefin uns zu Pizza und Wein ins ›Delfino Blu‹ ein. Der Nachtdienst, wer hat den heute?« Sie sah fragend in die Runde.

»Ich, ich halte hier die Stellung«, meldete sich Piero Zoli.

»Kommt nicht in Frage«, widersprach Maddalena, »Sie begleiten uns mit dem Diensthandy. Eine der Praktikantinnen von der Polizeiakademie kann in der Dienststelle bleiben. Ist nicht das erste Mal. Und falls etwas Ungewöhnliches passiert, ruft sie eben an. Wir befinden uns nicht in der Wüste, sondern bloß ein paar Häuser hinter dem Revier.«

Ihr Team nickte zustimmend und machte sich wieder an die Arbeit. Nur Guido Lippi blieb im Türrahmen stehen. Er warf Maddalena einen wissenden Blick zu. »Sie haben unsere volle Unterstützung, Chefin«, sagte er leise.

Sie sah ihn dankbar an, die Lippen zu einem schiefen Lächeln verzogen.

Maddalena war beeindruckt, wie souverän Rita Beltrame die Situation gerade gemeistert hatte. In ihr steckte wahres Teamlead-Potenzial, das sich nur noch nachhaltiger entwickeln musste. Dennoch musste Maddalena später das Wort ergreifen, sie durfte nicht schwächeln und jemand anders in ihre Position drängen. Das wäre unfair. Ihre Mannschaft brauchte eine starke Commissaria. Rita würde sie bei nächster Gelegenheit in ein Führungsseminar schicken und sich so bei ihr bedanken. Beltrame besaß eine starke Persönlichkeit, Energie, Kraft und Durchsetzungsvermögen. Wahrscheinlich war sie sich dessen nicht mal bewusst.

Maddalena streckte ihre Beine unter dem Schreibtisch aus und bemühte sich durch Atemübungen, bei denen sie die Züge mitzählen musste, die aufkeimende Panikattacke im Keim zu bekämpfen. Ihre Psychotherapeutin Laura Lutto, die sie jetzt, nach Franjos Tod, regelmäßig aufsuchte, hatte ihr diese Technik beigebracht. Auch ihr Coach, den sie aus beruflichen Gründen traf, hatte ihr ein paar hilfreiche Tricks gezeigt. Er stärkte ihr kompetentes Umgehen mit schwierigen Situationen und trainierte sie darin, eine »Mauer« hinter sich aufzubauen, um ihr verletzliches Innerstes zu schützen.

»Gefühle haben nicht immer und überall ihren Platz. Dabei geht es keineswegs darum, Emotionen zu verdrängen. Manchmal übernimmt unser Denkorgan eben die Führung und blendet die Emotionen aus, da sie unserem logischen Begreifen sonst entgegenarbeiten und uns Schaden zufügen könnten.«

Okay, dachte Maddalena, meine Körperfunktionen pendeln sich langsam wieder auf den Normalzustand ein. Doch das mit den Gefühlen, nun die sind da. Ich muss versuchen, sie vorerst hinter die Mauer zu schieben.

Und das tat sie.

Als Maddalena und ihre Mitarbeiter nach Dienstschluss um den Holztisch mit den rot-weiß gekachelten Stoffservietten versammelt saßen, kam Pasqualina Migliore mit einem großen Krug Rotwein zu ihnen.

»Der ist vom Haus für meine Lieblingstruppe. Er soll euch aufheitern. Ihr zieht ja Gesichter wie nach drei Tagen Regenwetter.«

»Danke«, murmelte Maddalena. »Ich komme später auf einen

Sprung bei dir in der Küche vorbei. Jetzt nehmen wir erst mal Pizza.«

Sie bestellten und bekamen schon wenig später die großen, üppig belegten Pizzen serviert. Maddalenas Mitarbeiter aßen hungrig, es wurde kaum geredet. Nur sie selbst mühte sich mit jedem Bissen ab. Ihre Kehle war trocken, und sie trank wohl auch deswegen etwas zu viel vom Hauswein.

Pasqualina stellte nach dem Abräumen der Teller ungefragt eine Glasschüssel mit Tiramisu auf den Tisch und legte die richtige Anzahl Löffel dazu. »Lasst es euch schmecken.«

»Also Leute«, begann Maddalena und hustete. »Ich habe euch etwas zu sagen.« Wieder hustete sie, und Zoli klopfte ihr zaghaft auf den Rücken. »Danke, geht schon. Rita und ich waren, wie ihr alle wisst, im Krankenhaus von Monfalcone. Um Bibiana steht es schlecht, sie haben eine Tumorerkrankung diagnostiziert. Es haben sich bereits viele Metastasen gebildet.«

Betretenes Schweigen breitete sich aus. Nur Fanetti löffelte Tiramisu aus der Schüssel.

»Die Ärzte haben Bibiana in künstlichen Schlaf versetzt«, erklärte sie weiter. »Fabrizio ist völlig aus dem Häuschen, er scheint nicht wahrhaben zu wollen oder gar nicht zu verstehen, was passiert, und er will Bibiana nicht von der Seite weichen. Ein Psychologe muss sich um ihn kümmern. Dadurch stellt sich nun die Frage, was mit der fünfjährigen Simone geschehen soll.«

Maddalena atmete tief durch. »Natürlich ist sie nicht unbeaufsichtigt, Stella Lippi ist bei ihr und gestaltet ihren Tagesablauf so normal wie möglich. Bibiana hat einen Wochenplan an den Kühlschrank gepinnt, auf dem sämtliche Aktivitäten der Kleinen eingetragen sind. Kindertagesstätte, Flötenunterricht und Turnstunden.«

»Meine Frau hat den heutigen Tag mit Simone verbracht, sie in den Kindergarten gebracht, für sie gekocht, ihr vorgelesen und sich um die Fragen der Kleinen nach dem Verbleib der Eltern erfolgreich gedrückt. Vorhin rief sie mich an und meinte, sie würde vorerst bei der Kleinen bleiben und eine weitere Nacht in Bibianas Wohnung verbringen. Aber eine Dauerlösung ist das natürlich nicht.« Lippi leerte sein Rotweinglas und nahm sich dann von der Nachspeise.

Der Kollege hatte ausgesprochen, was auch Maddalena umtrieb. Auf Dauer würde sich eine Beaufsichtigung der Kleinen in deren gewohnter Umgebung nicht aufrechterhalten lassen, sie konnte die Verantwortung für Simone aber auch nicht abgeben, außer sie würde die Jugendwohlfahrt einschalten, was Bibiana ihr zum Vorwurf machen würde. Mit Fabrizio war derzeit jedenfalls nicht zu rechnen. So viel stand fest.

»Vielleicht fängt der Vater sich ja, kümmert sich um seine Kleine, und Bibiana kommt rascher, als alle glauben, wieder auf die Beine«, erwog Fanetti zwischen zwei Löffeln Tiramisu gedankenverloren.

»Das wäre zu wünschen, denn außer Bibianas steinaltem Onkel Signor Taddi und Fabrizios Mutter, der ich nicht einmal eine Katze anvertrauen würde, gibt es keine Verwandten, die sich um das Mädchen kümmern könnten. Ich trage jetzt die Verantwortung und muss mit allen Mitteln verhindern, dass das Amt Wind von den bedauerlichen Umständen bekommt und es vorübergehend bei Pflegeeltern unterbringt. Simonetta ist die Tochter meiner besten Freundin.« Maddalena verstummte und trank einen Limoncello, den Arturo Fanetti für alle bestellt und Zoli ihr eingegossen hatte. Danach wischte sie das klebrig-süße Zeug mit einer Serviette von ihren Lippen. »Ich bin Stella sehr dankbar«, Maddalena nickte Lippi zu, »dass sie sich vorerst in vertrauter Umgebung um Simone kümmert, denn meine Arbeitszeiten verhindern, dass ich die Kleine zu mir nehme oder in Bibianas Wohnung übersiedle.«

»Das klingt sehr belastend«, warf Rita Beltrame mitfühlend ein.

»Meine Mutter, Maria und ich, wir drei leben auf eng begrenztem Raum, sonst ...« Zoli sprach nicht aus, was er unter anderen Umständen angeboten hätte, aber alle wussten, was er meinte.

Arturo sah betreten zu Boden. Seine Verlobte Ginevra und er hatten offensichtlich auch keinen Platz für Simone. Zudem arbeiteten beide die Woche über.

Allen war klar, worauf Maddalena hinauswollte, was sie sich wünschte. Das erkannte sie an den verhaltenen Reaktionen. Sie brauchte einen Freiwilligen. Einer aus ihrem Team sollte Simone vorübergehend bei sich aufnehmen. Oder wenigstens jemanden vorschlagen, der das konnte.

Guido Lippi räusperte sich. »Ich habe heute lange mit meiner Frau gesprochen. Die Situation gestern muss verstörend gewesen sein, das Kind stand sichtlich unter einem schweren Schock. Aber Stella versteht sich gut mit Simone, und die Kleine hat bereits Vertrauen zu ihr gefasst. Wir haben ausreichend Platz und könnten uns, bis alles wieder in geregelten Bahnen läuft, um Simone kümmern.«

Maddalena wäre ihrem Kollegen am liebsten um den Hals gefallen.

»Wenn das möglich wäre?«

»Natürlich ginge es. Ich will nur nicht, dass Stella in Bibianas Wohnung einzieht. Simone hingegen kann mit Sack und Pack zu uns kommen. Das wäre mein Vorschlag. Meine Frau wünscht sich schon lange ein Kind und ist daher als ›Übergangsmama‹ bestens geeignet.«

»Das wäre eine ausgesprochen willkommene Lösung, und ich würde Sie beide selbstverständlich unterstützen, so gut ich kann.« Maddalena warf ihm einen dankerfüllten Blick zu.

»Ginevra und ich können am Wochenende mit Simone Pizza essen gehen«, schlug Fanetti vor, um seine Bereitschaft, mit anzupacken, unter Beweis zu stellen.

»Klingt klasse«, antwortete Maddalena und konnte sich trotz der belastenden Situation ein Lächeln nicht verkneifen. Wahrscheinlich hätte er einen Zoobesuch in Aussicht gestellt, gäbe es hier in Grado ein Tiergehege. Fanetti war speziell, aber gutherzig.

Ein liebenswerter Träumer.

Rita Beltrame fing zu reden an, und Maddalena bemerkte ihre erhitzten Wangen. »Ich könnte in meiner Freizeit Flöte mit Simone üben, denn ich spiele selbst schon lange.«

Diese Aussage brachte ihr anerkennende Blicke ein.

»Danke, Rita. Danke euch allen für eure Unterstützung.«

Maddalena unterdrückte ihre Tränen, stand auf und ging zu Pasqualina in die Küche. Diese herzliche und liebevolle Frau hatte selbst einiges mitgemacht. Erst vor Kurzem war ihr Mann verstorben, seither führte sie mit ihren Kindern das Restaurant.

Pasqualina erkannte mit nur einem Blick, was mit Maddalena los war. Sie kam auf sie zu, legte den Finger auf ihre Lippen und machte: »Scht.«

Dann nahm sie Maddalena, die nun nicht mehr fähig war, ihre Tränen zurückzuhalten, behutsam in die Arme.

18

Gianna wartete, bis Vittorio eingeschlafen war.

Dann erst duschte sie sich, cremte sich ein, zog eine ihrer seidenen Tunikas über und schlüpfte in ihre braunen Schuhe.

Sorgfältig zupfte sie die Schleife auf den Versace-Sandalen zurecht. Die Schuhe waren ein Geschenk ihrer Mutter, welche die Ansicht vertrat, Gianna würde sich selbst zu wenig gönnen und gebe alles Geld für Vittorio und Gianluca aus.

Und ja, sie hatte mit dieser Vermutung nicht ganz unrecht.

Zu Beginn ihrer Beziehung mit Gianluca waren Giannas Eltern von ihm beeindruckt gewesen. Immerhin war er damals schon ein erfolgreicher Gynäkologe und passte perfekt in ihre akademisch gebildete Familie. Lediglich sie mit ihren kreativen Fähigkeiten stach aus ihrer Sippe hervor. Ihr Bruder Fausto, der ihrem Vater in erstaunlicher Weise glich, war ein angesagter Architekt in Mailand. Früher als Kinder eng verbunden, hatten sich ihre und Faustos Wege mit den Jahren getrennt.

Die Kunsthochschule hatte Gianna nicht geschafft, eigentlich nicht mal die Aufnahmeprüfung, was ihr so einige Schmähreden ihrer Familie einbrachte. Zu ihrem Leidwesen stimmte ihr geliebter Bruder in den Chor der Familie ein. Damals war die Trennlinie zwischen ihnen noch schärfer geworden.

Als sie dann aber Gianluca zu einem Abendessen mitgebracht und dieser gleich bei dieser ersten Gelegenheit in aller Form bei ihrem Vater um ihre Hand angehalten hatte, war der Segen ihrer Familie über ihr Haupt geschüttet worden. Auch Fausto war auf seine Weise beeindruckt gewesen.

»Schwesterchen«, hatte er wohlwollend gemeint, »der Typ ist ein guter Fang.«

Ihre Eltern waren reiche Leute.

Zum Teil war das Vermögen ererbt, den anderen Teil hatte ihr Vater, ein Betriebswirtschaftler, mit seiner Firma für Baustoffe hinzuerworben. Ihre Mutter stammte auch nicht gerade aus ärmlichen Verhältnissen. Sie war eine Adelige, und natürlich war der Besitz von Giannas Großeltern hoch verschuldet, auch wenn sie durch Führungen von Touristen die notwendigen Betriebskosten erwirtschaften konnten.

Ihre Eltern und Großeltern gehörten in Mailand zu den anerkannten Familien.

Ihnen wurde Respekt gezollt.

Aus diesem Grund hatte ihr Vater nach der Heirat mit Gianluca, der aus eher ärmlichen Verhältnissen stammte, auch darauf bestanden, die erste Eigentumswohnung Gianna zum Geschenk zu machen.

Gianluca hatte sich dadurch in seinem Stolz gekränkt gefühlt und gemeint: »Deinem Alten werde ich schon noch zeigen, was in mir steckt. Dann wird er buckeln.«

Buckeln würde ihr Vater im Leben nicht, darüber war sich Gianna völlig im Klaren. Mit der Zeit hatte sich eine gewisse Antipathie zwischen den beiden Männern entwickelt. Fausto hatte sich aus diesem Machtkampf immer herausgehalten, er zeigte nie seine wahren Gefühle. In seiner Freizeit war er nicht umsonst ein begnadeter Pokerspieler.

Als Gianluca Mailand vor gut drei Jahren unbedingt den Rücken kehren wollte, hatten Giannas Eltern mit allen Mitteln versucht, sie zu überreden, hier in ihrer Nähe zu bleiben.

»*Tesoro*«, hatte ihr Vater immer wieder gesagt und damit direkt ihren wunden Punkt getroffen, »man verlässt doch nicht einfach nur so, ohne triftigen Grund, eine der Metropolen Italiens, um in ein ödes Naturschutzgebiet zu ziehen. Da stimmt doch etwas entschieden nicht. Dort werdet ihr bloß von lästigen Insekten zerstochen, so nahe an den Kanälen, und ihr bekommt schlechten Käse zu essen.«

»Na, na«, hatte Gianna sich ereifert. Ihr Vater konnte so etwas von voreingenommen sein. »Gianluca will doch bloß, dass Vittorio in einer sicheren Umgebung aufwächst, ohne Bandenkriege, Drogen oder eine andere Art der Kriminalität. Versteht ihr das denn nicht?«

Ihre Eltern verstanden es anscheinend nicht.

»Aber hier hast du uns. Und Fausto. Dort kennst du niemanden. Hast du daran schon einmal gedacht, Liebes?«, hatte ihre Mutter besorgt gefragt.

Gianna wehrte alle Überzeugungsversuche heftig ab, sie stand unverbrüchlich an Gianlucas Seite und hatte daher auch seine Entscheidung gebilligt.

Ihr Vater hatte darauf gedrängt, dass die Eigentumswohnung in Mailand zu ihren alleinigen Gunsten verkauft und der Erlös nicht in den Kauf des Hauses gesteckt werden würde, das Gianluca für sie fand.

Gianna war das unermesslich peinlich gewesen.

Gianluca hatte bloß gelacht, als sie ihm davon erzählte. »Glaubt dein Alter denn wirklich, dass wir von Luft und Liebe leben? Ich komme allein für uns auf. Die Praxis wirft genug ab. Auch für ein zweites Kind, falls du dir das wünschst.«

Solche Beteuerungen hatten Gianna stets beruhigt.

Es stimmte, sie konnte über nichts klagen. Alles ging auf seine Rechnung. Sie verfügte über ein großzügiges »Wirtschaftsgeld«, wie es in alten Zeiten geheißen hatte, etwas, das ihrer Mutter ordentlich aufstieß.

»Gianna, wir haben dich nicht zu einem der Frauchen aus der Persil-Werbung erzogen, sondern redlich versucht, einen eigenständig denkenden und handelnden Menschen aus dir zu machen. Was ist bloß los, dass du diesem Mann wie eine Graugans bedingungslos folgst? Welche Fehler haben wir gemacht? Aus Fausto ist doch auch was geworden.«

»Ach, Mama«, antwortete Gianna auf solche Tiraden stets besänftigend. »Ihr verkennt euren Schwiegersohn. Gianluca ist einer von den Guten, er liebt mich und hat schon vielen Frauen geholfen, manchen von ihnen sogar das Leben gerettet.«

Trotzdem verstand sie nun zum ersten Mal die Vorbehalte ihrer Eltern.

»*Bella*«, hörte sie Gianluca von unten nach ihr rufen, »wann kommst du? Die köstlichen Törtchen aus der Pasticceria am Hauptplatz, die zu besorgen du mich gebeten hast, stehen bereit. Den Wein habe ich schon entkorkt.«

»Ich muss nur noch schnell Mama zurückrufen, bin gleich bei dir!«, rief sie zurück.

»Beeile dich!«

»Mama«, flüsterte sie kurz darauf. Sie war mit ihrem Mobiltelefon in den Hauswirtschaftsraum gegangen, in dem sich die Bügelwäsche befand, die Tür hatte sie sicherheitshalber zugezogen.

»*Tesoro*, du klingst so eigenartig. Warte kurz, ich stelle dich laut, damit Papa mithören kann. Fausto ist auch gerade hier. Alles in Ordnung bei euch? Ist Vitti gesund? Und du?«

»Nichts ist in Ordnung. Papa und du, ihr hattet recht. Gianluca ist kein Guter, sondern einer von den schlechten Kerlen. Ich hatte die verdammte rosa Brille auf und konnte es selbst nicht sehen. Er betrügt mich, ich weiß nicht, wie lange schon, mit seiner Arzthelferin. Eine Barbiepuppe, jung und sexy. Ich hatte schon länger einen vagen Verdacht. Heute habe ich eindeutige Beweise gefunden, weil ich wegen einiger merkwürdiger Vorfälle in seinen Computer eingebrochen bin. Stellt euch vor, er hat Fotos von ihr in einem Dateiordner mit der Bezeichnung ›Vittis süßeste Babyfotos‹ abgespeichert. Solche von der Art, die man schlichtweg Pornografie nennt. Laszive, nichts verbergende Nacktfotos von ihr und auch von ihm.«

»*Tesoro*, das ist entsetzlich«, fuhr ihr Vater auf.

Fausto lachte im Hintergrund. »Ich mochte den Kerl nie, mit dem wird kein normaler Mensch warm. Ein bescheuerter Angeber ist der, nichts weiter.«

»Bitte, *tesoro*, stell ihn nicht zur Rede«, sagte Giannas Mutter mit einem besorgten Unterton in der Stimme. »Verhalte dich heute noch so unauffällig, wie es geht. Morgen kommst du mit Vittorio zu uns nach Mailand. Lasst den Wagen am Flughafen von Ronchi dei Legionari auf dem Langzeitparkplatz stehen und nehmt die erste Maschine. Den Rest regeln Papa und Fausto. Ruf bitte später noch mal an.«

Das war eine brauchbare Perspektive, doch irgendetwas tief in Gianna sagte ihr, dass es noch mehr Geheimnisse zu entdecken gab, dass es mit den Dokumenten von Gianlucas Untreue noch nicht getan war.

»Mama, Papa, Fausto, ich kann jetzt noch nicht weg. Den Koffer packe ich aber und verstecke ihn im Bügelraum. Es gibt da noch etwas, das ich zu erledigen habe.« Sie dachte mit einem dumpfen Gefühl im Magen an die WhatsApp, die sie vorhin von Stella bekommen hatte. Darin hatte die Freundin erwähnt, dass Bibiana gestern Abend wegen starker Blutungen ins Krankenhaus gebracht worden war und sehr krank zu sein schien, vielleicht sogar sterben würde. Ein Tumor im Unterleib sei geplatzt, der über einen langen Zeitraum unerkannt geblieben war und ungehindert Metastasen bilden konnte. »Ich habe euch lieb und melde mich morgen wieder.«

Sie beendete das Gespräch und ging hinunter. Vorher sah sie noch einmal ins Kinderzimmer und drückte ihrem schlafenden Kind einen Kuss auf die Stirn.

Gianluca hatte den Tisch gedeckt, festlich wie für einen Jahrestag. Sogar der silberne Kandelaber mit den drei angezündeten Kerzen prunkte in der Mitte.

So bemüht zeigte er sich selten.

»Da bist du ja endlich. Anders als sonst hast du mir nicht verraten, was du heute kochen würdest. Daher habe ich Lasagne mit Radicchio aus dem noblen Laden mitgebracht, in dem ich die Törtchen besorgen sollte. Ich dachte, du würdest dich freuen. Das magst du doch? Und zur Vorspeise Krabbenspieße mit Wasabisoße.«

Sie nickte.

Am fehlenden Appetit lag es nicht. Der war ihr auch in trüben Situationen noch nie abhandengekommen.

Er reichte ihr einen sorgsam zubereiteten Aperitif. Sie schnupperte am Glas und roch Minze und Prosecco.

»Hugo? Ist das ein Hugo?«

»Ja, mein Schatz.«

Im Backrohr brutzelte die oberste Schicht Käse auf der Lasagne. Sie verströmte einen köstlichen Duft. Das Wasser lief Gianna im Mund zusammen. Dieses herrliche Mahl würde sie sich nicht entgehen lassen.

Sie aß schweigend, aber mit Genuss. Vom Chianti trank sie

allerdings nicht mehr als zwei Gläser, denn sie musste einen klaren Kopf behalten für das, was sie ihm zu sagen hatte.

»So schweigsam heute, keine fröhlichen Geschichten um Vittorios neueste Abenteuer?«

»Gianluca«, brachte sie scharf hervor.

Endlich sah er sie genau an, und das falsche Lächeln verschwand aus seinem Gesicht.

»Was?«, schnauzte er sie an.

»Hast du den gestrigen Abend vergessen? Deine und Mariellas Lügengeschichten um die Gesundheit unseres Sohnes? So läuft das nicht. Jedenfalls nicht mehr länger mit mir.«

»Bist du jetzt völlig übergeschnappt? Was redest du dir denn da schon wieder ein?«

Seit Stella ihr das Phänomen Gaslighting erklärt hatte, waren Gianna viele Situationen eingefallen, die ebendieser toxischen Handlungsweise entsprachen. Sie hatte sich zusätzlich im Internet kundig gemacht. Auch Gianlucas jetziges Verhalten entsprach wieder genau dem Muster.

»Willst du etwa behaupten, Vitti hätte sich und Mariella vollgespuckt, und ihr hättet ihm nicht mal einen frischen Pyjama angezogen, während deine arme Gehilfin vor lauter Dreck unter die Dusche musste? Nicht mal ein Funken Schuldbewusstsein war in ihrem Gesicht zu erkennen, als sie halb nackt, nur mit einem Handtuch bekleidet, hier hereinkam.«

»Spinnst du? Wie oft willst du mir noch eine Affäre mit meiner Arzthelferin unterstellen? Du bist ja komplett hinüber.«

»Du wirst mich nicht weiter in die Irre führen. Ich verfüge über einen ganz normalen Verstand und bilde mir überhaupt nichts ein. Das, was ich sehe, spüre und höre, entspricht absolut der Wahrheit und keiner krankhaften Phantasie. Die hast allenfalls du.«

Gianna hatte sich ordentlich in Fahrt geredet. Es tat ihr gut, das alles benennen und damit loswerden zu können. Gianluca hatte die Macht über sie verloren.

Ein für alle Mal.

Er sprang so unbeherrscht von seinem Stuhl hoch, dass das Geschirr und die Gläser auf dem Tisch klirrten. »Das muss ich mir von einer unbedarften Hausfrau nicht bieten lassen. Wer hat dir diesen Unsinn eingeredet? Vermutlich dein verrücktes Hirn, in dem die Neurotransmitter mal wieder durcheinandergeraten sind.«

Er lachte hämisch und warf sein Glas um. Der blutrote Chianti ergoss sich über das weiße Tischtuch.

»Auch das ist deiner Ungeschicktheit zu verdanken«, wetterte er.

»Gianluca. Es reicht. Setz dich. Ich habe noch nicht zu Ende gesprochen.« Sie wunderte sich über die Festigkeit in ihrer Stimme. Dabei fiel es ihr nicht leicht, weiterzureden, denn in einer winzigen Nische ihres gequälten Herzens liebte sie ihren Mann immer noch.

»Welchen Irrsinn soll ich mir noch anhören?«

»Du wirst Mariella unverzüglich anrufen, gleich jetzt, und ihr kündigen. Die Frau setzt keinen Fuß mehr in mein Haus oder die Praxis. Dann befestigst du ein Schild am Eingang, auf dem steht: ›Die Praxis bleibt für vierzehn Tage geschlossen. Bitte wenden Sie sich an meine Kollegen in Grado und Aquileia.‹ Und –«

Bevor Gianna weiter ausführen konnte, was sie ihm mitzuteilen hatte, unterbrach er sie grob.

»Halt dein blödes Maul, sonst geht es mit mir durch, und ich werde handgreiflich.«

Hektische rote Flecken blühten auf seinen Wangen auf und glichen dem vergossenen Chianti.

Gianna beachtete seine Gewaltandrohung gar nicht. »Ich bin noch nicht fertig. Du wirst dich anschließend, also heute Abend noch, für diese vierzehn Tage in ein Hotel zurückziehen und über dein Leben und unsere Ehe nachdenken. Ich helfe dir packen. Also, ruf die Schlampe an.«

»Warum sollte ich das tun? Warum die Praxis, unsere Geldquelle, schließen? Warum in ein Hotel ziehen? Nenn mir einen vernünftigen Grund.« Gianluca schien sich wieder gefangen zu haben und sah sie bekümmert an. »Natürlich schlage ich dich nicht, das war so dahingeworfen in meiner Wut.«

Sie meinte, eine Art Schuldbekenntnis aus seiner Miene herauslesen zu können. Die hektischen Flecken waren aus seinem Gesicht verschwunden, und er setzte sich zurück an den Tisch. Er erinnerte sie an einen Schüler, der Arges verbrochen hatte und nun auf seine gerechte Strafe wartete. Wie einem Eleven schien ihm Böses zu schwanen, sonst hätte er sicher weiter versucht, sie einzuschüchtern.

»Du willst einen Grund? Obgleich es viele gibt, nenne ich dir nur den wichtigsten: Betrug.«

Gianluca zog seine buschigen Augenbrauen in die Höhe. »Hast du für diese irrwitzige Behauptung denn eigentlich einen Beweis?«

Gianna stand auf und zog die von ihr zuvor dort platzierten Ausdrucke unter dem Kissen des Küchenstuhls hervor. »Diese Aufnahmen sind wohl mehr als nur eindeutig.«

Gianluca griff nach den Blättern und studierte sie länger als nötig.

»Gefallen dir die Bilder so sehr, dass du dich nicht von ihnen loslösen kannst?«

»Du warst an meinem Computer. Das ist eine klare Verletzung der Privatsphäre. Du hast mein Passwort geknackt?« Er blitzte sie an.

Das hätte er ihr wohl nicht zugetraut.

»Was ich dort gefunden habe, hat mir den Atem genommen. Gianluca, es ist abscheulich. Ekelig.«

»Ja. Ich bekenne mich schuldig. Ich hoffe, du zweifelst nicht an meiner Liebe zu dir?«

»Allerdings zweifle ich daran. Deshalb möchte ich die vierzehntägige Trennung. Jeder von uns beiden denkt nach. Voraussetzung dafür ist allerdings ein Telefonat.«

Gianna hielt Gianluca sein Handy hin.

»Okay, okay.«

Wenn auch widerwillig, rief er unter ihren wachsamen Blicken, er hatte auf Mithören geschaltet, Mariella an. Sie hauchte Unverständliches.

»Mariella, ich muss dich leider entlassen. Meine Ehe steht auf dem Spiel.«

»Wie bitte? Du ziehst deine rund gefutterte Ehefrau mir vor? Na warte. Wir treffen uns beim Arbeitsgericht!«

»Siehst du«, sagte Gianna keineswegs beleidigt, »wen du mir vorgezogen hast? Und jetzt pack deinen Kram und such dir ein Hotel. In zwei Wochen reden wir weiter. Bis dahin überlege ich mir, ob ich mich scheiden lasse.«

Kopfschüttelnd erhob er sich und stand einige Zeit schweigend da. Er begann, auf den Fußballen vor- und zurückzuwippen. Gianna war sich nicht klar, ob ihm dieses Verhalten überhaupt bewusst war. Was sie aber verstand, war, dass Gianlucas Gehirn rasend schnell eine Ausrede zu ersinnen versuchte, die es ihm ermöglichte hierzubleiben. Unterschiedliches ging ihm durch den Kopf, die Lippen zu einem schmalen Strich gepresst, die Augen dunkler als sonst. Dann leuchteten sie plötzlich auf. »Ich muss noch mal rasch in mein Büro. Auf dem Terminkalender sind die Namen der Frauen vermerkt, die morgen zu mir kommen. Denen muss ich absagen.«

»Musst du nicht. Erledige das lieber mit deiner Abwesenheit. Die Frauen werden den Zettel schon lesen. Und jetzt verzieh dich besser.«

»In meinem Büro …«, hob er an, aber Gianna unterbrach ihn schroff: »Dort hast du nichts verloren.«

Gianluca blickte sie entgeistert an. »Was ist bloß in dich gefahren?«

»Weißt du eigentlich, dass deine Patientin Cinzia Bocelli verstorben ist, an einem Karzinom im Unterleib? Hast du dich mit dem Krankenhaus in Verbindung gesetzt? Und Bibiana Taddi ist ebenfalls schwer erkrankt. Auch sie liegt im Krankenhaus, nachdem gestern Abend ein Tumor in ihrem Unterleib geplatzt ist. Vielleicht solltest du die Zeit nutzen und neben Grübeln mal die Ärzte der beiden Frauen aufsuchen. Ist nur ein gut gemeinter Rat einer unbedarften Hausfrau.«

»Signora Bocelli ist verstorben?«, fragte Gianluca schockiert. Offensichtlich war ihm diese Tatsache nicht bekannt gewesen. »Natürlich, lass uns in zwei Wochen alles besprechen, und ich setze mich inzwischen auch mit der Klinik in Verbindung. Bitte,

Gianna, ich schwöre beim Leben von Vittorio, ich bringe in Ordnung, was ich unterlassen habe.« Er stockte und biss sich auf die Zunge. »Ich werde alles tun, um dir meine Liebe zu beweisen. Bitte unternimm nichts bezüglich dieser beiden Frauen. Das ist meine Aufgabe. Immerhin waren beziehungsweise sind sie meine Patientinnen. Ich werde meiner Pflicht natürlich nachkommen.«

Gianna musste höllisch aufpassen, nicht wieder weich zu werden, als sie die Träne bemerkte, die über Gianlucas Wange rollte. Wie er so kläglich dastand in seinen beigen Chinos, dem hellblauen Hemd und dem lässig über die Schultern geworfenen blauen Pullover mit dem aufgenähten Krokodil, ganz der gescholtene Teenager, hätte sie ihn am liebsten in die Arme genommen und ihm versichert, dass sie ihm verzieh und alles gut werden würde.

Doch etwas, das er gesagt hatte, irritierte sie und heftete sich wie eine klebrige Masse an ihre Gedanken. Wie beim letzten Mal spürte sie, dass es etwas gab, dem sie dringend nachgehen musste.

»Versprechen kann ich nichts. Aber zerstören will ich auch nichts. Wenn du etwas zu verbergen hast, dann spuck es lieber jetzt gleich aus.«

»Nein«, murmelte er mit gesenktem Kopf. »Ich schicke dir eine WhatsApp, damit du meinen Aufenthaltsort kennst. Wollen wir uns dazwischen zu einem Essen treffen?«

»Nein. Ich möchte zwei Wochen lang keinen Kontakt zu dir haben, und lass dir ja nicht einfallen, zu Vittorio in den Kindergarten zu fahren. Du wirst auch ihn erst nach Ablauf der Zeit wiedersehen. Bitte geh jetzt.«

Gianna begleitete ihn nach oben ins Schlafzimmer, wo er Unterwäsche und frische Kleidung aus dem Schrank nahm und sie neben dem Kulturbeutel in eine Reisetasche schichtete, die sie für ihn aus dem Hauswirtschaftsraum geholt hatte.

»Ich hätte lieber meine alte Samsonite-Airea-Tasche. Sie ist mein Lieblingsstück.«

»Was du willst, spielt für mich keine Rolle. Gib dich gefälligst mit dieser hier zufrieden«, fuhr sie ihn wütend an.

Gianluca warf ihr einen traurigen Blick zu, den Gianna nicht einordnen konnte. Sie vermutete jedoch, dass er eher der Reisetasche galt als ihr.

»Darf ich mich von Vitti verabschieden?«

»Lass ihn in Ruhe schlafen. Ich erkläre ihm morgen, dass du eine Dienstreise antreten musstest.«

»Entschuldige, verzeih mir«, sagte er und strich eine weitere Träne unter seinen Augen weg.

»Ich weiß nicht, ob ich das kann«, erwiderte sie mit brüchiger Stimme.

Sie konnte sich nicht erinnern, ihren Mann schon einmal weinen gesehen zu haben.

Zusammen gingen sie die Treppe hinab, und Gianna schloss grußlos die Tür hinter ihm.

Sie verriegelte sie zweimal und beruhigte sich erst, als sie hörte, wie der Motor seines Jaguars aufjaulte und er zur Straße fuhr.

Automatisch entfernte sie die Reste von den Tellern, dem Besteck, den Bratpfannen und der Kasserolle und stellte sie unter den Gläsern in den sauber ausgeräumten Geschirrspüler.

Sie drückte den Schalter für das energiesparende Programm. Es summte leiser als die anderen, dauerte dafür länger. Das mit Rotwein besudelte Tischtuch und die Servietten brachte sie in den Keller, wo die Waschmaschine stand. Darum würde sie sich morgen kümmern.

Draußen schob sich eine Wolke vor die Mondsichel.

Es war dunkler als zuvor.

Ein sanfter Wind bewegte die Blätter der Obstbäume und fuhr durch die Zypressen in ihrem gepflegten Garten.

Die Lichterkette, die sie unlängst für Vittorio besorgt hatte, schwankte leicht und warf einen blassen Schein.

Gramgebeugt setzte sie sich nach getaner Arbeit an den Tisch und öffnete eine zweite Flasche Chianti Classico Riserva Marchese Antinori DOCG. Einen guten, vor allem teuren Weingeschmack hatte ihr Mann.

Was rumorte da in ihr und ließ ihre Gedanken nicht zur Ruhe kommen?

Es war ein Satz oder eher eine Formulierung, die er geäußert hatte.

»Bitte, Gianna, ich schwöre beim Leben von Vittorio, ich bringe in Ordnung, was ich unterlassen habe«, klang seine flehende Stimme in ihren Ohren wider.

Was hatte er unterlassen?

Da steckte greifbar mehr dahinter als bloß das Zerbrechen ihrer Ehe.

Er hatte sich verplappert, sonst wäre er nicht auf einmal verstummt.

Gianluca war das Krokodil auf seinem Pullover.

19

Stella fuhr hoch.

Es hatte an der Tür geklopft.

Fabrizio?

Der besaß doch einen Schlüssel.

Vorsichtig schaute sie durch den Spion in der Tür und sah in Guidos besorgte Augen.

»Mann, warum rufst du nicht an? Ich habe mich zu Tode erschrocken.« Sie ließ ihn herein und ging mit ihm in die Küche.

»*Tesoro*, ich habe versucht, dich zu erreichen, aber wahrscheinlich hast du dein Handy lautlos gestellt. Vielleicht, um ein Nickerchen zu machen? Wäre für mich durchaus nachvollziehbar, bei allem, was du jetzt leistest. Wie geht es dir überhaupt? Schau.« Er öffnete eine Serviette und präsentierte ihr zwei Stücke Thunfischpizza. »Die Degrassi hat uns ins ›Delfino Blu‹ eingeladen, und ich habe das für dich rausgeschmuggelt. Ich dachte schon, dass du das Essen vergisst.«

Erst jetzt fiel Stella auf, dass sie heute außer einem Croissant und etwas mit Zimt bestreutem Grießbrei tatsächlich nichts gegessen hatte.

»Du bist mein auserwählter Hellseher. Danke, Guido.«

Gierig machte sie sich über die Pizza her.

»Gibt es hier etwas zu trinken?«, fragte Guido.

»Bibiana ist ein Prosecco-Freak. Du hast doch keinen Nachtdienst?« Sie sah ihn fragend an.

»Nein, unser Raubvogel Piero Zoli schiebt die Nachtschicht. Also kann ich mir mit dir einen Tropfen gönnen.«

Stella reichte Guido eine Flasche aus dem Kühlschrank, und er öffnete sie und goss die schäumende Flüssigkeit in zwei Sektgläser.

»Dürfen wir uns hier einfach so schamlos bedienen?«

»Stella, hör auf, so moralinsauer zu sein. Du erledigst alles für die beiden, da wirst du dich ja wohl auf ihre Kosten zumindest ernähren oder«, er lachte hell auf, »besaufen dürfen.«

Stella winkte ab. »Besaufen geht ohnehin nicht. Ich muss wegen Simone wachsam sein. Die kleine Maus schreckt immer mal wieder hoch und weint nach ihrer Mama und ihrem Papa.«

»Um Trost zu spenden, bist gerade du bestens geeignet. Es muss hart sein, die Kleine immer wieder zu beruhigen und dabei von ihr als Fremde angesehen zu werden. Okay, Bibiana kann sich nicht um das Kind kümmern, aber ehrlich gesagt, bitte verzeih mir, Fabrizio müsste sich einbringen.«

»Das sehe ich nicht anders. Aber so, wie Maddalena mir die Lage geschildert hat, steht es sehr schlecht um Bibiana. Daher möchte er ihr beistehen. Er verlässt sich einfach auf die Hilfe seiner Freunde.«

»Beim Abendessen ist die Degrassi fast zusammengebrochen. Es fehlte nicht viel, und sie hätte vor allen geweint. Rita führte heute das große Wort. Sie schickte sich nach der Rückkehr der beiden aus dem Krankenhaus tatsächlich an, die Rolle der Degrassi zu übernehmen. Aber die Chefin hat sich übermenschlich zusammengerissen und ihr gerade noch rechtzeitig das Zepter aus der Hand genommen. Ich kann das nachvollziehen. Sie darf keine Schwäche zeigen, sonst wäre sie in entscheidenden Situationen als Vorgesetzte machtlos.«

»Ihr führt ja ein strenges Regime. Rita Beltrame hat es sicher nur gut gemeint. Sie ist ein wunderbarer Mensch.«

»Abgesehen von ihrem etwas auffälligen Geruch gebe ich dir vollkommen recht. Aber als Chefin musst du immer auf der Hut sein.«

»Klar«, sagte Stella und bat Guido um ein Glas Wasser. Sie wollte das Thema wechseln, denn es gab Wichtigeres zu besprechen. »Simone ist übrigens verdammt schlau«, sagte sie daher. »Sie fragte mich, warum ihr Papa auf diese Erholungsreise keinen Koffer mitgenommen hat und wieso das Glätteisen noch im Badezimmer liegt. Bibiana legt wirklich großen Wert auf ihren glatt gebügelten Pagenkopf, sie hätte es natürlich nicht vergessen. Außerdem fiel Simone auf, dass viel zu viele weiße Blusen im Schrank hängen. Sie weiß, dass ihre Mutter diese weißen Blusen liebt, sie zieht jeden Tag mindestens eine frische an.«

»Armes Kind. Ich habe Rita Beltrame nach der Sache heute im Verdacht, es auf eine Beförderung anzulegen. Und zwar auf die, die laut Comandante Scaramuzza schon lange mir zusteht.«

Jetzt fängt er schon wieder damit an. Es scheint ihn ernsthaft zu beschäftigen, dachte Stella.

»Guido, immer mit der Ruhe. Du glaubst also, Rita Beltrame möchte zur offiziellen Stellvertreterin von Maddalena ernannt werden?«

»So ist es. Zugegeben, die Chefin war, wie ich dir vorhin erzählt habe, ziemlich fertig, aber sich so in den Vordergrund zu drängen dient sicherlich einem Zweck. Die Degrassi hat wohl irgendwann kapiert, was läuft, und beim Abendessen das Wort ergriffen, was Beltrame höflich, jedoch bestimmt in ihre Schranken verwies. Ich habe dann mit der Chefin gesprochen, das ganze Team war dabei.«

»Dann ist es okay, Guido. Maddalena weiß um deinen Wert für die Mannschaft. Spätestens seit du sie damals bei einem eurer Fälle selbstlos vor einer großen Dummheit bewahrt hast. Sie ist weder dumm noch vergesslich.«

Stella bemerkte, wie unruhig Guido auf seinem Stuhl hin- und herrutschte, und legte daher ihre Hand auf die seine. »Was meintest du gerade damit, dass du mit Maddalena vor dem gesamten Team gesprochen hättest?«

»Wir haben über Simone und das Problem der Betreuung geredet. Jeder bot großzügig seine Art von Unterstützung an. Rita Beltrame wird mit ihr für den Flötenunterricht üben, Arturo Fanetti und Ginevra Missoni am Wochenende etwas Lustiges mit ihr unternehmen. Ich glaube, Piero Zoli murmelte etwas von einer zu kleinen Wohnung, aber seine Maria und seine Mutter würden das Kind ab und an bekochen.«

Stella fühlte sich auf einmal angespannt. Es war, als befände sie sich in Alarmbereitschaft. Guido drehte den Kopf von einer Seite zur anderen und ließ seine Halswirbel knacken. Ein Schauer fuhr ihr über den Rücken.

»Und du?« Sie musste es wissen. »Was hast du angeboten?«

Er warf ihr einen zärtlichen Blick zu, der sie mitten ins Herz traf. »Ich habe ihr erklärt, dass du und ich das Kind vorerst bei uns aufnehmen werden. Ich will genauso wenig wie die Chefin, dass das Amt sich um Simones weiteren Verbleib kümmert, denn Fabrizio würde es ohne Bibiana nicht hinkriegen.«

»Guido«, sagte Stella unter Tränen. »Danke. Ich liebe dich so sehr. Es ist richtig. Und vielleicht wird ja alles noch gut, und Bibiana schafft es.«

20

Fabrizio kauerte neben Bibianas Bett.

Vorhin war ein Psychologe bei ihm gewesen und hatte wie ein Quacksalber auf ihn eingeredet. Anders konnte er das Gefasel nicht bezeichnen. Er hatte an dem Typen vorbei auf eine abgeblätterte Stelle an der Wand gestarrt und seine Ohren innerlich vor dessen Worten versperrt. Diese Klinik beschäftigte eine Horde Pfuscher.

Irgendwann war ein Priester aufgetaucht, jedenfalls hielt Fabrizio ihn dafür, und nun war der Raum erfüllt von einem eigenartigen Geruch.

Er hatte nach der Nachtschwester geklingelt, die sofort herbeieilte, und sich empört über den Pfaffen beschwert.

»Es riecht wie in der Kirche. Bibiana und ich gehen nur zur Sonntagsmesse in die Basilika Sant'Eufemia, weil meine Frau den Chor der Fischer so gerne singen hört.«

»Es ist ein ganz normaler Vorgang. Der Pfarrer verabreicht Patienten, die schwer erkrankt sind, die Letzte Ölung. Mehr steckt nicht dahinter.«

Fabrizio sprang abrupt vom Stuhl hoch, fast hätte er dabei die Schwester umgestoßen, und riss die beiden Fensterflügel weit auf. »Luft. Ich brauche frische Luft. Sonst ersticke ich.«

»Signor Vascotto. Beruhigen Sie sich bitte. Vielleicht sollten Sie sich etwas hinlegen und versuchen zu schlafen? Das würde Ihnen guttun. Hinter der Dienstkanzel gibt es einen kleinen Raum mit einem Bett für Notfälle. Ich kann Sie hinbringen.«

»Wir sind beide kein Notfall. Meine Frau nicht und ich schon gar nicht. Bibiana ist stark und überwindet die Krankheit, falls sie überhaupt eine hat. Vielleicht sollte ich einen anderen Arzt hinzuziehen? Wird sie hier möglicherweise falsch behandelt?«

»Wir geben alle unser Bestes. Ich bringe Ihnen einen beruhigenden Kräutertee. Oder wollen Sie doch lieber auf mein Angebot zurückkommen, im Zimmer hinter der Dienstkanzel ein Nickerchen zu machen?«

»Danke, aber ich bleibe bei meiner Frau und passe auf sie auf. Meiner Meinung nach ist Bibiana durchaus in der Lage, eigenständig zu atmen. Sie braucht das blöde Gerät überhaupt nicht.«

»Das wollen wir doch lieber die Ärzte entscheiden lassen, nicht wahr?«

Die Schwester schloss leise die Tür hinter sich.

21

Maddalena saß in eine Wollstola gehüllt auf ihrer kleinen Terrasse und rauchte.

Vor einer guten Stunde hatte sie sich bettfertig gemacht, sich dessen ungeachtet allerdings nervös von einer Seite zur anderen gewälzt, kaum dass sie die Decke über sich gezogen hatte, und beim besten Willen nicht einschlafen können.

Die Ereignisse der letzten beiden Tage hielten sie wach. Was hätte sie darum gegeben, jemanden zu haben, mit dem sie darüber reden konnte.

Zum ersten Mal in ihrem Leben vermisste sie ihre Mutter schmerzlich. Sie war schon kurz davor gewesen, Sibilla via WhatsApp anzurufen, hatte es dann aber bleiben lassen, weil sie ihr den Urlaub nicht vermiesen wollte. Und Leonardo Morokutti, ihrem Kollegen aus Triest, würde sie mit einem Anruf nur weitere Hoffnungen machen.

Allerdings brauchte sie dringend eine Schulter zum Ausweinen. Pasqualina Migliores Umarmung und wortloses Verstehen hatten ihr gutgetan, doch ebenso wichtig war es, ihre Gedanken und Ängste mit jemandem zu teilen.

Morgen würde sie sich um einen früheren Termin bei Dottoressa Lutto bemühen. Vielleicht konnte man sie zwischen zwei Sitzungen einschieben.

Maddalena wusste, dass sie mit den Geschehnissen allein nicht fertigwerden würde. Sie war inzwischen so weit, sich das durchaus eingestehen zu können, und empfand es nicht als Schwäche, sich einer anderen Person anzuvertrauen.

Bevor sie zu Bett gegangen war, hatte sie mit Stella telefoniert. Sie machten das seit gestern, ohne sich abgesprochen zu haben, alle paar Stunden.

Simone sei unruhig und spüre, dass etwas nicht stimme, halte sich aber tapfer, berichtete die Freundin. Guido war bei ihr gewesen, um ihr zu erzählen, was er Maddalena mitgeteilt hatte, und Stella war berührt von der Großherzigkeit ihres Ehemannes.

»Das hatte ich nicht erwartet. Aber wenn es darauf ankommt, ist auf Guido hundertprozentig zu zählen. Morgen ziehe ich mit Simone zu uns nach Hause und werde alles daransetzen, es ihr so gemütlich zu machen, wie es nur geht. Sie soll sich bei uns geborgen fühlen.«

»Stella, auch auf dich ist Verlass, du verhältst dich bewundernswert in dieser schrecklichen Situation. Ich wäre ohne dich völlig aufgeschmissen. Fabrizio hingegen macht mir Sorgen. Er scheint in einer eigenen Welt gelandet zu sein, zu der niemand Zugang hat. Nicht dass er nicht schon früher oft abwesend war und eine eigenwillige Sicht auf bestimmte Zusammenhänge hatte. Aber so schlimm war es vorher nie. Stella, mir kommt es so vor, als würde er seine Umwelt völlig ausblenden und hartnäckig verdrängen, in welchem Zustand Bibiana sich befindet.«

»Das stimmt. Er ruft mich nie an und erkundigt sich nach Simone. Er war immer ein wenig weltfremd, doch jetzt kommt er überhaupt nicht mehr zurecht. Falls sich ein Psychologe vom Krankenhaus um ihn kümmert, wird er nicht mal zuhören. So schätze ich das ein.«

Dieses Gespräch ging Maddalena durch den Kopf, als sie die nächste Zigarette anzündete. Die Glut glomm in der Dunkelheit auf. Das Restaurant neben ihrer Wohnung hatte längst geschlossen, und sie hatte das Gefühl, der einzige wache Mensch auf diesem Erdball zu sein.

Nebenbei schaltete sie den Fernsehapparat ein und lauschte unaufmerksam den neuesten Nachrichten, die nicht gerade erbauend waren. Wäre sie gläubig gewesen, hätte sie an die Apokalyptischen Reiter gedacht, die ihr Land, mehr noch, die ganze Welt heimsuchten.

Überall gab es Brände, Unwetter mit Hochwassern, infektiöse Krankheiten und andere Plagen.

»Pfui«, keifte sie in ihr leeres Wohnzimmer und brachte die monotone Stimme des Moderators zum Schweigen, indem sie den Fernseher wieder ausschaltete. Üblicherweise sah sie sich die Nachrichten auf ihrem Notebook oder dem Handy an. Den Fernsehapparat empfand sie als ein Fossil aus früheren Zeiten. Ein übrig gebliebenes Schmuckstück des vorigen Jahrhunderts.

Da Maddalena überreizt war, bereitete sie sich in der Küche einen Kamillentee zu und trank ihn in kleinen Schlucken auf ihrer Terrasse.

Sie durfte nicht so viel rauchen.

Die Möwen waren ebenfalls noch wach und stritten sich wie üblich. Um eine menschliche Stimme zu hören, rief sie kurzerhand Piero Zoli an, der den Nachtdienst auf der Dienststelle schob.

»Chefin, was … ist etwas geschehen?« Seine Stimme überschlug sich.

»Nein, nein, keine Sorge. Ich wollte mich bloß erkundigen, ob alles im Rahmen ist? Keine besonderen Vorfälle zu vermelden?«

»Commissaria, ich hätte mich unverzüglich bei Ihnen gemeldet, wenn ich einer Sache nicht allein Herr geworden wäre. Aber außer den üblichen kleinen Delikten ist heute alles ruhig geblieben.«

Die Stimme eines menschlichen Wesens zu hören tat unsagbar gut. Maddalena atmete tief durch und spürte, wie sich ihre verkrampften Nackenmuskeln lösten.

Dann hörte sie ein lautes Niesen und ein Rascheln.

»Entschuldigen Sie bitte. Auch der Spätherbst bringt Allergien mit sich. Ach, etwas Merkwürdiges hat sich doch ereignet. Einige Zeit nachdem wir das ›Delfino Blu‹ verlassen hatten, rief eine Freundin von Ihnen aus dem Pilates-Kurs an.«

»Ja, und was wollte sie, wer war das überhaupt?«

Maddalena ärgerte sich insgeheim, dass Zoli den Anruf erst am Ende des Gesprächs erwähnte.

»Sie, Chefin. Sie bestand darauf, mit Ihnen zu reden. Die Frau meinte, Ihnen etwas anvertrauen zu müssen. Ich erklärte ihr, dass Sie morgen zu erreichen wären.«

»Danke, Zoli. Gut gemacht. Aber noch mal, wer war die Frau?«

»Ich habe ihren Namen bedauerlicherweise nicht aufgeschrieben. Sie wissen, ich bin sonst sehr genau. Es ging aber alles so schnell, die Person legte gleich wieder auf, als sie hörte, dass Sie nicht in der Dienststelle sind. Natürlich gab ich Ihre private Nummer nicht heraus. Auch Sie benötigen einmal Ruhe. Sie können nicht rund um die Uhr für alle erreichbar sein.«

Der Kollege, ihr engster Mitarbeiter, meinte es gut mit ihr, und das rechnete sie ihm hoch an.

Maddalena dankte ihm erneut, legte auf und grübelte darüber nach, wer angerufen hatte und was die Person ihr Wichtiges hatte mitteilen wollen.

Sie sah auf die Uhr und gähnte.

Zeit, sich etwas auszuruhen.

22

Natürlich war an Schlaf nicht zu denken, so aufgelöst, wie Gianna sich fühlte.

War es denn Verrat, war es Illoyalität, ihren Fund in Gianlucas Kartei der Polizei zu melden?

Zudem war ihr Anruf erfolglos geblieben.

Cinzia wurde noch obduziert, wie sie von Francesca erfahren hatte. Bibiana war schwer erkrankt. Der »Missing Link«, also das Bindeglied, das beide verband, war ihr Frauenarzt. Es musste nichts bedeuten, dessen war Gianna sich in ihrer Aufregung durchaus bewusst. Beide waren sie dennoch eindeutig und nachweisbar Patientinnen ihres Ehemannes.

Außerdem wollte ihr dieser eine Satz, dass er »in Ordnung bringen würde, was er unterlassen hatte«, nicht mehr aus dem Kopf gehen.

Weder eine warme Dusche noch ein duftendes Schaumbad konnten ihr jetzt helfen, sich zu entspannen.

Sie wusste, dass ihr Vater kaum eine Nacht durchschlief, daher versuchte sie es mit einer WhatsApp. »Papa, bist du wach? Wenn ja, bitte ruf mich an.«

Diesmal war sie eindeutig auf die Hilfe ihrer Familie angewiesen und würde kein Angebot ihrer Eltern ablehnen. Zudem war sie ihnen sehr dankbar.

Es vergingen kaum zwei Minuten, da erschien das Foto ihres Vaters auf dem Display. Mit zittrigen Fingern drückte sie auf die grüne Taste und nahm den Anruf entgegen.

»Mama hat vergeblich auf ein weiteres Zeichen von dir gewartet«, grollte er.

»Es ging nicht. Ich musste Vittorio beschäftigen und ins Bett bringen und mich am Abend mit Gianluca auseinandersetzen. Tut mir leid.«

»Was sind die Fakten?« Ihr Vater hatte die Angewohnheit, stets direkt auf das Wesentliche zu sprechen zu kommen.

»Ich habe meinen Mann für vierzehn Tage des Hauses verwiesen und möchte in dieser Zeit Klarheit gewinnen, wie es weitergeht zwischen uns.« Sie zögerte und fuhr dann fort. »Stell dir vor, Papa, eine Frau, die ich aus dem Pilates-Kurs kannte, Cinzia, ist überraschend an einem Karzinom im Unterleib verstorben, und eine andere, Bibiana, liegt im Sterben. Ich habe herausgefunden, dass beide Gianlucas Patientinnen waren.«

Ihr Vater gab einen unbestimmten Laut von sich. »Wie hast du reagiert?«

»Ich konnte es nicht glauben.«

»*Tesoro*, es war goldrichtig, Gianluca des Hauses zu verweisen. Hast du ihn auf die beiden Frauen angesprochen?«

»Habe ich, klar doch, aber er hat mich gebeten, niemandem davon zu erzählen. Das sei seine Aufgabe, sagte er, also ging ich davon aus, dass er mit den Ärzten im Krankenhaus darüber sprechen und die Befunde abgleichen wird. Das schien mir plausibel.«

»Durfte er noch mal an seinen Computer, Gianna?«

»Nein, das habe ich verhindert.«

»Gut gemacht. Du bist ja doch meine Tochter. Klug, und in entscheidenden Situationen machst du das Richtige. Ich bin stolz auf dich. Es steckt vielleicht mehr dahinter, also sei wachsam.«

»Gianluca ist in seinem Ausnahmezustand möglicherweise mit etwas herausgeplatzt. Er beteuerte, in Ordnung zu bringen, was er unterlassen hätte. Da schrillten bei mir die Alarmglocken.«

»Das klingt nicht gut.«

»Deswegen habe ich eine große Bitte an dich. Könntest du in Mailand einen Privatdetektiv auf ihn ansetzen? Ich weiß immer noch nicht, warum er die Praxis so abrupt aufgelöst hat und wir fast von einem Tag zum anderen umgezogen sind.«

»Verlass dich auf mich. Fausto und ich werden gleich morgen früh jemanden beauftragen. Ich hätte ihn am liebsten schon bei eurem Wegzug durchleuchten lassen. Aber du hast ihn stets verteidigt, und er ist nun mal der Vater von Vitti. Jetzt sieht die Sachlage anders aus.«

Gianna war ihrem Vater unendlich dankbar, dass er bisher auf ihre Gefühle Rücksicht genommen hatte.

»Versuch dich auszuruhen, kleiner Spatz. Schlaf ein wenig und gehe deinem geregelten Tagesablauf nach. Gianluca soll nicht merken, dass dieser unbedachte Satz dich zum Nachdenken gebracht hat.«

»Danke, Papa. Ich hab dich sehr lieb.« Gianna kämpfte die Tränen nieder.

»Ebenso«, erwiderte ihr Vater trocken.

Dennoch spürte sie, dass er sie beruhigen und nicht weiter aufregen wollte.

Als sie aufgelegt hatte, gönnte sich Gianna noch einen Schluck vom Chianti.

Leicht beduselt legte sie sich ins Bett, nicht ohne vorher noch einen Blick auf Vittorio geworfen zu haben, der selig schlief.

In ihrem Kopf setzte ein Wirbel ein, kaum dass sie ihre Augen schloss. Szenen und Bilder zogen vorbei. Schöne, vom Beginn ihrer Beziehung und von Vittorios Geburt, aber auch verstörende wie jene der letzten beiden Tage.

Was, wenn Gianluca tatsächlich seine Sorgfaltspflicht gegenüber seinen Patientinnen verletzt hatte?

Sie setzte sich ruckartig auf und strampelte die Decke von ihren Beinen.

Diesmal stieg sie nicht in ihre Hausschuhe, sondern lief barfuß, darauf bedacht, ihr Kind nicht zu wecken, in den Keller hinunter.

Hier bewahrte Gianluca seine Unterlagen auf. Die Akten sämtlicher Patientinnen waren laut eines bestimmten Paragrafen mindestens zehn Jahre lang aufzubewahren.

Wie nicht anders erwartet häuften sich im Lagerraum die Pappkartons mit Krankengeschichten aus seiner Laufbahn als niedergelassener Arzt. Er hatte nichts in Mailand zurückgelassen, alles war hier sorgsam abgelegt.

Die alten Akten kümmerten Gianna nicht.

Sie suchte Informationen über Patientinnen aus Fossalon, die nicht im PC gespeichert waren. Er hatte nämlich die altmodische Angewohnheit, handschriftliche Notizen anzufertigen.

Das Licht der Lampe über ihrem Kopf erschien ihr viel zu hell, so als würde es ihr Innerstes ausleuchten.

»Cinzia Bocelli«, las Gianna halblaut und zog die Kranken-geschichte der Verstorbenen aus einer der neuer aussehenden Pappschachteln. Mit fahrigen Bewegungen legte sie die Mappe auf dem Karton ab und schlug sie auf.

»Diagnose: Verdacht auf Muttermundhalskrebs.«

Sie sank auf den Fliesenboden und schnappte gierig nach Luft. Was war hier geschehen?

Cinzias Krebs sei gerade erst entdeckt worden, zu spät, hatte es gestern geheißen. Gianlucas Aufzeichnungen waren aber vom Kontrolltermin im vergangenen März, also über ein Jahr alt. Hatte er eine Krebsdiagnose gestellt, ohne seine Patientin darüber zu informieren?

Sie nahm sich den Karton mit den Patientinnen vor, deren Namen mit den Buchstaben L bis Z begannen, und fand Bibiana Taddis Akte – mit einem identischen Vermerk bezüglich derselben entsetzlichen Diagnose. Auch hier lag das Datum der Untersuchung mehrere Monate zurück.

Mit den beiden Mappen unter dem Arm stieg sie zitternd hinauf in die Küche.

Sie schenkte sich ein riesiges Glas Wasser ein und begann zu lesen.

Irgendetwas stimmte hier ganz und gar nicht.

Wohin waren die Proben der Abstriche geschickt worden?

Warum war nirgends der Name eines Labors mit den Ergeb-nissen der Untersuchung vermerkt?

Ihr wurde so kalt, dass sie ins Schlafzimmer hinaufflief und sich eine Trainingshose, Socken und einen dicken Pullover anzog.

Vittorio schlummerte ruhig.

Auf Gianna wirkte es, als träumte er etwas Schönes, denn im Schimmer des Nachtlichts konnte sie ein zartes Lächeln auf seinem lieben Gesicht erkennen.

Sie huschte zurück in die Küche und beugte sich abermals über die Krankengeschichten. Nachdem sie alle Seiten durchgeblättert hatte, war sie sicher, die gesuchten Einträge nicht übersehen zu haben.

Die Bedeutung dessen wog schwer. Was sollte sie tun?

Kurz überlegte sie, die Polizei anzurufen. Aber was, wenn sie sich irrte und es für alles eine Erklärung gab?

»Stella«, tippte sie via WhatsApp, »bist du noch wach? Wenn ja, ruf mich bitte an. Ich muss dringend mit dir reden.«

Nur wenige Sekunden später klingelte Giannas Telefon.

»Hi«, sagte Stella und schien überhaupt nicht schläfrig zu sein. »Ist etwas passiert? Ich meine, abgesehen von dem Drama, in dem wir uns alle gerade befinden?«

»Ja und nein. Ich habe Gianluca hinausgeschmissen, erst mal für vierzehn Tage, da ich auf seinem Computer eindeutige Fotos von ihm und Mariella gefunden habe.«

»Dann ist es also wahr? Du Arme. Aber du hast richtig gehandelt. Bravo«, lobte Stella.

»Das ist leider nicht alles. Ich habe festgestellt, dass Cinzia seine Patientin war, und ihn mit ihrem Tod konfrontiert. Auch damit, dass Bibiana, die ebenfalls bei ihm in Behandlung war, seit gestern im Krankenhaus liegt. Da wirkte er wirklich perplex und versprach, sich wegen der beiden mit dem Krankenhaus in Verbindung zu setzen. Dabei rutschte ihm etwas heraus, eine Bemerkung, die mich in höchstem Maße verwunderte. Sinngemäß lautete sie, dass er etwas gutzumachen hätte, und das gab mir zu denken. Also habe ich mir, als er weg war, die Krankengeschichten der beiden geholt. Stell dir vor, sie leiden möglicherweise schon lange an einem Muttermundkarzinom, zumindest hatte mein Mann bereits im vergangenen Jahr bei Cinzia und auch bei Bibiana diesen Verdacht vermerkt. Ich kann aber nirgends die Bestätigung eines Labors entdecken. Vielleicht gibt es eine andere Erklärung, ich weiß es nicht, aber … ich … Mir kommt es beinahe so vor, als ob die Abstriche gar nicht eingereicht wurden.«

Sie hörte Stella tief durchatmen. »Ich werde Guido informieren, er weiß, was zu tun ist.«

»Das klingt gut.« Gianna fühlte sich erleichtert, obgleich sie sich auch verdammt illoyal und verräterisch vorkam. »Vielleicht ist es ja nur ein Missverständnis, und dein Guido und Maddalena können die Sache rasch aufklären.«

»Hoffentlich. Ich trommle jetzt Guido aus dem Schlaf, und

dann sehen wir weiter. Mach dir bitte keine Sorgen, es war richtig, dass du dich mir anvertraut hast.«

Nachdem sie versichert hatte, jederzeit erreichbar zu sein, legte Gianna auf und saß in Gedanken versunken am Tisch in der spärlich beleuchteten Küche. Trotz Stellas aufbauenden und tröstlichen Worten hatte sie das Gefühl, sich jeden Moment übergeben zu müssen.

23

Maddalena wurde unsanft aus einem Dämmerschlaf gerissen. Jemand hämmerte an ihre Eingangstür.

Sie stand auf und bemerkte zu ihrem Leidwesen, dass sie sich in voller Montur in die Federn gehauen hatte und noch immer Jeans und ihren alten Hoodie trug.

»Ich komme ja schon! Hören Sie sofort damit auf, mein Glas zu ruinieren«, rief sie dem ungebetenen Gast entgegen und eilte zur Eingangstür.

Niemand anderer als ihr Kollege Guido Lippi stand, in eine Wetterjacke gehüllt, vor ihr.

»Chefin«, brüllte er, wie es seine Art war, kaum dass er die Wohnung betreten hatte, »wir haben ein Problem.«

»Heißt das nicht im Originaltext ›Houston, wir haben ein Problem‹?«, fragte sie sarkastisch nach.

»Ich bringe es auf den Punkt«, konterte Lippi sachlich und ließ sich auf ihre Couch fallen.

»Hätten Sie gern einen Espresso?«

»Nein«, wehrte Lippi ab. »Ich bin aufgewühlt genug.«

Er berichtete, was seine Frau ihm erzählt hatte, und Maddalena hörte ungläubig zu.

Sie konnte nicht fassen, was sie da erfuhr.

»Verdammt!«, rief sie schließlich und sprang auf. »Wo steht Ihr Dienstwagen?«

»Auf der Rückseite Ihrer Wohnung, Commissaria Degrassi. Wir können direkt losfahren.«

Wie umsichtig, dachte Maddalena und stieg in ihre Boots.

24

Bibiana schälte sich verbissen, Stück für Stück, aus den unterschiedlichen Schichten ihres Bewusstseins hervor.

Sie spürte, dass sie etwas Wichtiges zu erledigen hatte, bevor sie sich fallen lassen durfte.

Es war so dunkel.

Dennoch erahnte sie Fabrizio neben sich.

Für ihn würde es schwer werden.

Eigentlich hatte sie nie daran gedacht, keine einzige Sekunde ihres Lebens, so früh zu sterben. Instinktiv erkannte sie jedoch die untrügliche Wahrheit. Bei allen Fähigkeiten, Stärken, bei ihrer gesamten Energie, aus diesem Schlamassel fand sie keinen Weg heraus.

Sie konnte es sich nicht erklären, fühlte nur, dass ihr Körper nach und nach seine Kraft verlor. Die Schwäche nahm zu und erfasste sie während jeder Minute, in der sie bei Bewusstsein war, ein bisschen mehr.

Wie gern hätte sie mehr Zeit mit ihrer süßen kleinen Simone verbracht, ihren ersten Schultag erlebt, das Abitur, ihr Studium verfolgt und sie mit einem vertrauenswürdigen Gefährten zum Altar begleitet.

Enkelkinder?

Die wären die Krönung ihres Lebens gewesen.

Ein paar Mädchen und Jungen. Lebenslustig, unbeschwert und heiter.

Doch nun brachte sie so viel Leid über ihre Familie.

Wenn bloß Maddalena endlich käme. Ihre beste Freundin würde ihr in den schwärzesten Stunden ihres verblassenden Lebens beistehen. Sie sehnte sich nach ihrer Hand und ihren tröstenden Worten. Maddy war viel stärker, als sie selbst glaubte.

Und Fabrizio?

Wie würde er allein zurechtkommen?

Er war so ein Traumtänzer.

Etwas in ihrem Kopf begann zu krampfen.

Ein Ruck ging durch sie hindurch, und ein schriller Ton erklang.

Ihr Körper bäumte sich unter dem Laken auf, und gleißendes Licht umfing sie.

Aus der Ferne, immer leiser werdend, hörte sie Fabrizio um Hilfe schreien.

Ihr Brustkorb zog sich eng zusammen, ebenso wie ihr Gehirn.

Hinter ihren geschlossenen Augen zuckten Blitze.

25

Womöglich war da noch mehr?

Gianna beschloss, weiterzusuchen und in den händischen Aufzeichnungen zu stöbern.

Mit dem Handy in der Tasche ihrer Trainingshose – Empfang hatte sie durch das neue WLAN ja glücklicherweise im ganzen Haus – eilte sie abermals in den Keller hinunter.

Zum Glück leuchtete die Deckenlampe den Raum gut aus.

Gianna blätterte einige weitere Akten von Patientinnen durch, ohne auf die Namen zu achten.

Gianluca hatte die Vorsorgeuntersuchungen alle präzise vermerkt und ordnungsgemäß abgerechnet. Die Laboruntersuchungen der Abstriche fanden sich als codierte Leistungen auf sämtlichen Abrechnungen, die von privat versicherten Patientinnen zunächst bezahlt und dann anteilig von deren Krankenversicherungen erstattet worden waren. Doch Laborergebnisse waren in den Patientenakten keine verzeichnet.

»Oh mein Gott«, sagte Gianna laut in den Raum.

Sie legte die Krankengeschichte, in der sie gerade gelesen hatte, zur Seite und wandte sich ab. Den Anblick der vielen Akten, in denen sie keinen Hinweis auf eine Auswertung der Abstriche zur Krebsvorsorge gefunden hatte, ertrug sie nicht länger.

Und da wurde sie auf einmal fündig.

Zu Beginn ihrer Ankunft in Fossalon, diesem Agrarland, war ihr Interesse auf die hier angebauten Gemüsesorten gerichtet gewesen. Eine Frau aus der Ortschaft hatte sie in ihrem ersten Sommer schalkhaft als »unsere Gurkenkönigin« bezeichnet.

Das war kein Unsinn.

Gianna hatte Unmengen an Einweckgläsern erstanden, um Unterschiedliches aus der überwältigenden Masse an Gurken, Bohnen, Tomaten und später den zahlreichen Kürbissorten zu fabrizieren.

Es hatte ihr immense Freude bereitet, und sie liebte ihr

schmackhaftes Chutney, die sauer eingelegten kleinen Gürkchen, die in Knoblauch schwimmenden Bohnen, süßen Tomaten und weichen Kürbisstücke, aus denen sie im Handumdrehen eine gute Suppe kochen, sie zu allen möglichen Gerichten weiterverarbeiten, als Beilage servieren oder einfach herschenken konnte.

Unzählige Einmachgefäße zierten daher ihre Regalbretter.

Gianna nahm vier der älteren Rexgläser heraus und stellte sie auf den Boden, um das Datum der Verarbeitung zu überprüfen. Da war sie pingelig.

Noch waren sie haltbar, doch sie würde die vier Gläser mit in die Küche hinaufnehmen und bald verzehren müssen. Als sie die übrigen Einsiedegläser in die Lücke verschob, entstand ein neuer schmaler Spalt, und sie stutzte.

Hinter den hohen Einweckgläsern entdeckte Gianna etwas, das eindeutig nicht hierhergehörte.

Es handelte sich um ein unscheinbares Holzkästchen, dessen Deckel ein Blumenmuster zierte.

Das war ein Geschenk ihres Vaters gewesen.

Dieses Stück hatte früher in ihrem Kinderzimmer gestanden; ihre alten Tagebücher befanden sich darin.

Sie hatte es nicht dorthin gestellt.

Das musste jemand anderer getan haben.

Mit einem bangen Gefühl öffnete Gianna den Deckel.

Was sie erblickte, raubte ihr einen Moment lang den Atem, und sie befürchtete, in Ohnmacht zu fallen.

Das Kästchen enthielt unzählige Phiolen. Und jede einzelne war mit einem Aufkleber versehen, auf dem Name und Untersuchungsdatum der jeweiligen Patientin standen. Sie schnappte entsetzt nach Luft.

Sie hatte die Antwort auf ihre Frage gefunden, warum keine Laborergebnisse in den Akten verzeichnet waren.

Gianluca hatte die Krebsabstriche zwar vorgenommen, die Röhrchen jedoch nie in ein Labor gegeben, denn sonst wären sie weder hier, noch würde eine entsprechende Diagnose im Krankenblatt der Patientinnen fehlen.

Giannas Knie wurden weich, sie sank zur Seite und musste sich an der Wand abstützen.

Das Läuten ihres Handys, begleitet vom anhaltenden Schellen an ihrer Haustür, ließ sie zusammenfahren.

Sie taumelte die Kellertreppe hinauf, öffnete die Haustür und stand Maddalena Degrassi und einem ihr unbekannten Mann gegenüber, der sich ihr mit ernstem Blick als Guido Lippi, Stellas Mann, vorstellte.

Gleichzeitig bemerkte sie den schwachen Schein der bleichen Oktobersonne am dämmrigen Himmel.

»Bitte kommt rein«, stammelte sie. »Ich habe etwas unfassbar Abscheuliches entdeckt.«

26

Fabrizio war vornübergesunken.

Ein Geräusch ließ ihn aufschrecken.

War Bibiana aufgewacht?

Nein, sie schlief noch.

Dafür piepte einer der Apparate, an denen sie hing.

Sofort kamen ein Arzt und eine Schwester ins Krankenzimmer geeilt.

»Die Hirnströme. Ich befürchte, die Patientin beginnt gleich wieder zu krampfen. Signor Vascotto, bitte verlassen Sie den Raum. Sie müssen sich das nicht antun.«

Die Worte des Arztes drangen kaum zu Fabrizio durch. Er spürte nur dessen Hand, die ihn beharrlich aus Bibianas Krankenzimmer schob.

Draußen auf dem Flur stellte er sich vor eines der breiten Fenster und lehnte seine Stirn gegen das Glas. Der Himmel war grau, doch ein schwacher Sonnenschein versuchte, sich seinen mühsamen Weg durch die Wolken zu bahnen.

So erging es ihm auch gerade.

Oder belog er sich selbst?

Gab es noch Hoffnung für Bibiana?

Diese Krampfanfälle bereiteten ihm Sorge. Schon zweimal zuvor hatte man ihn des Raumes verwiesen, weil seine Frau zu zucken und zu zittern begonnen hatte. Metastasen in ihrem Gehirn sollten schuld an den epileptischen Anfällen sein, aber Bibi hatte doch keinen Krebs, sie war bis gestern kerngesund gewesen. Und sie hatte auch noch nie unter Epilepsie gelitten.

Er verstand das alles nicht. Es schien ihr nur immer schlechter zu gehen, seit sie hier im Krankenhaus waren. Dabei sollte sie doch gesunden, war sie nicht deshalb hergebracht worden?

Womöglich war an den Worten der Ärzteschaft und der Schwestern doch etwas dran, und seine Seelenverwandte, seine über alles geliebte Frau, litt an einem Krebs, der ihr Hirn zerfraß.

Warum sollte sie sonst diese Krampfanfälle erleiden?

Die drei großen Gemälde von Dino Facchinetti, die an den Wänden des Konferenzraumes seiner Schule hingen, fielen ihm ein. Sie zeigten Wracks, *barco* nannten die Gradeser sie im Dialekt der Insel, Gerippe, die wie Riesenfische aus der Lagune hervorstießen. Die Werke des Künstlers, der weit über die Grenzen von Friuli-Venezia-Giulia hinaus bekannt war, handelten von Skeletten, vom Leiden und dem Überlebenskampf.

Fabrizio begann leise zu weinen.

27

Maddalena und Lippi folgten Gianna in den Keller.

»Da.« Gianna kniete sich auf den Kellerboden und hob ein Holzkistchen hoch.

Die Art, wie sie es tat, erinnerte Maddalena an die Darbietung eines heiligen Reliktes. Die Geste hatte sicherlich ungewollt etwas Theatralisches. Maddalena schätzte Gianna nicht als eine Person ein, die durch eine billige Inszenierung die Aufmerksamkeit anderer auf sich ziehen wollte.

»Öffne es bitte selbst, wegen der Fingerabdrücke. Sonst sind, falls es sich um ein Beweisstück handelt, zu viele verschiedene darauf. Das macht die Sache beschwerlich.«

Gianna tat wie ihr geheißen und klappte den Deckel auf.

»Schaut bitte, das sind unzählige Reagenzgläser mit Abstrichen vom Muttermund. Die sind alle beschriftet und bestimmten Patientinnen zugeordnet. Aber sie wurden nie an ein Labor abgeschickt.«

Maddalena sog scharf die Luft ein.

Das war mehr, als sie erwartet hatte.

Dieser Gynäkologe schien ein Ungeheuer zu sein. Wie viele seiner Patientinnen wiegten sich in falscher Sicherheit, während sich Krebszellen durch ihren Körper fraßen?

Maddalena sah auf die Uhr.

Es drängte sie, zu ihrer Freundin Bibiana ins Krankenhaus zu fahren und mit Fabrizio und den Ärzten zu sprechen. Vielleicht konnten Giannas Informationen ja auf irgendeine Weise zu Bibianas Rettung beitragen?

Gleichzeitig dachte sie bestürzt, dass es nach dem, was man ihr über Bibianas Zustand bereits mitgeteilt hatte, dafür wohl schon zu spät war.

»Lippi, bitte benachrichtigen Sie umgehend die Spusi. Die sollen alles hier erkennungsdienstlich behandeln und sämtliche medizinischen Unterlagen beschlagnahmen«, ordnete Maddalena mit unterdrückter Wut in der Stimme an. Sie musste sich jetzt zusammenreißen und ihre Arbeit erledigen, auch wenn sie am liebsten geschrien hätte.

»Wird gemacht, Chefin«, antwortete Lippi und stieg die Kellertreppe hinauf.

»Was ist die Spusi?«, fragte Gianna benommen.

»Die Spurensicherung. Dein Mann hat anscheinend die Proben nie abgegeben. Deshalb müssen wir jetzt die Fälle untersuchen, bei denen er Patientinnen belogen hat, und herausfinden, wessen Fingerabdrücke außer deinen noch auf dem Kästchen sind. Nur seine oder die von weiteren Personen.«

»Du meinst, die von Mariella? Sie ist seine Arzthelferin. Und er hat ein Verhältnis mit ihr.«

»Zum Beispiel. Was jedoch nicht heißen soll, dass sie etwas damit zu tun hat. Gianna, nichts für ungut, aber meine Arbeit basiert auf fundierten Erkenntnissen, ich gebe nichts auf bloße Vermutungen.«

»Natürlich. Ich habe übrigens mit meinem Vater in Mailand telefoniert und ihn gebeten, einen Privatdetektiv nachforschen zu lassen, weshalb Gianluca es damals so eilig hatte, seine Praxis aufzulösen, um hierher zu übersiedeln. Er hat mir nie den Grund dafür genannt. Vielleicht ist in vergangenen Zeiten ja schon mal etwas vorgefallen, wer weiß?«

»Das hast du gut gemacht, Gianna.« Maddalena zwirbelte ihre Locken zu einem losen Zopf am Hinterkopf zusammen. »Sag mir bitte, wo dein Ehemann sich derzeit aufhält.«

Gianna nahm ihr Smartphone und sah in ihren WhatsApp-Nachrichten nach.

»Hier ist es. Er ist in der Nähe des Golfplatzes untergekommen, im Hotel Paleo. Es liegt etwas abseits der Straße nach Monfalcone an einem schmalen Kanal. Wir waren einmal mit Freunden dort essen. Es ist verdammt teuer.«

Maddalena gab einen undefinierbaren Laut von sich.

»Das Beste ist eben gerade gut genug«, pflichtete ihr Lippi, der nach dem Telefonat mit der Dienststelle wieder zu ihnen gestoßen war, sarkastisch bei.

»Mama, Mama, Papa«, erscholl in diesem Moment ein aufgeregtes Stimmchen. »Wo seid ihr?«

»Das ist Vittorio, mein kleiner Schatz. Ich werde hinaufgehen und mich um ihn kümmern. Bitte lasst eure Kollegen rein, ich schaue, ob es mir gelingt, ihn solange im Kinderzimmer zu beschäftigen.«

»Gute Idee, Gianna, die Jungs treffen sicher gleich ein. Danach befassen wir uns mit Gianluca. Bitte ruf ihn inzwischen nicht an.«

»Dottor Gianluca Pirandelli?«, fragte Lippi gewissenhaft nach. »Ist das sein korrekter Name?«

»Ja.« Gianna war schon auf dem Weg nach oben, um zu verhindern, dass ihr Kleiner von den polizeilichen Ermittlungen etwas mitbekam, und Maddalena und Lippi folgten ihr.

28

Gianna hastete zu Vittorio.

Er stand im Pyjama vor seiner Tür.

»Mama, warum musste ich so lange nach dir und Papa rufen? Habt ihr ohne mich gefrühstückt?«

»Ja, mein Schatz. Ich hatte vollkommen vergessen, dir zu erzählen, dass Papa auf eine Dienstreise muss. Er hat nicht daheim geschlafen, aber ich habe schon ohne dich einen Kaffee getrunken. Weißt du was? Du putzt dir jetzt die Zähne, und ich suche inzwischen ein paar tolle Kleidungsstücke für dich raus, denn heute bringt doch wieder einer aus der Gruppe sein Tierchen mit.«

»Ja. Das stimmt.«

Vittorio stürmte ins Badezimmer und schlug die Tür mit einem Knall zu.

Durch Giannas überreiztes Hirn geisterten Frettchen, Biber, Mäuse, Ratten, Hamster, Hasen und Meerschweine. Sie nahm ein Shirt mit einer lustigen Aufschrift aus dem Schrank und ein paar Bluejeans. Die bunten Socken, die ihr Sohn so mochte, durften ebenso wenig fehlen wie der Krokodil-Pulli.

»Toll, Mama. Jetzt sehe ich aus wie Papa, fehlen nur noch die Schuhe«, meinte Vittorio begeistert, als sie ihm half, sich anzuziehen.

»Ich gebe eben mein Bestes.« Gianna grinste ihn an, auch wenn es sie die letzten Nerven kostete.

»Warum ist es unten so laut?«

Gianna spitzte die Ohren. Da waren unverkennbar die Stimmen verschiedener Leute zu hören. Die von Maddalena stach deutlich heraus.

»Ich habe mir beim Kaffee ein wenig die Morgenschau im Fernsehen angesehen. Weil Papa nicht bei uns geschlafen hat, war ich heute viel früher wach als sonst«, log sie ihn ungeniert zu seiner Beruhigung an.

»Und ich darf mir nie einen Film angucken, das ist wirklich gemein, Mama.«

»*Tesoro*, dafür bekommst du heute dein Frühstück direkt auf dein Kinderzimmer geliefert wie der Prinz aus einem deiner Märchen. Zufrieden?«

»Ich möchte aber lieber zum Fernsehapparat. So wie du es gemacht hast.«

»Das geht nicht«, sagte Gianna streng. »Die Reinigungshilfe ist schon da, sie soll ordentlich sauber machen, damit Papa sich freut, wenn er wieder nach Hause kommt. Wir beide würden nur stören.«

Damit gab Vittorio sich zufrieden.

Gianna lief in die Küche, bereitete hastig in der Mikrowelle seine heiße Schokolade zu, presste Orangen aus und beschmierte zwei Scheiben des Vollkornbrotes mit seiner bevorzugten Marmelade.

Maddalena nickte ihr zu. »Wenn alle unten sind, schließe ich die Kellertür, und er bekommt gar nicht mit, dass jemand hier ist. Okay?«

»Danke«, murmelte Gianna und beeilte sich mit dem Frühstück und dem Pausenbrot, das sie in seiner Box verstaute.

Vittorio durfte jetzt nicht herunterkommen.

Sie fing ihn gerade noch mit dem voll beladenen Tablett vor seiner Tür ab.

»Mama, das dauert ja ewig. Das nächste Mal frühstücken wir wieder zusammen. Abgemacht?«

»Klar. Handschlag darauf.« Sie lächelte ihn an.

»Heute kommt ein Mann zu uns, der uns beibringt, wie man kleine Verletzungen behandeln kann«, berichtete Vittorio mit vollen Backen.

Richtig. Das hatte sie vergessen.

»Das weiß ich natürlich. Alles, das dich betrifft, Vitti, notiere ich, damit mir nichts entfällt.«

»Eigentlich wollte Papa dabei sein und dem Mann gute Ratschläge geben, er ist doch Arzt.«

»Da wusste Papa noch nichts von seiner Dienstreise, mein Schatz.«

»Er hätte es sonst nicht vergessen?«

»Bestimmt nicht. Dein Papa hat dich sehr lieb, mindestens genauso sehr wie ich.«

Gianna öffnete wie nebenbei die Kinderzimmertür und versuchte angestrengt zu ergründen, ob Maddalena die Kellertür schon geschlossen hatte.

Kein Laut drang zu ihr.

»Komm, *tesoro mio*. Los geht es. Du wirst heute viel Spaß haben, das kann ich dir versprechen.«

Hand in Hand lief sie mit ihrem Sohn zum Auto.

»Mama, du siehst heute aber wirklich sehr komisch aus«, stellte er fest. »Du trägst eine Jogginghose und einen alten Hoodie von Papa. Warst du noch gar nicht im Badezimmer?«

»Natürlich habe ich mich geduscht. Durch die Tagesschau war ich so abgelenkt, dass ich dieselben Klamotten noch mal angezogen habe«, flunkerte sie.

»Papa würde das nicht gefallen. Es sieht schlampig aus.«

»Halt jetzt deine vorlaute Klappe. Ich liefere dich nur kurz dort ab. Es wird mich schon keiner bemerken«, fuhr Gianna ihn an. Sie war bis aufs Äußerste gereizt. »Tut mir leid, ich wollte dich nicht so anschreien.«

»Schon gut«, versuchte Vittorio sie zu trösten. »Du vermisst Papa halt auch.«

Armes Kind, dachte Gianna, ließ ihn aber zu seinem Schutz in dem Glauben.

Der Tag kündigte sich stahlgrau an, und ein leichter Nebel lag über der Straße. Den blassen Oktobersonnenschein vorhin schien sie sich eingebildet zu haben.

Zum Glück kam ihr Vater wahrscheinlich noch heute an. Auf ihn war Verlass. Vorhin hatte sie eine Nachricht von ihm erhalten, die sie erleichterte.

»Ich bin, so schnell ich kann, bei dir, *bella mia*. Halt inzwischen die Ohren steif. Wir regeln das gemeinsam.«

»Schau mal, da ist Simone.«

»Mädchen sind doof. Die wollen immer als Erstes mit den mitgebrachten Tieren kuscheln.«

»Jetzt sei mal nicht so streng«, rügte Gianna ihn. »Simone ist eine ganz Liebe.«

Sie ließ Vittorio aussteigen, winkte ihm nach und kurbelte dann ihr Wagenfenster hinunter.

Stella kam sofort zu ihr. »Die heiße Fracht wäre wohlbehalten abgeliefert«, sagte sie und lächelte gezwungen. »Arme Gianna, ich bin in Gedanken bei dir. Es tut mir so leid, was du durchmachen musst.«

»Stella, wir alle dümpeln gerade nicht im Wellnessbad, sondern werden von schlimmen Dämonen heimgesucht. Stimmt doch?«

Stella nickte.

Es schien ihr schwerzufallen, sich zu verabschieden.

»Gehen wir zu Stefano auf eine Latte macchiato und ein Croissant?«, fragte Gianna daher spontan.

Außerdem machte sich ihr Magen unangenehm bemerkbar.

»Gute Idee. Lass dein Auto hier auf dem Parkplatz stehen und geh mit mir eine Runde spazieren. Wir könnten die Diga entlangmarschieren. Ich brauche dringend frische Luft und danach einen starken Kaffee.«

»So machen wir es«, pflichtete Gianna ihr erleichtert bei.

Dann musste sie nicht gleich wieder nach Hause, das sich im Übrigen gerade nicht mehr wie ein Zuhause anfühlte.

Die Promenade entlang des Meeres war um diese Zeit schon leicht bevölkert. Die Gradeser liebten ihre »Diga« bei jeder Jahreszeit und schreckten bei keinem Wetter davor zurück, sich dort aufzuhalten.

Gianna hörte das Rauschen des Wassers und roch das Salz. Voller Wehmut betrachtete sie die vom Wind gekräuselten Wellen, die an die Steine schlugen.

Was würde als Nächstes auf sie zukommen?

29

Gianluca Pirandelli saß im Frühstücksraum des eleganten Hotels Paleo, direkt an der grün schimmernden, aber brackigen Lagune. Sicher tummelten sich alle möglichen ekeligen Insekten am und über dem Wasser. Jedenfalls lag ein fauliger Geruch in der Luft, der durch einige gekippte Fenster hereindrang.

Es war kein Vergnügen.

Draußen verdüsterten graue Wolken den Himmel und waren das Abbild seiner Stimmung.

Das Ei, das er weich gekocht, genauer gesagt als Fünf-Minuten-Ei, geordert hatte, war hart.

Der zerknirschte Blick der Servierkraft entschuldigte dieses Versehen keineswegs. Der Orangensaft, den ihm Gianna immer frisch presste, stammte aus einem billigen Tetra Pak, und die Croissants schmeckten lasch und waren zu kurz aufgebacken.

Vom sagenhaften Büfett ganz zu schweigen. Wurst, Schinken und einige Käsesorten, eindeutig Plastikhüllen aus dem Supermarkt entnommen, sowie ein Batzen Ricotta lagen neben Tomaten und ein paar verstreuten Nüssen und Grünzeug, das er nicht zu definieren vermochte.

Er fühlte sich elend.

Gleich beim ersten Schluck von der braunen Flüssigkeit, die man hier Kaffee nannte, verbrannte er sich Unterlippe und Zunge.

Als die junge Servierkraft sein empörtes Gesicht bemerkte, eilte sie herbei und fragte höflich, ob er denn noch etwas brauche.

»Ja, es ginge mir besser, wenn Sie sich aus meinem Sichtfeld entfernten.«

Sie warf ihm einen gekränkten Blick zu, bevor sie in der Küche verschwand.

Unwillig schob er den Klumpen Frischkäse und die Wurstscheiben beiseite und legte seine Serviette über den Teller.

Schon zweimal hatte er heute erfolglos versucht, Gianna zu

erreichen. Auch auf seine WhatsApp, in der er ihr seinen Aufenthaltsort nannte, war keine Reaktion gekommen. Nur an den beiden blauen Häkchen erkannte er, dass sie die Nachricht gelesen hatte.

Was sollte er bloß vierzehn Tage lang machen?

Er war so daran gewöhnt, in der Praxis zu arbeiten, dass er vergessen hatte, was er gerne machte. Früher war er ein begeisterter Golfer gewesen. Viel gelesen hatte er nie, abgesehen von wissenschaftlichen Büchern und fachspezifischen Artikeln.

Und natürlich den Kinderbüchern, aus denen er Vittorio vorlas.

Vitti, sein Kleiner, fehlte ihm.

Doch Gianna hatte klar gesagt, dass er sich während dieser unnötigen zwei Wochen von seinem Jungen fernzuhalten hatte.

Woher nahm sie eigentlich das Recht, solche Bedingungen zu stellen?

Als er zurück auf sein Zimmer ging und sich unschlüssig, was er nun tun sollte, in den Sessel setzte, kippte seine Stimmung. Entsetzt stellte er sich seinen Verfehlungen.

Was sollte er bloß machen?

Eine Selbstanzeige bei der Polizei wäre eine Möglichkeit.

Doch seines Wissens war Gianna bisher nur auf die Namen von zwei seiner Patientinnen gestoßen. Solange nicht mehr erkrankten, die sie kannte, ließe sich das noch wegerklären.

Er hoffte natürlich inständig, fast schon betete er, dass sie keine weiteren Nachforschungen anstellte oder gar das Kästchen entdeckte, in dem er die Abstriche aufbewahrte.

Wenn dieser Fall nämlich eintreten würde, hätte nichts mehr einen Sinn.

Er wäre geliefert.

Wahrscheinlich musste er sich dann nicht mal mehr selbst anzeigen, die Polizei würde ihn einfach holen kommen.

Dann traf ihn auf einmal der berühmte Blitz aus heiterem Himmel.

Was, wenn das alles schon am Laufen war?

Gianna wusste, wo er sich eingemietet hatte.

Es wäre nur noch eine Frage der Zeit, bis die Polizei hier auftauchte.

Nichts wie weg.

Er musste sofort raus hier, einen klaren Gedanken fassen, sich seine weitere Vorgangsweise überlegen.

Gianluca stand auf, packte sein Notebook in die Hülle und klemmte es sich unter den Oberarm. Das Handy steckte er in die Tasche seines Blousons. Er würde das Hotel über die Rezeption verlassen, damit es so aussah, als machte er einen Spaziergang oder träfe einen Geschäftspartner.

Der grauhaarige Mann hinter der Rezeption nahm ihn nicht mal zur Kenntnis.

Mieser Laden, dachte Gianluca, und das bei diesen Preisen. Er hatte die Hotelrechnung für die vierzehn Tage im Voraus beglichen.

Der Parkplatz war ziemlich voll, die Besitzer der teilweise exklusiven Autos saßen wohl noch beim Frühstück. Später würde er eine vernichtende Kritik mit einem Fakeprofil bei Tripadvisor hinterlassen.

Jetzt führte ihn sein Weg erst einmal woandershin.

Als er angekommen war, stellte er seinen Wagen auf dem kleinen Parkplatz ab.

Er läutete.

Unmittelbar wurde geöffnet.

Er sah in ein Gesicht, in dem sich Ärger und Freude abwechselten.

»Du? Was treibt dich zu mir?«

30

Gianna marschierte in gedämpfter Stimmung neben Stella her, nachdem sie ihr zögernd von ihrem Fund im Keller berichtet hatte. Sie stiegen nach einer Weile die enge Steintreppe von der Diga auf die Straße hinab. Durch die schmalen Gassen der Innenstadt führte sie ihr Weg zu Stefanos Bar.

»Hallo, Mädels!« Francesca winkte ihnen lebhaft zu. »Ich bin gleich bei euch.«

Siedend heiß fiel Gianna ein, dass Francesca ja ebenfalls zu Gianlucas Patientinnen gehörte. Stand ihr Name auch auf einem der nicht im Labor abgegebenen Röhrchen?

Sie wusste, dass Francesca eine Zeit lang unter aplastischer Anämie gelitten hatte, einer Bluterkrankung, die in ihrem Fall zum Glück gut behandelbar war. Sie musste sich zwar schonen, auch wenn sie sich als geheilt empfand, regelmäßig durchchecken lassen und bestimmte Rehamaßnahmen in Anspruch nehmen, aber mehr war zum Glück nicht mehr notwendig.

Gianna schickte ein Stoßgebet zum Himmel.

»Was ist los?«, fragte Stella besorgt. »Du wirkst verstört.«

Francesca stellte zwei hohe Gläser mit Latte macchiato vor sie auf den Tisch. Mit Kakaopulver hatte sie liebevoll ein Herz in den Milchschaum gemalt.

»Ich setze mich gleich ein bisschen zu euch. Muss nur noch rasch ein paar Tramezzini schmieren. Wollt ihr auch welche? Thunfisch mit Ei?«

Beide schüttelten den Kopf.

Als Francesca wieder verschwunden war, beugte Gianna sich zu Stella hinüber und sagte halblaut: »Mir ist gerade eingefallen, dass auch Francesca Patientin in Gianlucas Praxis ist. Und sie war doch vor ein paar Jahren so krank mit dieser AA. Das bedeutet, ihr Immunsystem ist nicht gerade das beste. Was, wenn er da was übersehen hat?«

»Das klingt ja grauenvoll und wird immer schlimmer«, antwortete Stella schockiert. »Aber Gianna, es ist nicht an uns, sie darüber aufzuklären. Das muss Maddalena machen. Die Polizei wird ganz sicher alle betroffenen Frauen auffordern, möglichst bald einen anderen Gynäkologen aufzusuchen. Wir dürfen nicht vorgreifen. Auch wenn wir Francesca am liebsten einweihen würden, könnte das mehr Schaden als Nutzen anrichten.«

»Ja. Du hast natürlich vollkommen recht.«

Giannas Handy klingelte.

»Ich vermute, es ist wieder mal Gianluca. Er hat heute schon zwei Versuche gestartet, mich zu erreichen. Ich bin nicht rangegangen.«

»Ist auch klüger so«, bestätigte Stella.

»Nein!«, rief Gianna aus. »Es ist Papa. Was bin ich froh.« Sie nahm das Gespräch an und lauschte erhitzt vor Aufregung der Stimme ihres Vaters.

Was Gianna erfuhr, verschlug ihr allerdings kurz die Sprache.

»Danke, Papa«, sagte sie schließlich unter Tränen. »Ich bin so glücklich, dass ihr herkommt, Fausto und du. Ich stehe völlig neben mir, kann meinen Zustand kaum vor Vittorio verbergen. Wann kann ich mit euch rechnen?«

»Eher gegen Abend. Der Detektiv muss noch einige Zusammenhänge abklären.«

»Gut, schick mir die Ankunftszeit, und ich hole euch mit meinem Auto am Flughafen ab.«

Sie legte auf und wandte sich an Stella. »Mein Bruder und mein Papa kommen heute noch aus Mailand hierher. Ich habe dir ja erzählt, dass ich ihn bat, einen Detektiv zu beauftragen, um zu ermitteln, warum wir damals so unvorbereitet umziehen mussten. Was ich nicht wusste, war, dass Papa sich schon vor längerer Zeit mit einem Detektiv in Verbindung gesetzt hatte, da er Gianluca nicht über den Weg traute. Der Detektiv hat daraufhin einige Anfragen bei seinen Kontakten in verschiedenen Behörden gestellt und auch ziemlich flott Antworten erhalten.« Gianna wischte mit einer Serviette, die Stella ihr reichte, die Tränen auf ihren Wangen weg. »Gianluca hatte anscheinend bereits in seiner alten Praxis Krebsabstriche nicht ans Labor weitergeleitet. Als drei seiner Patientinnen an einem Cervixkarzinom verstarben und weitere operiert werden mussten, begann die Polizei, gegen ihn zu ermitteln. Man belangte ihn nicht, da die Staatsanwaltschaft keinen unmittelbaren Zusammenhang mit der tragischen Todesfolge feststellen konnte oder wollte.«

»Schweine«, brauste Stella auf.

»Sie meinten«, fuhr Gianna mit zittriger Stimme fort, »die Frauen wären ohnehin gestorben, auch wenn Gianluca ordnungsgemäß gehandelt hätte. Der Detektiv versucht herauszubekommen, was mit den anderen Frauen passiert ist.«

»Gianna, das heißt, er ist abgehauen, weil es keinen triftigen Grund gab, ihn hinter Gitter zu bringen?«

»Genau.«

Wieder flossen ihre Tränen.

»Du warst doch auch bei ihm angestellt? Hast du denn nichts bemerkt, *tesoro*?«, fragte Stella sanft und nahm Giannas eiskalte Hand.

»Ich habe die Abstriche in den Reagenzgläsern immer eigenhändig beschriftet und persönlich in zwei unterschiedliche Labors gebracht, mit denen Gianluca zusammenarbeitete. Aber um diese Zeitspanne geht es nicht. Schon in der Schwangerschaft erledigte ich nur noch kleinere Tätigkeiten, und in Fossalon ließ er mich schließlich gar nichts mehr in der Praxis machen.«

Stella schüttelte verdrossen den Kopf und trank einen Schluck von ihrer Latte macchiato.

Gianna fuhr sich durchs Haar. »Aber ich war noch immer halbtags bei ihm angestellt, wegen der Versicherung und meinen späteren Pensionsansprüchen.« Sie stockte und holte tief Luft. »Womöglich könnte ich dadurch als mitschuldig gelten.«

»Mach dir darüber bitte keine Gedanken. Man wird zweifellos feststellen, dass du mit dem allgemeinen Praxisbetrieb längst nichts mehr zu tun hattest. Und immerhin bist du es doch, die der Polizei gemeldet hat, was er da treibt.«

Stellas Trost tat ihr gut.

»Da ist noch etwas, das mir schwer auf dem Herzen liegt. Ich bin ebenfalls Gianlucas Patientin. Was ist, wenn ich schwer krank bin und weiß es nicht? Was geschieht dann mit meinem Vittorio?« Gianna weinte laut auf.

»Du musst dringend zum Frauenarzt in Grado und einen Abstrich machen lassen, hörst du? Er darf selbstverständlich nicht wissen, was im Hintergrund läuft. Und Maddalena muss unverzüglich erfahren, was der Detektiv ermittelt hat. Das erleichtert ihre Arbeit.«

»Ich mache gleich einen Termin aus und berichte Maddalena, was Papa mir erzählt hat.«

Dankbar für den wertvollen Rat, drückte Gianna Stellas Hand. Allmählich fing sie sich, und als sich Francesca zu ihnen gesellte, waren ihre Tränen versiegt.

»Sag mal, wie geht es dir, Francesca? Du hilfst bei Stefano ja kräftig mit. Ist das eigentlich gesund, du weißt schon, wegen deiner Krankheit damals?«

»Das ist lieb, dass du so besorgt um mich bist, Stella. Ich lasse mich regelmäßig durchchecken, habe wirklich einwandfrei gute Ärzte und nehme die Rehaangebote regelmäßig in Anspruch.« Sie kicherte. »Es schadet auch in der besten Ehe nicht, ab und an etwas Abstand zu haben. Danach fühlt sich vieles wieder frisch und neu an. Und es tut mir gut, mit anzupacken.«

»Studierst du nicht außerdem noch Malerei?«, fragte Stella interessiert.

»Ja, sofern die Zeit dafür vorhanden ist, fahre ich nach Padua und besuche ein Seminar oder eine entsprechende Vorlesung. Ob ich es allerdings zu einem Universitätsabschluss bringen werde, steht in den Sternen. Ist mir auch nicht wirklich wichtig. Mir geht es nicht um einen akademischen Titel. Malen ist einfach mein Hobby, es entspannt mich, und ich liebe den Geruch der Farben.«

Stella machte Gianna auf die Bilder aufmerksam, die an den Wänden der Bar hingen und allesamt von Francesca stammten. Sie malte in erster Linie Landschaften und war offensichtlich begabt.

Das Einzige, das Gianna daran missfiel, war die Einsicht, selbst über kein hervorstechendes Talent zu verfügen.

Verlegen lächelte sie in sich hinein.

Zumindest, so dachte sie, bin ich die Gurkenkönigin von Fossalon.

Aber wie lange noch, fragte sie sich bange.

31

Fabrizio näherte sich der Dienstkanzel.

Es war später Vormittag.

Eine der Krankenschwestern nickte ihm freundlich zu.

»Signor Vascotto«, sagte sie durch eine Luke in der gläsernen Trennwand. »Brauchen Sie etwas? Ist alles in Ordnung?«

»Ja, ja«, wehrte er schroff ab. »Aber ich müsste dringend mit einem Arzt sprechen.«

»Das lässt sich einrichten.«

Sogleich ging er zurück in Bibianas Krankenzimmer.

Plötzlich spürte Fabrizio eine Hand auf seiner Schulter und wirbelte herum.

Maddalena stand vor ihm, weiß wie die Wand. Sie sah aus wie ein Geist aus einem Horrorfilm.

»Fabrizio, wie geht es dir? Wie geht es Bibiana?«

»Maddalena«, flüsterte Fabrizio, »sieh sie dir doch nur an. Es steht schlecht um sie. Ich spüre, dass Bibiana Furchtbares durchmacht.«

Er musste grauenerregend ausschauen. Seit Bibiana eingeliefert wurde, war er in keine Dusche mehr gestiegen oder hatte seine Zähne geputzt. Sein Haar stand sicher wirr vom Kopf ab, und riechen konnte er sich selbst kaum mehr.

Maddalena legte den Arm um ihn. »Ich bin überfragt. Ich sehe nur, dass man Bibi in einen Tiefschlaf versetzt hat. Weißt du was? Wenn es dir nichts ausmacht, würde ich gern dabei sein, wenn du mit einem der behandelnden Ärzte sprichst.« Sie sah ihn bedeutungsvoll an, so als wüsste sie etwas, das ihm entging.

Fabrizio atmete entlastet und gleichzeitig angsterfüllt aus. »Ich flehe dich geradezu an, mitzukommen. Was ist eigentlich mit dir los? Ein Gespenst ist nichts dagegen. Arbeitest du an einem aufwühlenden Fall? Konntest du heute Nacht nicht schlafen, oder …« Er führte nicht zu Ende, was er sagen wollte, denn eine Ärztin betrat das Zimmer.

»Guten Tag, mein Name ist Dottoressa Adriana Fellini. Wir kennen uns noch nicht, Signor Vascotto, ich gehöre zum Ärzteteam, das sich um Ihre Frau kümmert.« Sie wandte sich fragend an Maddalena. »Und Sie sind, wie ich annehme, eine nahestehende Verwandte?«

»Nein. Das ist Commissaria Maddalena Degrassi, unsere beste Freundin. Sie ist Bibiana mehr verbunden als irgendein dahergelaufener Verwandter. Auch wenn sie heute wie ein zerrupftes Huhn aussieht. Sie hat daher jedes Recht, hier zu sein.«

»Fabrizio«, mahnte Maddalena, »lass gut sein. Die Ärztin muss sich doch erkundigen, wer ich bin. Sonst könnte ja jeder in Bibianas Krankenzimmer stehen. Das gehört ordnungsgemäß abgeklärt.«

Die Dottoressa lächelte. »Sie scheinen etwas von unserer Arbeit zu verstehen, Commissaria. Wahrscheinlich sind wir hier an ähnliche Vorgangsweisen und Regeln gebunden wie Sie in der Polizeiarbeit.«

»Ich möchte wissen, woran meine geliebte Bibiana leidet und was es damit auf sich hat«, blaffte Fabrizio dazwischen. Das Geplänkel der beiden Frauen nervte ihn gewaltig.

»Wollen Sie, dass Commissaria Degrassi bei unserem Gespräch dabei ist?«

»Sicher.« Er warf einen traurigen Blick auf seine wie weggetreten daliegende Frau. »Meine Frau wird nicht wieder gesund, das erkenne ich inzwischen. Schonen Sie mich nicht. Ich will endlich die ganze Wahrheit erfahren.«

Maddalena machte eine Bewegung, als wischte sie sich eine Träne aus dem Augenwinkel.

»Dann begleiten Sie mich bitte zu meinen Kollegen in einen unserer Besprechungsräume. Dort klären wir Sie über alles auf.«

Das Zimmer war hell beleuchtet und groß.

Es ließ sich nicht durch die Düsterkeit des Tages beeindrucken. Ein paar Gestalten in weißen Kitteln, darunter die Dottores Giovanotti und Colitti, saßen um einen runden Tisch.

Dottoressa Fellini bot ihnen einen Platz an.

»Also«, begann sie, und Fabrizio mochte weder die undefinierbare Farbe ihrer Augen noch ihren schmallippigen Mund. »Wie Sie selbst feststellen konnten, geht es Signora Taddi nicht gut.« Ihr Blick wanderte zu einer der anderen Ärztinnen. Diese bat einen Assistenten, Wasser aus einem Krug in die dafür bereitstehenden Gläser einzuschenken.

Dottoressa Fellini sah Fabrizio ernst in die Augen und sagte: »Signor Vascotto, wenn kein Wunder geschieht, dann liegt Ihre Gattin im Sterben.«

Maddalena, die neben ihm saß, nahm seine Hand und drückte sie so fest, dass es ihm wehtat. Aber dieser Schmerz stand in keinem Vergleich zu dem, den Dottoressa Fellinis Worte in ihm auslösten.

»Das kann nicht sein, es ist schier unmöglich. Da muss ein Irrtum vorliegen«, wehrte er entschlossen ab. Als er Maddalenas schockiertem Blick begegnete, setzte er nach: »So schnell kann sie doch nicht von uns gehen. Bis gestern Nachmittag war alles so wie immer. Ja, sie schien erschöpft und klagte über Müdigkeit und starke Kopfschmerzen, aber …«

»Wir haben, um wirklich sicher zu sein, bei Ihrer Gattin alle erforderlichen und speziellen Tests durchgeführt. Es steht leider zweifelsfrei fest, dass die Krebserkrankung, unter der Signora Taddi leidet, Metastasen in verschiedenen Organen gebildet hat, insbesondere auch im Gehirn, was die Krampfanfälle erklärt, deren Zeuge Sie in den letzten Stunden mehrfach wurden, Signor Vascotto.« Die Dottoressa verstummte.

Maddalena war aufgesprungen und lief wie getrieben im Besprechungsraum auf und ab.

Fabrizio legte seine Arme auf den Tisch, bettete seinen Kopf darauf und begann heftig zu schluchzen. »Diese epileptischen Anfälle«, stammelte er.

Ein jüngerer Arzt mit ernstem Gesichtsausdruck sagte: »Schon als die Patientin eingeliefert wurde, war am Ausmaß des aufgebrochenen Tumors zu erkennen, dass sich die Krankheit längere Zeit unentdeckt in ihrem Körper ausbreiten konnte. Es tut uns leid. Wir können nur versuchen, ihre verbleibende Lebenszeit so schmerzfrei wie möglich zu gestalten.«

»Meine Frau heißt Bibiana Taddi und nicht ›die Patientin‹«, ereiferte sich Fabrizio und war kurz davor, dem Arzt eine zu scheuern.

»Das bedeutet, Sie behandeln Bibiana nicht mehr kurativ, also auf Heilung ausgerichtet, sondern palliativ?«, fragte Maddalena mit dünner Stimme.

»Ja, genau so verhält es sich«, entgegnete Dottoressa Fellini ruhig. »Wir lindern mit besten Mitteln die Schmerzen und erhöhen so die Lebensqualität der Signora.« Sie räusperte sich.

Maddalena erkundigte sich gefasst nach dem Primärtumor, der all das weitere Leiden ausgelöst hatte.

»Ursächlich ist ein Cervixkarzinom, also Muttermundhalskrebs, das zu spät entdeckt wurde.«

»Können wir meine Frau wenigstens aus dem Tiefschlaf holen, damit Bibiana noch Zeit mit uns und ihrer Tochter verbringen kann?« Fabrizio fragte besonnen, denn nach und nach war die Erkenntnis in ihn eingesickert, dass das Unfassbare Realität werden würde.

»Solange ihre Werte stabil sind, spricht nichts dagegen, das zu ermöglichen«, sagte der junge Arzt. »Signor Vascotto, wer ist der behandelnde Gynäkologe Ihrer Frau, wissen Sie das?«

»Nun«, brachte Fabrizio gequält hervor. »Ich glaube, es ist der … der übliche Frauenarzt aus Grado.«

Maddalena stand auf und erklärte aufgewühlt: »Nein, das ist ein Irrtum, sie war bei jemand anderem in Behandlung. Dürfte ich um ein Gespräch mit dem stationsleitenden Arzt bitten? Es geht um etwas Dienstliches.«

Alle wandten Maddalena ruckartig ihren Blick zu.

Fabrizio starrte sie an. »Wovon sprichst du? Was weißt du, sag es mir bitte.«

»*Caro mio*, das werde ich, ich stecke jedoch mitten in einer Ermittlung.«

»Nun denn, Commissaria, folgen Sie mir bitte in mein Büro.«

Eine mittelalte Ärztin, die Fabrizio bisher nicht aufgefallen war, war so entschlossen aufgestanden, dass ihr Stuhl zu kippen drohte. Dessen ungeachtet stellte sie sich als Dottoressa Domenica Caminito vor, Leiterin der Onkologie, und sammelte sorgsam ihre Unterlagen ein.

Mit ihren vorstehenden Zähnen erinnerte ihn diese Frau an eine Feldmaus, außerdem waren ihre kurz geschorenen Haare violett gefärbt.

Das sollte die Chefin des Ganzen sein?

Hoffentlich war denen hier kein Fehler unterlaufen und man verwechselte seinen Schatz mit einer anderen, wirklich todgeweihten Patientin.

»Maddy«, flüsterte er verzweifelt, »bitte hilf unserer Bibiana. Ich ertrage das nicht.«

»Dottoressa«, Maddalena wandte sich an die Fellini, »könnten Sie meinem Freund bitte etwas zur Beruhigung geben? Er braucht Zeit, um das zu verarbeiten.«

»Daran haben wir schon gedacht.«

»Ich will keine blöde Spritze, die mich so wie meine arme Bibiana in Tiefschlaf versetzt, ich will bei klarem Verstand bleiben.«

»Sie bekommen nur ein paar Tropfen, die es leichter für Sie machen, Signor Vascotto. Ich verspreche Ihnen persönlich, dass Sie davon nicht müde werden und ganz klar bleiben. Ehrenwort«, sagte sie.

Fabrizio verzog gequält sein Gesicht. »Als könnte ich hier noch irgendjemandem trauen. Das habt ihr vermasselt.«

Die von ihm so taktlos Angesprochenen wandten sich betreten ab.

»Ich komme nach dem Gespräch zu dir«, sagte Maddalena.

»Danke«, flüsterte Fabrizio.

Die Welt schien sich um ihn zu drehen, und er wankte mehr, als dass er ging, zurück zu seiner Frau.

32

Maddalena saß benommen auf ihrem ergonomischen Stuhl vor dem Schreibtisch.

Wie kurz war es erst her, dass sie mit ihrer besten Freundin geplauscht und sich auf den Pilates-Abend gefreut hatte?

So schnell konnte sich alles ändern.

Zoli stand vor ihr. Nach seinem zaghaften Klopfen an die Zwischentür hatte sie ihn ihr Büro gebeten.

»Sie sollten längst schon Feierabend machen und nach Hause zu Ihrer Maria gehen.«

Verlegen stellte er die Thermoskanne und zwei Becher vor ihr ab. »Wir trinken jetzt einen kräftigen Schluck Espresso und besprechen dann die Lage.«

Nun versuchte sogar schon der schüchtere Piero Zoli, das Kommando zu übernehmen.

Maddalena rang sich ein Lächeln ab. »Danke, Piero. Ich weiß das sehr zu schätzen. Aber sagen Sie mal ehrlich, wie kommt es, dass Sie ständig frischen Kaffee in der Kanne haben? Es ist wundersam, fast wie in einem Märchen. ›Die abenteuerliche Reise der Espressokanne, die sich ständig selbst auffüllt‹. Oder schleicht sich Ihre Mutter heimlich ins Revier?«

Zoli errötete bis zu seinen abstehenden Ohren, die allerdings blieben weiß. »Äh … äh«, stotterte er und fixierte beschämt seine Schuhspitzen.

Sie hatte also den Nagel auf den Kopf getroffen.

»Nein, nicht Mama, nicht mehr. Maria versorgt mich mit dem starken Gebräu. Meine Mutter hat es ihr beigebracht.«

»Tatsächlich? Na ja, Hauptsache, wir haben den köstlichen Espresso.« Maddalena kämpfte ob der absurden Situation ein hysterisches Lachen nieder.

Es klopfte an der Tür. Guido Lippi gesellte sich zu ihnen und rückte einen Stuhl geräuschvoll zurecht. Zoli beeilte sich, einen weiteren Becher zu holen.

»Also«, begann Maddalena, als die beiden Kollegen ihr endlich gegenübersaßen. Sie schlang ihre kalten Finger um den heißen Becher. »Gehen wir das mal durch. Die Spurensicherung hat die Fingerabdrücke im Keller und von dem Kästchen genommen. Es waren zwei verschiedene darauf zu finden. Der Abgleich mit denen von Gianna und ihrem Mann hat ergeben, dass es ihre sind. Also können wir ausschließen, dass Mariella, die Arzthelferin, das Kästchen ebenfalls berührt hat.«

»Außer sie trug Handschuhe«, warf Lippi ein.

»Dann hätte der Dottore wohl ebenfalls welche getragen«, erwiderte Zoli.

»Da gebe ich dir recht, Piero.« Guido nickte anerkennend, und Zoli lächelte zaghaft.

Nicht dumm, dachte Maddalena, da brauche ich mein Hirn wenigstens nicht übermäßig anzustrengen.

Sie erinnerte sich an das Gespräch mit der Leiterin der Onkologie. Der Primärtumor war eindeutig der Muttermundhalskrebs. Er hatte zwar keine Schmerzen verursacht, aber wie wild gestreut. Eine Chemotherapie, die bei früherer Diagnose noch denkbar gewesen wäre, würde Bibianas Leben daher nur schmerzvoller machen.

Maddalena war verzweifelt gewesen angesichts der Unverrückbarkeit von Bibianas Zustand und Leid.

Sie hatte die Ärztin darüber informiert, wer der behandelnde Gynäkologe war, und die Situation dargelegt. Die von Gianna auf ihrem Weg zum Krankenhaus telefonisch übermittelte Nachricht, dass Gianluca Pirandelli nach Angaben des beauftragten Detektivs schon einmal, in Mailand, ins Visier der Polizei geraten war, aber nicht belangt werden konnte, hatte auch die Ärztin schockiert. Und die Feststellung, dass Cinzia Bocelli, die vor zwei Wochen unter vergleichbar dramatischen Umständen wie Bibiana in die Onkologie eingeliefert worden und hier verstorben war, ebenfalls in der Patientenkartei des besagten Gynäkologen zu finden war, umso mehr.

Die Dottoressa hatte das Fenster öffnen müssen, um frische Luft hereinzulassen.

»Commissaria, Sie wissen, dass ich ohne richterlichen Beschluss keine Informationen über meine Patientin herausgeben darf. So viel sei jedoch erwähnt: Die Fälle ähneln einander in erschreckender Weise. Wir konnten nicht eruieren, wer ihr behandelnder Frauenarzt war. Ihr Ehemann war darüber nicht informiert. Jetzt schließt sich ein Kreis. Dass die Krankheit nicht früher diagnostiziert wurde, hat uns Rätsel aufgegeben. Nun verstehe ich, warum das so war.«

»Chefin, Sie verschütten gerade den Espresso auf Ihrem Schreibtisch.« Zoli sprang auf und holte ein paar Kleenex aus dem Behälter.

»Danke.«

Sorgfältig wischte er die Tischplatte sauber.

Sie war in Gedanken so weit weg gewesen, dass ihr das Schräghalten des Bechers schlicht entgangen war.

»So«, sagte sie betont munter, »jetzt knöpfen wir uns das Ungeheuer in Weiß mal vor. Pirandelli ist im Hotel Paleo abgestiegen. Das ist übrigens nicht von ungefähr eines der teuersten Hotels. Dorthin fahren wir jetzt. Außer, Piero, Sie sind zu erschöpft. Sie sollten eigentlich, laut Arbeitsrecht, längst schon zu Hause sein.«

Zoli schaute kurz verdutzt. »Scheiß auf das Arbeitsrecht, aber so was von«, platzte er dann empört heraus, und Lippi und Maddalena warfen sich ob dieses Temperamentausbruchs belustigte Blicke zu.

Die Tür flog auf, und Rita Beltrame stürzte herein, die Wangen gerötet.

Guido Lippi bedachte Maddalena mit einem Blick, der besagte, dass das Gebot der Chefin, anzuklopfen, statt einfach einzutreten, missachtet wurde und dringender Erneuerung bedurfte.

»Was ist los?«

Beltrame gab ein Keuchen von sich. »Könnten wir bitte kurz unter vier Augen sprechen?«

»Selbstverständlich«, erwiderte Maddalena erstaunt und gab den beiden Kollegen ein Zeichen, sich ins angrenzende Büro zurückzuziehen.

Maddalena stand auf und ging zum Glastisch. »Rita. Bitte holen Sie erst mal tief Luft, und dann setzen Sie sich.«

Rita Beltrame ließ sich schwer auf einen der Stühle am Besuchertisch fallen, der ein leises Quietschen von sich gab.

»Guido hat mich vorhin über den Stand der Ermittlungen in Kenntnis gesetzt. Der Zusammenhang zwischen der lebensgefährlichen Erkrankung Ihrer Freundin und den Versäumnissen von Dottor Pirandelli … Das macht mir zu schaffen. Ich bin nämlich ebenfalls seine Patientin, auch bei mir stimmt angeblich alles. Ich sprach darüber mit meinem Vater, der als Arzt ja auch an die Schweigepflicht gebunden ist, und schilderte ihm die mutmaßlichen Zusammenhänge. Als er das hörte, wies er mich an, heute noch einen der anderen Gynäkologen in der Umgebung oder in Grado aufzusuchen.«

Maddalena war schockiert. »Beltrame, natürlich, machen Sie sich gleich auf den Weg. Das muss ja völlig beklemmend für Sie sein. Doch nicht jeder veruntreute Abstrich muss automatisch Krebs bedeuten.«

»Das ist mir bewusst. Mein Vater meinte, ich solle Ihnen dringend raten, alle in der Kartei gelisteten Patientinnen zu verständigen, damit sie sich so bald wie möglich untersuchen lassen.«

»Das ist sehr umsichtig, ich habe ebenfalls darüber nachgedacht, und da Sie meine einzige weibliche Mitarbeiterin sind, möchte ich Sie bitten, die Gespräche zu führen. Allerdings gibt es da noch das Problem, dass die Gynäkologen rar sind und so vielen neuen Patientinnen vielleicht gar nicht zeitnah einen Termin anbieten können.«

Beltrame runzelte die Stirn. »Da gebe ich Ihnen recht, Chefin. Wissen Sie was, ich rufe rasch im Studi Medici Specialistici in Aquileia an. Eine Schulfreundin von mir arbeitet dort als Assistentin des Frauenarztes. Mit ihrer Hilfe wird es ein Leichtes sein, den Dottore zu erreichen und ihm die Sachlage zu erklären. Das müssten dann allerdings Sie als meine Vorgesetzte machen, ich bin nur die Vorhut.«

»Kluger Plan«, lobte Maddalena.

Beltrame wählte und erreichte tatsächlich auf Anhieb die

Arzthelferin. Ohne Umschweife erklärte sie, dass ihre Chefin unmittelbar mit dem Arzt verbunden werden müsse. Es gehe um Leben und Tod, setzte sie, die sich eigentlich nie dramatisch verhielt, nach.

Wieder war Maddalena beeindruckt von der Durchsetzungskraft der unscheinbaren Kollegin.

Sekunden später erklärte sie dem Arzt den Sachverhalt und bat ihn, falls notwendig, Überstunden zu machen. Rita Beltrame sollte überdies den Anfang machen und umgehend untersucht werden. Der Dottore fragte nicht lange nach, sondern gab Beltrame für den Nachmittag einen Termin. Er versprach außerdem, weitere Kollegen um ihre Mithilfe zu bitten. Danach redete sie mit ihrem eigenen, in Grado ansässigen Gynäkologen, der ebenfalls sofort einwilligte, kurzfristig neue Patientinnen aufzunehmen.

»So, Rita, nun bitte ich Sie, sich die Kartei geben zu lassen und den Frauen so schonend wie möglich beizubringen, worum es geht. Natürlich ohne Bekanntgabe von sensiblen Daten und Details. Die Patientinnen können sich entweder beim Arzt in Aquileia oder bei unserem Dottore in Grado anmelden. Beide Gynäkologen werden heute noch so viele Frauen drannehmen, wie sie können, und auch außerhalb der Sprechzeiten Termine vergeben. Ich bin hin und weg von all dieser Hilfsbereitschaft.« Maddalena, die heute wegen der grauenvollen Diagnose von Bibiana ohnehin nahe am Wasser gebaut war, kämpfte hartnäckig gegen ihre Tränen an.

»Das finde ich auch beachtlich. Mein Vater meinte noch, auch praktische Ärzte könnten gegebenenfalls Abstriche machen. Und dass er seinen Patientinnen dafür selbstverständlich ebenfalls zur Verfügung steht.«

Als Rita Beltrame den Raum verlassen hatte, stürzte Maddalena zum Fenster und öffnete es, um zu lüften.

Dann erst rief sie ihre beiden Kollegen zurück ins Büro.

33

»Zieh deine Schuhe aus und setz dich. Ich hatte nicht erwartet, dich so rasch wiederzusehen. Ist etwas vorgefallen, außer dass deine Frau hinter unsere Affäre gekommen ist?«, fragte Mariella unterkühlt.

Gianluca fläzte sich auf die Couch und klopfte auffordernd neben sich.

Mariella schüttelte den Kopf.

»Bist du bekloppt? Zuerst schmeißt du mich raus, dann tauchst du so mir nichts, dir nichts einfach bei mir auf und meinst, alles sei vergeben und vergessen, oder was? Ich habe dir gesagt, wir sehen uns vor dem Arbeitsgericht, schon vergessen, Dottore?«

»Bitte, Mariella. Hilf mir. Ich stecke gehörig in der Patsche und habe niemanden, dem ich mich anvertrauen kann. Du kamst mir als einzige Person in den Sinn. Bitte hör, was ich dir zu sagen habe.«

Mariella strich ihr langes kohlrabenschwarzes Haar mit einer lässig anmutenden Geste zurück. »Was ist mit dem blonden Dickerchen? Kann deine dir Angetraute ihrem Ehemann nicht beistehen? Wie in guten so auch in schlechten Zeiten.«

»Sei nicht so zynisch. Du weißt, ich wollte mich von Gianna trennen und mit dir mein restliches Leben verbringen. Wie oft haben wir uns gemeinsam eine herrliche Zukunft ausgemalt?«

»Es war eine Luftblase, die in der Sonne bunt schillerte, doch kaum dass ein Windstoß kam, ist sie zerplatzt. Du hättest dich nach deinem telefonischen Rausschmiss ruhig noch mal melden und dich erklären können.«

»Verzeih mir bitte. Ich lebe jetzt im Hotel Paleo, Gianna hat mich hinausgeworfen.«

»Geschieht dir recht, du hättest dich für den Notfall besser absichern sollen. Was denkst du eigentlich, wie es mir seither geht? Ich habe deinen Beschwörungen von der großen Liebe blindlings vertraut. Willst du etwas zu trinken?«

»Es tut mir so leid. Alles ist falsch gelaufen. Wenn du ein Bier für mich hättest? Das würde meine aufgewühlten Nerven am ehesten beruhigen.«

Mariella schlenderte zum Kühlschrank und holte für ihn eine Flasche Bier und für sich eine Dose Lemonsoda.

Von Alkohol hatte sie noch nie viel gehalten. Vor allem nicht in Krisensituationen. Das wusste Gianluca, denn sie hatte ihm einmal gesagt, dass ihr Vater ihr und all ihren Geschwistern stets einbläute: »Kinder, Alkohol ist nicht der richtige Weg«, und als ihr kleiner Bruder einmal frech entgegnete: »Aber Milch auch nicht, davon kriege ich bloß Magenschmerzen«, hatte er ihm eine geklebt.

Jetzt setzte sie sich doch neben ihn, anscheinend etwas beschwichtigt.

Mit seiner Flasche stieß er gegen ihre Dose und murmelte: »*Cin cin.*«

»Auf was stoßen wir da eigentlich an? Doch wohl nicht auf eine Wiederzusammenkunft?«

»Wenn es nach mir ginge, mein Liebling, schon«, brummte Gianluca, dem allmählich schwante, dass seine Felle allesamt davonschwammen.

Natürlich hatte er nie vorgehabt, Gianna wegen Mariella zu verlassen. Immerhin gab es Vittorio, und ohne ihn wollte er nicht sein. Doch im Moment klammerte er sich an jede noch so dünne Rettungsleine.

»Hör mir mal zu. Ich muss dir was sagen. Gianna ist es gelungen, in meinen Computer einzubrechen, das hätte ich ihr niemals zugetraut.«

»Wahrscheinlich hast du eines der leicht knackbaren Passwörter eingegeben. Stimmt das?«

Er fühlte sich unbehaglich, denn Mariella hatte ihn durchschaut.

»Wird wohl so gewesen sein. Ich war ein leichtsinniger Dummkopf. Jedenfalls fand sie neben der Datei mit unseren Fotos auch die Kartei meiner Patientinnen.«

»Das eine ist mehr als bedauerlich und sogar unschön, das

Zweite jedoch irrelevant. Was soll an der Kartei so aufregend sein?«

»Mariella, stellst du dich nur so unwissend, oder kapierst du es wirklich nicht?«

Sie richtete sich auf und sah ihn aus ihren blau schimmernden Augen aufmerksam an. »Verstehe ich nicht, bei aller Bemühung. Klär mich bitte auf.«

»Cinzia Bocelli und Bibiana Taddi werden darin geführt. Gianna kennt beide aus dem Pilates-Kurs. Die eine ist nun verstorben, die andere schwer erkrankt. Bibiana Taddi ist zudem die beste Freundin der Commissaria Degrassi aus Grado.«

»Ich schnalle es nicht«, erwiderte sie salopp. »Viele Frauen sind bei dir in Behandlung, sogar eine Polizistin und die Servierkraft aus der Bar am Hafen.«

»Francesca ist doch keine Servierkraft, sondern Stefanos Ehefrau.«

»Na und, was willst du mir eigentlich sagen? Rück endlich raus damit. Sonst weiß ich nicht, wie ich dich unterstützen kann. Falls es das ist, weswegen du zu mir gekommen bist.«

Gianluca versuchte, so ruhig wie möglich zu bleiben, denn was er ihr jetzt mitzuteilen hatte, würde ihr vermutlich den Boden unter den Füßen wegreißen.

»Die Krebsabstriche …« Gianluca fühlte sich wie ein getretener Hund, der noch dazu schon seit Langem kein Wasser bekommen hatte. Hastig trank er einen Schluck von seinem Bier. »Ich habe die Privatpatientinnen und deren Krankenversicherungen betrogen, indem ich die auf den Abrechnungen codierten Abstriche nie bei einem der Labors eingereicht, sondern sie in einem Versteck untergebracht habe.«

Mariella prallte perplex zurück. »Ich dachte, deine Frau bringt die immer persönlich ins Labor, damit sie noch geringfügig bei dir angestellt sein kann.«

»So war das zuerst auch. Also damals, in Mailand.« Er senkte den Kopf. »Bis ich ihr sagte, dass sie das nicht mehr machen soll.«

»Hat deine Frau dich denn nie gefragt, warum sie damit nicht mehr zu den Labors fahren musste?«

»Klar, sie hat sich danach erkundigt, aber ich erklärte ihr, dass sei nun meine Aufgabe und später eben deine, als Hilfestellung gewissermaßen. Ihre hingegen wäre es, sich gut um unseren Sohn zu kümmern. Sie hat sich weder in Mailand noch in Fossalon darüber beschwert. Bestimmt empfand sie es sogar als Erleichterung, denn Vittorio stand und steht bei ihr immer an erster Stelle.«

»Du bist ein Idiot«, zischte Mariella, und sie lag damit nicht falsch.

»Ja«, erwiderte er mit einem liebevollen, um Verständnis heischenden Blick.

»Das heißt, du hast nie überprüfen lassen, an was diese dir ausgelieferten Frauen möglicherweise litten? Hast sie im Unklaren über ihren Gesundheitszustand gelassen? Und mich hast du auch noch mit in diese schäbige Geschichte hineingezogen. Was soll ich dazu sagen? Eigentlich müsste ich sofort die Polizei verständigen, das ist dir schon klar?« Mariella rang verzweifelt ihre Hände und schnappte nach Luft.

»Ich wollte dich damit nicht belasten, weil ich dich liebe. Ich war mir sicher, einen Ausweg aus der Misere zu finden. Glaub mir das bitte.«

»Glauben? Das macht man am Sonntag in der Kirche. Davon geht diese schmutzige Angelegenheit nicht weg. Dabei handelt es sich um handfesten Betrug und schlimmstenfalls sogar um fahrlässige Tötung!«

»Mariella.« Er versuchte, den Arm um sie zu legen, doch sie schüttelte ihn ab.

»Ich brühe uns jetzt einen starken Kaffee auf, und dann sehen wir weiter.«

Gianluca murmelte: »Danke, du bist ein Schatz. Ich spürte, dass du der einzige Mensch bist, an den ich mich wenden konnte.«

»Und ich blöde Kuh habe deine ahnungslose, stets freundliche Frau, die nur alles richtig machen wollte, für dumm und naiv gehalten.«

»Mariella, bitte lass mich jetzt nicht hängen. Mir bricht das Herz.«

»Sei still und lass mich nachdenken«, herrschte sie ihn an.

So kannte er sie nicht.

Es schien, als hätte sich die Hierarchie zwischen ihnen ins Gegenteil verkehrt.

Sie war die Chefin und er ihr dämlicher Assistent.

»Gianluca, was hat Gianna gefunden? Ich meine, außer unseren Pornofotos und den Namen ihrer Freundinnen in der Kartei?«

Er schrak zusammen, und der Löffel, mit dem er eine Überdosis Zucker in seinen Espresso gerührt hatte, fiel klirrend auf Mariellas Parkettboden.

»War das alles? Wenn ja, besteht noch eine Chance, dass du heil aus der Sache herauskommst. Wo hast du die Krebsabstriche versteckt?«

Gianluca verbarg sein Gesicht in den Händen. Geprägt von eitler Oberflächlichkeit, überlegte er kurz, ob seine Nägel ordentlich manikürt waren. Als Frauenarzt hatte das für ihn eine besondere Bedeutung. Wie unter Zwang wusch er seine Hände, pulte imaginären Dreck unter seinen Nägeln hervor, obwohl er bei jeder Untersuchung des Unterleibs einer Patientin Handschuhe trug, und ging regelmäßig zur Maniküre.

»Hallo!«, riss Mariella ihn ungeduldig aus seinen trübseligen Gedanken. »Wo sind die Abstriche? Wo hast du sie hingeschafft?«

»Im Keller, in einer Kiste, in der Gianna früher alte Tagebücher aus ihrer Kindheit aufbewahrt hat. Die habe ich in einem Mülleimer entsorgt und stattdessen die Reagenzgläser eingeordnet, der Kasten hatte die perfekte Größe.«

»Wie ungemein gefühllos von dir. Warum ist mir dein Empathie-Defekt nie aufgefallen?«

»Bitte verurteile mich nicht. Ich bin selbst wie vor den Kopf gestoßen. Die Gier kommt einfach über mich. Das war schon in Mailand so. Das Geld klimpert im übertragenen Sinn sehr laut, wenn die Krankenkassen zahlen.«

»Ekelerregend, wirklich.« Mariella griff sich an die Stirn. »Ich finde keinen anderen Ausdruck für das, was du verbrochen hast. Gianluca, dir ist hoffentlich klar, dass ich dich sofort den Bullen ausliefern sollte. Warum ich das nicht mache, ist mir selbst ein Rätsel.« Sie funkelte ihn an.

»Vielleicht hast du noch eine winzige Spur Gefühl für mich? Liegt es daran?«, fragte er voller Zuversicht.

»Das einzige Gefühl, das ich im Moment für dich habe, dreht mir den Magen um«, sagte sie sarkastisch.

Gianluca überhörte das, denn er wusste, dass er sie brauchte, um ihm zu einem Ausweg zu verhelfen. Doch innerlich fragte er sich, ob er sie überhaupt jemals gemocht oder nur als williges Fleisch benutzt hatte.

»Dir bleibt keine Wahl«, sagte sie unerbittlich, »du musst herausfinden, ob deine Frau diese Kassette gefunden hat. Wenn nicht, solltest du warten, bis sie das Haus verlässt. Den Schlüssel hat sie dir hoffentlich nicht abgenommen?« Sie sah ihn wachsam an, und erst als er verneinte, sprach sie weiter. »Sobald sie weg ist, gehst du rein und holst die verfluchte Kiste, verstanden?«

»Ja. Doch was ist, wenn sie die Abstriche tatsächlich gefunden hat? Dann sind die Bullen sicher schon im Hotel und suchen mich. Womöglich wissen sie über alles Bescheid.«

»Egal. Du kannst vorerst bei mir Unterschlupf finden. Stell deinen auffälligen Jaguar nur weit entfernt von meiner Wohnung ab. Ich bin dir gegenüber anscheinend immer noch schwach.«

Befreit seufzte Gianluca auf. Endlich hatte mal jemand anders einen Plan. Das war er nicht gewohnt.

»Danke.« Er griff nach ihr, doch wieder schüttelte sie seine Hand ab wie ein lästiges Insekt.

»Zwischen uns spielt sich nichts mehr ab. Doch ich bin bereit, dir zu helfen. Wenn du die Kiste hast, kannst du die Beweise verschwinden lassen und irgendwohin abhauen, wo dich keiner vermutet. Haben die eigentlich meine Daten und Adresse? Ist das alles vermerkt? Denn du hast mich ja ganz korrekt angemeldet.«

»Ja. Daran habe ich gar nicht gedacht.«

»Dann können wir nicht in meiner Wohnung bleiben. Wir werden stattdessen in das Haus meiner Freundin übersiedeln. Sie macht gerade eine Tour durch Australien, und ich habe ihre Schlüssel.«

Die Frau war eine Wucht und seine Rettung in letzter Sekunde.

»Ich raffe mal flott einiges zusammen, und dann fahre ich mit meinem Auto vor. Den Jaguar musst du verstecken.«

Gianluca schwirrte der Kopf. »Ist das Haus deiner Freundin weit von hier entfernt?«

Mariella maß ihn von oben bis unten. »Du bist ein elender Betrüger und Angsthase. Ich weiß wirklich nicht, warum ich dir helfe. Aber nein. Es ist in der Nähe. Es befindet sich in Fiumicello, in San Lorenzo neben dem Lagunen-Pub, und verfügt über eine Doppelgarage. Da kann ich mein Auto abstellen. Niemand wird uns dort vermuten, sei dir sicher. Du musst dich bloß zu Hause reinschleichen und die Kiste holen. Verstanden?«

Gianluca hatte verstanden.

Es war ein gutes Gefühl, wenn jemand seine Probleme löste. Vielleicht war die schöne Mariella doch die richtige Partnerin für ihn?

»Jetzt ruf deine Frau an oder schreib ihr eine Nachricht, dass du mit ihr über euren Sohn reden möchtest. Du musst sie irgendwohin bestellen, damit das Haus leer steht, danach nimmst du das Auto meiner Freundin und holst das Kästchen. Es ist immerhin sehr belastendes Beweismaterial.«

Natürlich war Gianluca nicht auf den Kopf gefallen und wusste, dass auch Mariella den ihren aus der Schlinge ziehen wollte, daher ihre Hilfsbereitschaft.

»Gianna, *tesoro mio*«, tippte er wenige Minuten darauf in eine WhatsApp-Nachricht. »Wie geht es dir? Wir sollten reden. Über Vittorio und darüber, wie sich unser gemeinsames Leben weiter gestaltet. Wann kannst du dir für ein Gespräch Zeit nehmen?«

Es dauerte eine gefühlte halbe Stunde, bis ihre Antwort endlich eintrudelte.

»Heute Abend hole ich meinen Vater vom Flughafen ab. Er kommt zu meiner Unterstützung nach Fossalon. Vielleicht kannst du dir vorstellen, wie es mir geht, seit ich die grausigen Fotos von dir und deiner Geliebten gefunden habe: schlecht wie nie zuvor. Ich bin dennoch zu einem Gespräch bereit, weil es um unseren Sohn geht. Morgen Vormittag begleitet Papa uns in die

Musikschule. Wir hören zu, wenn Bibiana Taddis Tochter Simone dort auf der Flöte spielt. Danach könnten wir reden. Komm um zwölf zu uns nach Hause. Ich bitte Papa, solange mit Vitti am Strand Muscheln zu suchen«, schrieb sie.

Das klang überraschend gut.

Er wagte nicht nachzufragen, ob Gianna das Kistchen gefunden hatte. Das würde er morgen in Erfahrung bringen. Nur keine schlafenden Hunde wecken.

»Geschafft«, murmelte er, während Mariella ihn hektisch ankeifte, er möge sich beeilen und seinen Jaguar endlich woanders parken.

Gianlucas Herz klopfte so schnell, dass er Angst hatte, an einem Herzinfarkt zugrunde zu gehen. Rasch lief er trotz des Trommelwirbels in seiner Brust zu seinem Wagen und fuhr, ohne groß über den geplanten Ablauf nachzudenken, nach Fiumicello, zum Lagunen-Pub, von dem Mariella gesprochen hatte.

Als er dort ankam, stand sie zwei Häuser weiter mit in die Hüften gestemmten Armen vor der Tür.

»Sag mal, bist du auf den Kopf gefallen? Ich habe dir doch alles genau erklärt. Du sollst dein auffälliges Auto *verstecken*. Hau sofort irgendwohin ab, vielleicht nach Boscat, zu einem der nicht bewirtschafteten Bauernhöfe. Und dann ruf mich an. Ich hole dich ab, verstanden?«

Beschämt nickte er.

34

Maddalena trieb Guido und Piero richtiggehend an.

»Kollegen, wir müssen dieses Scheusal finden, bevor Schlimmeres passiert.«

Was das sein konnte, wusste sie selbst nicht.

Zoli und Lippi nickten bestätigend, als wüssten sie beide sehr wohl, was zu verhindern war.

Im Paleo angekommen, konnte man ihnen nur berichten, dass der Dottore das Hotel am Morgen verlassen hatte und noch nicht zurückgekehrt war. Es bestand jedoch kein Grund für die Geschäftsführung, eine Rückkehr anzuzweifeln.

Maddalena hingegen bestand darauf, Pirandellis Zimmer in Augenschein zu nehmen, in dem aber nichts Auffälliges zu entdecken war. Es wirkte nahezu unbenutzt.

»Der kommt nicht so bald zurück«, sprach Lippi ihre Gedanken aus.

An der Rezeption erkundigten sie sich, ob jemandem etwas Ungewöhnliches aufgefallen war.

War es nicht.

»Jungs, was glaubt ihr, wohin Pirandelli gefahren ist?« Sie blickte ihre Kollegen forschend an.

»Der ist eher zu seiner Geliebten geflüchtet«, erklärte Lippi. »Alles andere wäre nicht nachvollziehbar und einfach absurd.«

Wichtigtuer, dachte Maddalena, aber Zoli und sie nickten, weil Lippis Schlussfolgerung durchaus einen Sinn ergab.

»Ich funke schnell Gianna an, sicher verfügt sie über Mariellas Daten, Wohnsitz et cetera.«

»Genau. Das ist gut, Chefin.« Zoli machte seine Bewunderung mal wieder unumwunden deutlich.

Lippi lächelte sardonisch, und Maddalena war einiges klar. Er durfte seine vermeintliche Überlegenheit dem Kollegen gegenüber nicht so offen zeigen. Das war demütigend und unkollegial.

Gianna hob sofort nach dem ersten Klingelton ab.

»Oh, hi«, sagte sie, als Maddalena sich meldete. »Gut, dass du anrufst. Ich war heute mit Stella in Stefanos Bar. Maddalena, meinst du nicht, ihr solltet Francesca warnen? Sie ist auch eine Patientin von Gianluca.«

»Das haben wir schon in die Wege geleitet. Rita Beltrame wird bei allen Patientinnen, die in der Kartei deines Mannes aufgeführt sind, anrufen und sie auffordern, möglichst bald einen Gynäkologen zur Krebsvorsorge aufzusuchen.«

Natürlich wussten sowohl Maddalena als auch Gianna, dass es sich dabei nicht um Freundlichkeit handelte, sondern um eine schiere Notwendigkeit, wollten sie weiteren Frauen eine schwere Erkrankung ersparen.

»Aber deshalb rufe ich nicht an. Kannst du mir bitte sagen, wie die Arzthelferin deines Mannes mit Nachnamen heißt?«

»Sie heißt Mariella Oberdan. Ich kann dir auch ihre Adresse geben, sie steht auf den Gehaltsabrechnungen.«

»Danke, das hilft uns ein gutes Stück. Wie geht es dir?«

»Es ist, als wäre ich in eine Parallelwelt gerutscht und würde von dort aus meine Handlungen beobachten. Ich verrichte alle Dinge automatisch, aber es fühlt sich nicht richtig an. Verstehst du das?«

»Ja«, stimmte Maddalena ihr zu, der es nach dem tragischen Tod von Franjo nicht anders ergangen war. »Tu dir was Gutes. Das lenkt ab.«

»Das versuche ich. Außerdem hole ich heute noch meinen Papa und meinen Bruder Fausto vom Flughafen ab. Dass die beiden herkommen, verschafft mir ein wenig Abstand, vielleicht sogar eine Atempause. Mit Vittorio verstehen sie sich bestens, er freut sich auf ihren Besuch und fragt nicht mehr jede Minute, wann sein Papa von der Dienstreise zurückkommt. Das allein ist schon viel wert.«

Maddalena entging nicht, dass bei Gianna während des Gespräches die Tränen flossen. Sie bedankte sich und beendete das Gespräch. Später musste sie unbedingt Fabrizio anrufen, um sich nach Bibiana zu erkundigen.

Als sie bei Mariellas Adresse ankamen, war niemand da.

»Und?«, fragte Zoli und sah Maddalena ergeben an. »Wo suchen wir jetzt nach dem Arzt des Schreckens?«

»Darüber muss ich nachdenken. Aber zunächst setzen Sie Guido Lippi bitte auf dem Revier ab und begleiten mich ins Krankenhaus. Ich will einen Moment bei Bibiana und Fabrizio vorbeisehen.«

Im Rückspiegel sah sie, wie Lippi entrüstet das Gesicht verzog. Er schien sauer zu sein, dass nicht er Maddalena fahren durfte.

Doch auf die Befindlichkeiten ihrer Truppe konnte sie jetzt keine Rücksicht nehmen.

35

Simone war heute Morgen mürrisch gewesen und hatte immerzu nach ihren Eltern gefragt. Sie war kaum zu beruhigen gewesen und hatte laut geschnieft, als sie an einem Bilderrahmen mit Bibianas Foto vorbeigingen.

»Mama und Papa sollen kommen«, weinte sie und ließ sich nur schwer trösten.

Nach dem Kaffee mit Gianna war Stella zurück in Bibianas Wohnung gegangen und hatte begonnen aufzuräumen.

Dabei ging sie methodisch vor. Zuerst kam die Küche dran, dann Badezimmer und Toiletten, dann die Wohn- und Schlafzimmer. Sie bezog das Ehebett mit der frisch gewaschenen und getrockneten Leinenbettwäsche.

Dann hob sie einen großen Koffer von einer der Ablagen und begann systematisch, Simones Kleidungsstücke aus dem Schrank im Kinderzimmer hineinzuschichten. Obenauf legte sie ihre Kuscheltiere, ein gerahmtes Foto, das Bibiana und Fabrizio zeigte, wie sie Simone, die in ihrer Mitte stand, umarmten, und eine beachtliche Menge Bücher. Beinahe hätte sie die Tonies und die dazugehörige Box vergessen. Vieles war eben Neuland für sie; in ihren Kindertagen hatte es bestenfalls einen Kassettenrekorder gegeben. Das Waschzeug und die bunten Gummitiere aus der Badewanne packte sie in einen Kulturbeutel, von dem sie wegen der hübschen aufgeklebten Muscheln annahm, dass er Simone gehörte.

»Das arme kleine Ding«, murmelte sie.

Wahrscheinlich würde das Kind sich in der eigenen Bettwäsche wohler fühlen, also zog Stella das Bett ab und verfrachtete die gebrauchte Wäsche und ein zweites Set zum Wechseln in einen Trolley.

Natürlich durfte der Plan, auf dem Simones Aktivitäten vermerkt waren, nicht fehlen.

Morgen sollte sie zusammen mit den anderen Kindern, die

dort ein Instrument erlernten, in der Musikschule den Eltern und Angehörigen zeigen, was sie im letzten Jahr für Fortschritte gemacht hatte.

Stella zückte ihr Handy, wählte die Nummer des Polizeireviers und ließ sich mit Rita Beltrame verbinden.

»Hallo«, begrüßte sie die Beamtin. »Ich bin Guido Lippis Frau, Stella.«

»Ah, gut, dass Sie sich melden. Wir wollten ja Termine ausmachen, an denen ich mit Simone Flötenspielen übe. Guido hat Ihnen sicher erzählt, wer von uns welche Aufgabe übernimmt, um Sie zu entlasten.«

»Ja, das hat er, und ich, wir sind den Kollegen sehr dankbar. Ich muss mich noch auf die neue Situation einstellen, und jede Hilfestellung ist daher willkommen.«

»Es ist eine sehr traurige Zeit, in der alles Mögliche zusammenkommt.«

»Ja. Leider. Weshalb ich jedoch anrufe: Morgen soll Simone in der Musikschule vorspielen. Mit ihr zu üben wäre daher eigentlich sinnvoll. Wir ziehen heute aber von ihrem Zuhause weg, in Guidos und meine Wohnung. Das Kind ist unter den gegebenen Umständen sowieso schon unruhig, daher würde ich auf Ihr tolles Angebot gern später zurückkommen, wenn sich die Situation ein wenig stabilisiert hat, ginge das?«

»Klar doch, wir machen einfach was aus, wenn Sie es für richtig halten. Heute könnte ich ohnehin nicht kommen. Commissaria Degrassi hat mir einen dringenden Sonderauftrag erteilt, der keinen Aufschub duldet, und am Abend habe ich einen Arzttermin. Nennen Sie mich übrigens ruhig Rita.«

Oje, die Arme, dachte Stella. Sie konnte sich gut vorstellen, worin der Sonderauftrag bestand. Es hatte vermutlich mit der Patientinnenkartei zu tun. Und Beltrame war also auch eine Patientin des Horror-Arztes.

»In Ordnung, Rita, vielen Dank. Ich melde mich dann in ein, zwei Wochen bei Ihnen, okay? Und ich wünsche Ihnen viel Glück.«

Als alles gepackt und erledigt war, rief Stella Guido an und fragte, ob er kurz Zeit hätte, ihr beim Transport von Simones Sachen zu helfen.

»Klar, *bella mia*, ich stehe ohnehin gerade auf dem Parkplatz, Zoli hat mich am Revier abgesetzt. Ich gebe rasch Bescheid, dass ich heute früher Feierabend mache, und hole dich mit dem Wagen ab. Dann schaffen wir das Zeug in unsere Wohnung und holen Simone ab. Bin gleich bei dir.«

Erleichtert schleppte Stella das Gepäck vor die Tür.

Sie fürchtete den Moment, in dem Simone vom Umzug erfuhr.

36

»Zoli«, sagte Maddalena leise, als ihr Kollege das Dienstauto auf dem Krankenhausparkplatz abstellte, »es wäre mir lieb, wenn Sie mich begleiten. Ich habe ein sehr schlechtes Gefühl nach dem Gespräch mit Bibianas Ärzten heute Morgen.«

»Selbstverständlich setze ich Sie nicht allein dieser Situation aus, Chefin, das versteht sich von selbst.«

Maddalena fühlte sich seltsam entrückt, wie in Trance, als sie den Flur entlangeilte. Dottor Colitti begegnete ihr, er war in Begleitung der jungen Ärztin, mit der Maddalena gestern als Erstes gesprochen hatte, Dottoressa Giovanotti. Sie standen einander sekundenlang gegenüber, die beiden grüßten verhalten und hasteten dann weiter.

»Was ist denen denn über die Leber gelaufen?«, erkundigte sich Zoli mürrisch.

Maddalena war über das veränderte Verhalten der beiden Ärzte ebenfalls verwundert, aber sie konnte jetzt nicht darüber nachdenken. Es war, als schwebte sie auf einer dunklen Wolke und hätte die Bodenhaftung gänzlich verloren. Vielleicht würde sie später imstande sein, ihr Verhalten zu durchschauen.

Wo war noch gleich das Krankenzimmer von Bibiana?

Nirgendwo begegneten sie einer Krankenschwester, einem Pfleger oder jemandem aus der Ärzteschaft.

»Die haben hier anscheinend Stromprobleme, denn sie sind nicht in der Lage, den Flur ordentlich auszuleuchten, da rennt man ja gegen eine Wand, wenn man nicht aufpasst«, ereiferte sich Zoli.

Das Licht war wirklich so dämmrig, dass Maddalena ihre Augen zusammenkneifen musste, um besser sehen zu können.

Litt sie unter einem Déjà-vu?

Das gesamte Szenario kam ihr so vertraut vor, als hätte sie sich schon einmal in so einer Situation befunden.

Spielten die Neurotransmitter in ihrem Gehirn verrückt?

Sicher lag das am Schlafmangel.

Kein Laut war zu hören.

Die Stille nahm ihr den Atem.

»Betriebsamkeit ist zudem auch etwas anderes. Vielleicht sind die Angestellten in der Pause?«, rätselte Zoli weiter.

»Also erleben Sie das auch so?«

Der Kollege warf ihr einen Seitenblick zu. »Ich erlebe es nicht so, es ist so«, antwortete er bestimmt, und mit einem Mal fühlte sich Maddalena besser.

»Danke, lieber Piero«, flüsterte sie. »Ich dachte schon, ich spinne.«

»Kommen Sie, Chefin.« Er nahm fürsorglich ihren Arm, als sie stolperte.

Sie erreichten das Krankenzimmer.

Da lag sie, ihre allerbeste Freundin.

Das zusammengesunkene Bündel Mensch, das neben der Tür auf dem Boden kauerte, nahm Maddalena nicht wahr.

Sie riss die Tür auf, denn sie spürte, ohne es sich erklären zu können, dass die Zeit drängte. Bibiana erwartete sie sicher sehnlich.

Zoli, der immer noch ihren Arm umklammerte, versuchte sie zurückzuhalten. Erfolglos.

»*Tesoro mio*«, sagte Maddalena gedämpft. Der Raum war noch dunkler als vorhin der Flur. Das lag wohl daran, dass die Jalousien heruntergelassen worden waren. »Bibiana«, hauchte sie, und als sie, wie nicht anders erwartet, keine Antwort erhielt, nahm sie an, dass die Freundin sich weiterhin im Tiefschlaf befand.

Zoli machte eine ungestüme Bewegung, so als würde er sie von etwas abhalten wollen. Aber Maddalena wandte sich ab und ließ sich vorsichtig auf dem Bettrand nieder. Nur um gleich darauf wieder aufzuspringen.

Da war nur ein Laken, ein weißes, das sich über eine kahle Matratze spannte.

Und sonst nichts.

Das Bett war leer.

Zu ihrem Erstaunen waren beide Fensterflügel hinter den heruntergelassenen Jalousien weit geöffnet und gähnten in die Leere.

Eine Hand griff nach ihrer Schulter, und Maddalena wähnte sich abermals in diesem scheußlichen Alptraum, dessen Schrecken sie nicht losließ.

»Chefin.«

Schreiend entzog sich Maddalena Zoli, lief zur Tür und auf den Flur hinaus, stolperte über das menschliche Bündel und begegnete einer älteren Schwester mit einer Hornbrille, die Maddalena durch die vergrößerten Gläser kummervoll betrachtete.

Ruckartig blieb sie stehen, was auch daran lag, dass Piero Zoli sie nun mit beiden Armen festhielt. Er umklammerte ihre Schultern so fest, dass es wehtat.

»Suchen Sie Bibiana Taddi? Die Arme ist von uns gegangen«, murmelte die Schwester fast lautlos, wahrscheinlich bedacht darauf, die anderen Menschen, mit denen der Flur sich inzwischen gefüllt hatte, nicht zu verschrecken.

»Was heißt das?«, herrschte Maddalena sie an, obwohl sie genau wusste, was es bedeutete. »Ist sie auf eine andere Station verlegt worden?«

Das Bündel Mensch rappelte sich an der Mauer hoch, es war Fabrizio. Er starrte Maddalena aus hohlen Augen an.

»Es tut mir sehr leid, Ihnen mitteilen zu müssen, dass Ihre Freundin vor einer Stunde verstorben ist.«

»Das kann doch nicht wahr sein!«, brüllte Maddalena und schüttelte heftig den Kopf. »Hier stimmt etwas nicht.«

Zoli hielt sie fest.

»Sie wussten, meine Liebe, wie es um die Signora stand.« Die Schwester legte ihre Hand sanft auf Maddalenas Unterarm.

Fabrizio gab einen wehmütigen Laut von sich und taumelte gegen die Wand des Flurs. Sie suchte seinen Blick.

Fabrizios gekrümmter Körper glich einem Fragezeichen. Er war aschfahl.

Zoli lockerte seinen Griff, als Maddalenas Muskeln erschlafften. Sie stürzte auf Fabrizio zu und umschlang ihn. »Lieber, armer

Freund«, brachte sie unter Tränen hervor. Er umarmte sie ebenfalls, und sie spürte, wie sehr er zitterte.

Ihr blieb die Luft weg, der Atem steckte irgendwo zwischen ihrer Kehle und dem Rachen fest.

»Maddy«, schluchzte Fabrizio und klammerte sich noch fester an sie. »Es ging so rasend schnell. Eben noch schlief Bibiana und wirkte ruhig, irgendwie sogar entspannt. Dann bäumte sie sich auf einmal auf und zuckte und krampfte, so schrecklich, dass das Bett wackelte. Der Pfleger und mehrere Ärzte stürmten ins Zimmer, ich wurde wie üblich hinausgebeten, und dann geschah lange nichts. Das habe ich schon einige Male erlebt, dadurch war ich absolut nicht auf das Folgende vorbereitet.«

Piero Zoli drückte hilflos ihre Hand.

»Dottor Colitti und die anderen Ärzte kamen aus dem Krankenzimmer und …« Weiter konnte Fabrizio nicht reden, aber Maddalena, die sich inzwischen etwas gefangen hatte, verstand auch so.

»Du wirst noch einige Zeit auf der Station bleiben müssen, um den Papierkram zu erledigen«, erklärte sie dem Freund betont sachlich.

»Ich weiß«, antwortete er, und es klang, als hätte sich eine Schlinge um seinen Hals gelegt. »Was soll ich ohne sie bloß machen? Mein Leben liegt in Trümmern.«

»Wir halten alle zusammen«, versicherte sie ihm. »Dein Leben geht weiter, du wirst das schaffen. Schon Simones wegen. Sie braucht jetzt ihren Vater. Einstweilen ist sie bei Stella und Guido untergebracht. Lassen wir sie noch eine Weile im Glauben, dass ihre Eltern eine ausgedehnte Erholungsreise machen.«

»Danke.«

»Und ich schwöre dir, Fabrizio, ich erwische das Schwein, das ihr das angetan hat, darauf gebe ich dir mein Ehrenwort.«

37

Zoli hielt den Dienstwagen abrupt vor einer Bar an.

Es war eine jener Kneipen auf der Straße von Monfalcone nach Grado, die Maddalena weder jemals aufgesucht hatte noch aufsuchen wollte. Trotzdem stieg sie aus, als Zoli ihr die Tür aufhielt, und ließ sich von ihm hineinführen. Die Inneneinrichtung war schmuddelig, und es roch nach abgestandenem Öl, in dem wahrscheinlich Pommes frites gebrutzelt hatten.

»Das ist genau der richtige Ort, Chefin. Er entspricht den Gräueln des Tages am ehesten. Hier machen wir eine Pause, bevor wir wieder zur Tagesordnung übergehen. In dieser Verfassung bringe ich Sie ganz sicher nicht zurück in die Dienststelle.«

Maddalena konnte gar nichts mehr so richtig begreifen. Weder den grausamen Tod ihrer geliebten Freundin noch Piero Zolis außergewöhnliches Verständnis für die schreckliche Situation. Diese Bude, in die er sie geschleppt hatte, war jedoch bestens dazu geeignet, sich wieder einigermaßen in den Griff zu bekommen.

Ein dicker Wirt mit einer von Speiseresten bekleckerten Schürze erschien. Obwohl sie seine Gäste waren, fragte er reichlich ungehalten nach ihren Wünschen.

»Vier Glas von Ihrem besten Grappa«, orderte Zoli in einem Ton, der keinen Widerspruch duldete.

So konnte ihr sanfter Kollege manchmal sein.

Als ein Feuerteufel in Grado wütete, hatte sie diese ihr unbekannte Seite das erste Mal an ihm kennengelernt.

Der Wirt, der vorhin einen, wie er wohl annahm, unauffälligen Blick auf Zolis Polizeiuniform geworfen hatte, verzog sich und kam kurz darauf mit einem Tablett zurück.

Die Gläser waren erstaunlicherweise sauber.

»Kommen noch zwei weitere Kollegen?«, fragte der Mann, als er die vier Gläser vor ihnen abstellte, neugierig.

»Wieso interessiert Sie das? Wenn Sie es aber genau wissen

wollen, die Getränke sind für meine Chefin und mich. Etwas Starkes ist heute angesagt.«

»Da hätten Sie der Einfachheit halber gleich zwei Doppelte bestellen können, und ich hätte weniger Gläser zu spülen«, maulte der Wirt und verschwand.

Offenbar besann er sich aber eines Besseren, denn kurz darauf brachte er ihnen eine große Schüssel mit Chilichips und eine Schale gerösteter Pistazien. Ohne vorherige Aufforderung drehte er die Countrymusik leiser. Dann begann er, die Tische in ihrer unmittelbaren Nähe abzuwischen.

»Will er in Hörweite bleiben?«, flüsterte Maddalena nach dem ersten Schluck, der ihre Kehle hinunterbrannte.

»Da bin ich mir nicht sicher. Obwohl er bestimmt einiges drum gäbe, unser Gespräch belauschen zu können, scheint der Mann uns eher beweisen zu wollen, dass er seinen Laden im Griff hat, immerhin sind wir Ordnungshüter.« Zoli grinste.

»Piero«, Maddalena legte ihre Hand auf seinen Arm, »danke. Ich weiß nicht, wie ich das Drama ohne Ihre Hilfe durchgestanden hätte. Was soll nun bloß werden? Pirandelli ist anscheinend untergetaucht. Der Kerl wurde schon in Mailand nicht ins Gefängnis geworfen, wegen mangelnder Beweise und Zweifeln an der Kausalität des Todes seiner Patientinnen. Ich fühle mich hilflos wie selten zuvor.«

»Deshalb habe ich auch Fanetti und Lippi Bescheid gegeben, dass sie zu uns aufzuschließen sollen. Den Grund dafür habe ich den beiden natürlich nicht mitgeteilt. Sie sollen es hier von Ihnen erfahren. Beltrame gab ich lieber nicht Bescheid, sie arbeitet wie eine Biene und übernimmt heute außerdem den Nachtdienst. Da sollten wir sie damit nicht belasten.« Er hielt inne, und Röte überzog seine Wangen. »Ich wollte Ihnen mit den Telefonaten selbstverständlich nicht vorgreifen, Chefin, nahm aber an, es wäre in Ihrem Sinn.«

»Das war klug von Ihnen, Zoli. Danke. Am Telefon ist so eine Nachricht, nur wenn es sich nicht vermeiden lässt, zu überbringen. Ich werde Fabrizio ebenfalls unseren Standort schicken. Er soll mit seinem Kummer nicht alleingelassen werden.«

»Heute ist Komasaufen angesagt.« Zoli grinste verlegen, und seine Nase stach spitzer denn je aus seinem hageren Gesicht hervor.

»Komasaufen?« Auch Maddalena konnte sich bei der Ankündigung ein Lächeln nicht verkneifen. So ein netter, zuverlässiger Kollege. Sie fragte sich, womit sie diese Fürsorge verdient hatte. »In dieser Kaschemme hier?«

»Es ist ein schlichter Ort, um ungestört zu reden und zu trinken.«

Nach dem zweiten Glas Grappa beschloss Maddalena, ihre Mutter anzurufen. »Dem Comandante muss ich es zwangsläufig ebenfalls mitteilen, ob ich will oder nicht.«

Zoli riet ihr zwar davon ab und meinte, später – er deutete bedeutungsvoll auf das leere Schnapsglas – wäre so ein Telefonat besser, aber Maddalena duldete keinen Widerspruch.

»Mama«, sie bemühte sich, deutlich zu sprechen, »es ist etwas Grauenvolles passiert. Bibiana ist tot.«

»Wie bitte«, fragte ihre Mutter aufgeregt, »wer? Doch nicht unsere Bibiana? Das ist ja furchtbar! Was ist passiert?«

»Es hängt vermutlich mit einem Fall zusammen, den wir gerade bearbeiten.«

»Schatz, soll ich dir deinen Stiefvater geben?«

Maddalenas Rückenhaare stellten sich auf. »Warum musst du ihn so nennen? ›Dein Vorgesetzter‹ hätte genügt.«

»Ach, Maddy, fang jetzt nicht wieder damit an. Es ist nicht der richtige Zeitpunkt.« Die Stimme ihrer Mutter klang traurig.

»Mädchen«, begrüßte der Comandante Maddalena jovial, »was verschafft mir die Ehre? Wir sitzen gerade mit Freunden bei einem kräftigen Gin Tonic auf der Terrasse einer Tourist-Lounge.« Er hustete und lachte. »Stieftöchterchen«, setzte er nach, und Maddalena war sich um eine weitere Spur sicherer, dass Comandante Achille Scaramuzza nie verstehen würde, in welchem Verhältnis sie beide ungeachtet seiner Ehe mit ihrer Mutter zueinander standen.

»Um es auf den Punkt zu bringen, Comandante, in Fossalon arbeitet seit ein paar Jahren ein Gynäkologe, der Krebsabstriche gewissermaßen veruntreut hat. Er schickte sie nicht ins Labor, und Gott weiß wie viele Krebserkrankungen blieben dadurch unentdeckt. Zwei Frauen starben. Eine davon ist meine Freundin Bibiana Taddi. Sie ist vorgestern wegen eines nicht diagnostizierten Karzinoms unter lebensbedrohlichen Umständen ins Krankenhaus eingeliefert worden und vor wenigen Stunden verstorben.« Sie konnte die Tränen nicht länger zurückhalten und weinte hemmungslos.

»Was? Du meine Güte«, Achille Scaramuzza schnaufte, »doch wohl nicht die Nichte meines alten Freundes Massimo Pasquale?«

»Doch.« Maddalena rang nach Luft. »Genau die, du kennst sie von eurer Hochzeit im Schloss von Strassoldo. Sie war eine von Sibillas Brautjungfern.«

»Ich erinnere mich, so eine hübsche Frau mit einem schwarzen Pagenkopf und dunkelbraunen Augen. Sie ist doch mit diesem unselig langweiligen Geschichtslehrer verheiratet, der bloß griechische und römische Statuen im Kopf hat, oder irre ich mich?«

»War. Sie waren miteinander verheiratet. Fabrizio ist seit heute Witwer. Guido Lippi und seine Frau Stella haben das Kind der beiden, die kleine Simone, vorerst zu sich genommen, denn Fabrizio ist der Sache allein nicht gewachsen. Ich wollte dich nur darüber benachrichtigen, dass wir nach diesem teuflischen Arzt fahnden, der Bibiana in falscher Sicherheit gewiegt und möglicherweise auch das Leben weiterer Frauen aufs Spiel gesetzt hat.«

»Sibilla«, fragte Scaramuzza, vom Telefon hörbar abgewandt, »wir beide sind zwar nicht mehr die Jüngsten, aber zu welchem Gynäkologen gehst du?«

»Zu einem in Triest, *tesoro*«, antwortete Maddalenas Mutter irritiert. »Warum fragst du?«

»Gott sei Dank«, sagte er und klang ehrlich betroffen. »Sibilla, ich erzähle dir später alles, zuerst das Dienstliche.«

Maddalena hörte, wie ihre Mutter ihm im Hintergrund deutlich zuflüsterte: »Achille, könntest du meiner Tochter denn nicht ein wenig Trost spenden?«

Er räusperte sich. »Maddalena, das ist unfassbar«, brachte der Comandante für seine Verhältnisse sanft hervor.

Dann zögerte er kurz.

»Übrigens, der Kollege Lippi soll sich nicht nur um das bedauernswerte Kind kümmern, sondern auch seiner Aufgabe nachgehen, diesen grauenvollen Arzt zu finden«, blaffte er in gewohnter Manier und ergänzte zu Maddalenas Überraschung: »Dein Verlust tut mir sehr leid. Wir kriegen das Schwein und lochen es ein. Das verspreche ich dir.«

Hatte sie das vorhin nicht auch Fabrizio versprochen?

Während des Telefonates war Arturo Fanetti gekommen, und eine neue Runde Grappa stand auf dem Tisch.

Maddalena brachte ihm einigermaßen gefasst die traurige Neuigkeit bei. Arturo Fanetti schüttelte den Kopf, und sein Zopf wippte. »Das kann doch nicht wahr sein«, wiederholte er zweimal. »Es ging so verdammt schnell.«

»Guido wird später nachkommen.« Zoli steckte sein Mobiltelefon, auf dem Lippis Nachricht eingegangen war, wieder ein. »Er hilft seiner Frau beim Umzug, und sie holen Simone aus dem Kindergarten ab. Das Kind ist völlig verstört und weint die ganze Zeit über.«

»Die Kleine dürfte spüren, dass etwas nicht so ist wie sonst. Ich werde Lippi bitten, bei mir vorbeizufahren und Ginevra mitzubringen. Die rufe ich zuerst an, damit sie nicht aus allen Wolken fällt, wenn Guido bei ihr klingelt«, äußerte Fanetti.

Die Aussicht auf Ginevras Gesellschaft erleichterte Maddalena mehr, als sie gedacht hätte.

Franjo, ach, wärest du jetzt an meiner Seite, dachte Maddalena tief verstört. Sie schluchzte auf, und Fanetti und Zoli reichten ihr gleichzeitig eine Serviette.

Maddalena schnäuzte sich ausgiebig, wischte die Tränen weg und hielt Fanetti ihr leeres Glas hin. Der Elbenprinz schenkte ihr großzügig nach.

»Gilt Ihr Wort noch, dass Sie und Ginevra sich teilweise am Wochenende um Simone kümmern?«, fragte sie und starrte ihn an. Wahrscheinlich wegen des ungewohnt hochprozentigen Alkoholgenusses erschien er ihr doppelt, wie eineiige Zwillinge aus dem Land der Elben.

»Allerdings, Commissaria, wir haben vor, mit Simone zu meinem Vater nach Triest zu fahren und ihr zu zeigen, wie man Kaffee röstet. Dass das sogar für ein Kind in ihrem Alter äußerst beeindruckend ist, findet auch meine Ginevra.«

Maddalena, die sich nur noch schwer konzentrieren konnte, nickte zustimmend, obwohl sie vermutete, dass Simone diese Unternehmung nicht gefallen würde. Doch die Hauptsache war ja, dass die Kleine beschäftigt wurde. »Super Idee«, murmelte sie undeutlich und stockte. »Zoli ist schuld, er hat mich alkoholisiert«, verteidigte sie sich, als sie ihr Lallen wahrnahm.

»Gut gemacht, Zoli«, lobte Fanetti. »So ein Schock wie dieser muss unter den Tisch getrunken werden.«

Die Tür schwang auf, und Fabrizio betrat das Lokal. Seine Augen waren gerötet und von dunklen Schatten umgeben. »Wenn ich den Kerl zwischen meine Finger kriege, der meiner Bibi das angetan hat, kann ich für nichts garantieren.«

»Wie hast du uns gefunden?«

»Maddy«, erwiderte er verwirrt, »du hast mir vor ein paar Minuten deinen Standort via WhatsApp geschickt. Erinnerst du dich nicht?«

Nein, tat sie nicht.

Aber Zoli erinnerte sich daran. »Klar, ich saß neben der Chefin.«

»Da«, sagte Fanetti und hielt Fabrizio einen Grappa hin. »Trink das aus und beruhige dich. Wir fassen das Ungeheuer, und wenn er wirklich etwas damit zu tun hat, wird er seines Lebens nicht mehr froh werden. Es gibt Haftanstalten, in denen er nicht lange gesund bleiben wird, wenn er nicht sogar umkommt. Die Leute dort lassen nicht mit sich spaßen. Und wenn er das Leben von unschuldigen Frauen auf dem Gewissen hat, kommt er da hoffentlich hin. Dann gnade ihm Gott.«

»Arturo!«, entrüstete sich Maddalena. »So kenne ich Sie gar nicht.«

»Arturo spricht nur aus, was ich denke. Im Mittelalter hätte man den Kerl am nächsten Baum aufgeknüpft oder auf dem Marktplatz geviertelt«, antwortete Fabrizio verbittert und stürzte den Grappa mit einem Schluck hinunter.

Darauf antwortete niemand etwas.

Nicht mal Fanetti fiel ein kluger, gelehrter Satz dazu ein.

Die Stille, die zwischen ihnen herrschte, war erdrückend.

38

Gianna fuhr mit Vittorio zum Flughafen.

Für ihren Sohn war alles ein großes Abenteuer. Bald würden sein heiß geliebter Opa und der lustige Onkel Fausto landen, und er durfte zusehen.

Kurz darauf standen sie zusammen oben auf der Rampe und beobachteten die Landung der Maschine aus Mailand. Kaum war ihre Familie die Gangway hinuntergeklettert, brüllte Vittorio sein: »Hallo!«

Da der Flughafen klein war, konnten Giannas Vater und Bruder ihn sogar hören und schauten zu ihnen hoch. Sie winkten, und Vittorio sprang aufgeregt von einem Fuß auf den anderen.

Es dauert eine Weile, bis die beiden ihre Trolleys vom Lieferband klauben konnten, und dann lag Vittorio auch schon in den Armen seines Opas.

Gianna standen Tränen in den Augen.

Ihr Bruder knuffte sie sanft in die Seite: »Schwesterchen, das wird schon wieder. Mach dir bitte keine allzu großen Sorgen.«

»Fausto, mein und Vittis Leben, unsere Existenz hängt von Gianluca ab. Warum hat er mir das angetan? Konnte er nicht wenigstens an sein Kind denken? Er muss doch geahnt haben, dass dieser Betrug ein Ablaufdatum hat«, flüsterte sie in sein Ohr.

»Das Ekel war und ist eben raffgierig, für einen wie ihn zählt nur das Geld, und ehrlicherweise glaube ich, dass er dich entsorgt hätte, sobald er genug Kohle eingenommen hätte.«

»Was meinst du mit ›entsorgen‹?«

»Denk doch logisch, diese Mariella wird nicht seine erste Geliebte gewesen sein. Es gab schon damals in Mailand Gerüchte über seinen lockeren Lebenswandel.«

»Warum erfuhr ich nichts davon?«

»Die Betrogene ist zumeist die Letzte, die davon erfährt. Das ist eine altbekannte Tatsache. So, und nun fahren wir in die nächstgelegene Pizzeria, oder gibt es hier einen Burgerladen? Ich kippe vor Schwäche gleich aus den Socken.«

»Pizza, Burger! Juhu!«, begeisterte sich Vittorio.

Gianna und Fausto verstauten das Reisegepäck im Kofferraum, und sie fuhr die hungrige Meute in eine Trattoria, die sowohl Burger als auch Pizza und Frico anbot.

Ihr Vater bestellte das Gericht aus Kartoffeln und Käse, für das die Gegend berühmt war, Gianna orderte eine Pizza Funghi, und Fausto und Vittorio verschlangen gierig ihre Burger mit Fritten und Ketchup.

Während des Essens fiel Gianna ein, dass sie Maddalena noch über die Verabredung mit Gianluca informieren musste.

Sie entschuldigte sich und verließ den Tisch.

Vor der Tür der Trattoria blies ein scharfer Wind, der ungestüm Blätter und Nadeln hochwirbelte.

»Maddalena, ich hoffe, ich störe nicht. Ich will nicht lästig sein.«

Niedergeschlagenes Schweigen herrschte am anderen Ende der Leitung. Nur ein Rauschen war zu vernehmen, dann ein Schniefen.

»Maddalena?«, fragte Gianna beklommen.

»Bibiana … sie ist tot.«

»Was? Nein.« Gianna griff sich ans Herz. »Das kann doch nicht wahr sein?«

»Wir sitzen gerade in dieser Spelunke mit dem roten Hahn auf dem Dach an der Straße von Monfalcone nach Grado und trinken uns vor Entsetzen und Kummer einen an.«

»Was … wer?«, brachte Gianna stammelnd hervor.

»Meine Kollegen und ich. Fabrizio tauchte vor ein paar Minuten ebenfalls auf, den habe ich anscheinend selbst herbeizitiert. Er ist völlig hinüber. Nur Guido Lippi weiß noch nichts von Bibianas Tod. Ich werde es ihm später persönlich mitteilen. Und Stella …« Maddalena brach ab. »Ich muss sie dringend anrufen, doch ich warte damit lieber noch ein Weilchen, weil ich nicht will, dass Simone etwas mitbekommt.«

»Das ist herzbewegend«, äußerte Gianna unter Tränen. »Kann ich dir irgendwie helfen?«

»Nein«, antwortete Maddalena. »Aber danke für deinen Anruf.«

»Maddalena, bitte warte noch, bevor du auflegst. Ich muss dir etwas Wichtiges sagen. Gianluca hat sich gemeldet und mich um ein Gespräch gebeten. Ich habe aus unterschiedlichen Gründen zugesagt.«

»Wie bitte?«, fragte Maddalena. »Weißt du vielleicht auch, wo er sich derzeit aufhält? Denn wir fanden den Kerl weder im Hotel noch bei dieser Mariella.«

»Das hat er mir selbstverständlich nicht anvertraut, ebenso wie ich ihm natürlich verschwiegen habe, das Kästchen gefunden zu haben.«

»Gut gemacht.« Maddalenas Stimme klang wieder mehr so, wie sie sonst sprach.

»Papa, mein Bruder Fausto und ich gehen morgen Vormittag mit Vittorio in die Musikschule, in der Simone Unterricht nimmt. Ich habe Gianluca gesagt, dass er im Anschluss daran zu mir kommen kann, denn ich will nicht allein mit ihm im Haus sein. Papa und Fausto werden sich im Obergeschoss aufhalten. Aber das weiß er nicht.«

»Gut, um wie viel Uhr habt ihr euer Treffen vereinbart?«

»Um zwölf Uhr.«

»Da wird er dann aber überrascht sein, uns ebenfalls vorzufinden.«

Maddalena bedankte sich für die Information, dann verabschiedete sie sich. Der Wind warf einen Mülleimer um, und Gianna hastete zurück in die Trattoria.

Ihr Vater und Fausto sahen ihr erschrocken entgegen.

»Was?«

»Bist du einem Geist begegnet? Du siehst aus wie dieser üble Ricottakäse, den ich nicht mag«, ergänzte Fausto auf die Frage ihres Vaters hin.

»So ähnlich.« Gianna warf einen bedeutsamen Blick auf Vittorio. »Ich erzähle es euch später zu Hause.«

»Mami, deine Pizza ist kalt, weil du so lange am Telefon gequatscht hast«, ermahnte ihr Sohn sie vorwurfsvoll.

»Und wenn schon, dein Onkel hat einen riesengroßen Magen, der alles verschlingt, auch wenn es lauwarm ist.«

Bittend sah sie ihren Bruder an, der verständnisvoll nickte. Ihr war der Appetit gründlich vergangen.

»Fausto«, raunte sie ihm zu. »Bitte bring Papa und Vitti heim und versuch, den Kleinen zum Schlafen zu bewegen. Es ist etwas Schlimmes geschehen. Unsere Freundin Bibiana ist verstorben, und ich will der Commissaria beistehen. Bibiana war so etwas wie ihre Schwester. Da ich weiß, wo sie und ihre Kollegen sich gerade aufhalten, nehme ich mir ein Taxi und schaue dort vorbei. Immerhin ist es Gianluca, der Bibianas Tod womöglich verschuldet hat.« Ihrem Bruder konnte sie es anvertrauen, er war verschwiegen und kannte hier niemanden. Das war kein Verrat.

»Klar, Schwesterchen, ich kümmere mich um alles. Sei versichert, falls mein Leider-noch-nicht-Ex-Schwager auftaucht, bekommt er die geballte Faust von Fausto ins Gesicht gesetzt.«

Fast hätte Gianna sich über das Wortspiel amüsiert, aber sie hielt sich zurück. »Danke, *fratello mio.*«

Das Taxi kam unmittelbar und brachte Gianna zu der Kneipe, in der Maddalena, umgeben von einigen Kollegen aus ihrer Truppe, an einem Holztisch saß.

Alle wirkten wie bis zum Rand abgefüllt.

Fabrizio stand auf, eilte um den Tisch herum.

»Du trägst doch keine Schuld, Gianna«, weinte er an ihrem Hals.

Gianna machte sich vorsichtig los und sprach ihm ihr Beileid aus. Vermutlich hatte Maddalena ihm erklärt, wer sie war, denn Gianna konnte sich nicht daran erinnern, ihm jemals davor begegnet zu sein.

Erst jetzt reagierte Maddalena und stand gestützt von Piero Zoli, der gleich wieder auf seinen Stuhl zurückfiel, schwankend auf.

»Du hättest nicht kommen müssen. Wir sind eine traurige Gemeinschaft. Hier liegt alles im Argen. Uns kann keiner mehr helfen. Aber es ist sehr aufmerksam und lieb von dir, dass du mir zur Seite stehen willst.«

Gianna versuchte Maddalena zu beruhigen, doch diese wehrte ihre Tröstungsversuche ab.

»Ich bin todunglücklich, aber ich danke dir, dass du mir von Gianlucas Besuch morgen berichtet hast. Wahrscheinlich werden Fanetti, Lippi und ich ihn, wie wir vorhin besprochen haben, abfangen, sobald er das Haus verlässt.«

Maddalena schien doch deutlich weniger betrunken zu sein als ihr Kollege Zoli und Fabrizio.

»Warst du heute schon bei der Untersuchung, Gianna?«

Sie nickte. »Beim Frauenarzt aus Grado. Er war so freundlich, mich sofort dranzunehmen.«

»Das ist sehr gut. Fahr jetzt lieber wieder zu deiner Familie. Bist du mit dem Auto da?«

Als Gianna verneinte, rief Maddalena ihr ein Taxi.

Sie wartete mit ihr auf den Wagen, bedankte sich noch einmal traurig für die Information und hob winkend die Hand, als das Taxi sich in Bewegung setzte.

Gianna sah, wie Maddalena ihr Handy aus der Hosentasche zog und eine Nummer wählte.

Ein bis dahin unterdrücktes Schluchzen ließ Gianna stakkato-artig einatmen. Sie hatte sich von ihrem Besuch in der Kneipe mehr erhofft, aber schließlich ging es nicht um sie. Auch wenn sie gern länger mit der Commissaria gesprochen hätte, verstand sie, dass die kleine Gruppe lieber unter sich blieb.

39

Stella war unendlich froh, dass Guido bei ihr war. Sie wäre mit dieser schwierigen Situation allein nicht klargekommen.

Zuerst hatten sie das Gepäck der Kleinen in ihre Wohnung gebracht und ihr ein kuscheliges Bettchen bezogen. Auf die flauschige Wolldecke hatten sie Simones Stofftiere gesetzt und drei neue daruntergemischt. Auch ein Nachtlicht in Form eines Sterns hatten sie erstanden. Sie wollten beide den Umzug des Kindes so harmlos wie nur möglich gestalten.

Als sie Simone dann gemeinsam abgeholt und ihr vom vorübergehenden »Ortswechsel« erzählt hatten, war die Kleine in Tränen ausgebrochen.

Widerstrebend folgte sie Stella und Guido in die Wohnung. »Hier riecht es ganz anders als bei uns daheim«, stellte Simone weinend fest.

»*Tesoro*«, beschwichtigte Guido sie, »das liegt sicher am Auflauf, den Stella extra für dich gemacht hat. Du magst doch Rindfleisch, Zucchini, Béchamelsoße und gute Gewürze mit einer dicken Schicht knusprigem Käse obendrauf? Das hat deine Mama Stella und Maddalena erzählt.«

»Stimmt«, murrte Simone, »aber auch nicht immer. Wo ist Maddalena eigentlich? Warum ist sie nicht da?«

»Die Commissaria muss heute leider arbeiten, sei froh, dass nicht sie für dich gekocht hat, sondern Stella. Das liegt meiner Chefin nämlich nicht besonders.« Guido schmunzelte verschwörerisch.

»Weiß ich doch von meiner Mami. Aber ihr Verlobter, der Franjo, war ein ganz berühmter Koch.« Wieder begann Simone zu schluchzen und schien untröstlich.

Stella und Guido wechselten betroffene Blicke, die ihre Hilflosigkeit ausdrückten. Alle bekamen kaum etwas von dem köstlichen Auflauf hinunter, Simone würgte gar und verbarg das hinter ihrer vorgehaltenen Hand.

Guido gab Stella ein Zeichen, die daraufhin die Reste in eine Tupperdose schichtete und in das Gefrierfach stellte.

Das war der Moment, in dem ihr Handy zu klingeln begann.

Sie ließ sich von Lippi ihr Telefon reichen.

»Maddalena«, las sie und verließ den Raum.

Simone wollte ihr folgen, doch Guido hielt sie mit einem Spaß zurück. »Bleib. Meine Stella hat viele Verehrer, die sie in die Eisdiele einladen wollen. Hättest du gern zum Nachtisch eine Portion vom Nuss-Schokolade-Eis?«

»Schon, aber ich esse lieber Erdbeere, so wie meine Mami. Das ist ihr Lieblingseis.«

Mehr hörte Stella nicht.

Sie war Guido dankbar, dass er sich so rührend um das Kind kümmerte.

»Hallo, Maddalena, was gibt es?«, begrüßte sie ihre Freundin erleichtert. »Ich bin froh, dass du anrufst. Der Tag heute war schwierig, aber Guido ist eine große Hilfe, und ich bin zuversichtlich, dass Simone sich bald bei uns eingewöhnen wird.«

»Stella«, hörte sie Maddalena mit belegter Stimme sagen, ehe sie weiterreden konnte, »bitte hör mir zu. Das Undenkbare ist geschehen. Ich wollte es dir eigentlich erst sagen, wenn Simone schläft, aber ich halte es nicht länger aus, hier zu sitzen und ...« Sie verstummte kurz, schien sich zu sammeln. »Bibiana ist vor ein paar Stunden verstorben.«

»Wie bitte?« Stella ließ sich auf den Hocker nieder, den sie normalerweise zum Schuhanziehen benutzte. Sie wusste nicht, was sie sagen sollte. Tränen stiegen ihr in die Augen. Geschockt lauschte sie Maddalenas ein wenig lallend hervorgebrachten Worten und dachte die ganze Zeit über nur daran, dass sie gleich wieder zu Guido und Simone hineingehen und die Fassung bewahren musste.

Stella atmete flach und wischte sich die Tränen von den Wangen. Maddalena war nach der schrecklichen Erkenntnis im Krankenhaus offenbar von Piero Zoli in die nächstbeste Kneipe gefahren worden, wo sie sich nun zusammen mit Fanetti und Fabrizio dem Betäuben ihres Schmerzes hingab.

Kaum hatten Maddalena und sie sich verabschiedet, erhielt Stella eine Nachricht von Gianna, die sich erkundigte, ob sie schon mit Maddalena gesprochen habe. Stella, die lieber noch einen Moment hier draußen bleiben und sich sammeln wollte, rief sie zurück.

Als Erstes erkundigte sich Gianna, ob Stella die schreckliche Nachricht schon erfahren habe. Stella konnte hören, dass sie weinte.

»Es ist unerträglich. Ich war bei Maddalena, Fanetti, Zoli und Fabrizio in einer ekelhaften Bar, und alle haben aus Kummer eine Unmenge an Grappa getrunken. Maddalena bemühte sich zwar, den Überblick zu bewahren, hatte aber ebenfalls schon eine ordentliche Portion intus. Sie ist schließlich auch nur ein Mensch. Ich blieb aber nur kurz. Die müssen sich alle erst sammeln und den Tod von Bibiana verarbeiten. Ich sitze jetzt im Taxi und fahre wieder nach Hause, weil es keinen Sinn machte, zu bleiben.«

Stella spürte, wie das Blut langsam wieder in ihren Kopf zurückfloss und der Schwindel, der sie bei Maddalenas Mitteilung erfasst hatte, allmählich wich.

»Das Ganze ist ein Schicksalsschlag von ungeahntem Ausmaß. Ich bin selbst völlig geschockt und traurig, und es ist mir nicht klar, wie wir Simones Schmerz und Leid je werden lindern können.«

Stella hörte Gianna seufzen.

»Es tut mir so schrecklich leid, Stella.«

»Danke. Du hast in den letzten zwei Tagen selbst einiges mitgemacht, allein die Fahndung nach deinem Mann muss dich völlig aus der Bahn geworfen haben.«

»Ja, wahrscheinlich nimmt es mich deshalb so sehr mit«, murmelte Gianna.

»Wir hören morgen voneinander. Nun geh und verbringe den restlichen Abend mit deiner Familie. Mehr kannst du nicht tun.«

Stella brach das Gespräch ab und ging zu Guido, dem es nach zwei vorgelesenen Geschichten endlich gelungen war, die kleine Simone zum Schlafen zu bringen.

»*Tesoro*«, begann er, doch als er Stellas Gesicht sah, blieb ihm das Wort im Hals stecken. »Setz dich erst mal hin, du zitterst ja, mein Liebling. Ich bringe dir ein Glas Wasser, oder möchtest du lieber eine Tasse Tee?«

»Danke, mein Liebster, einen süßen Tee mit Milch könnte ich jetzt brauchen. Soll angeblich ein bewährtes Hausmittel gegen Schock sein.«

»Schock? Mit wem hast du denn gesprochen?«

»Es war Maddalena. Bibiana ist tot. Es nimmt sie sehr mit und mich auch.«

Guido sah sie erschrocken an. »Deshalb haben Zoli und Fanetti mich also gebeten, in die Bar nachzukommen. Auf dem Weg soll ich die Missoni abholen. Aber jetzt bleibe ich natürlich bei dir.«

»Blödsinn. Geh und unterstütze Maddalena. Sie und Zoli und Fanetti sind bereits betrunken, genau wie der arme Fabrizio, da ist es gut, wenn jemand da ist, der noch klar denken kann. Ich bleibe hier bei Simone. Sie schreckt nachts immer wieder aus Alpträumen auf und schläft erst wieder ein, wenn ich mich zu ihr ins Bett lege.«

Guido umarmte sie tröstend, dann zog er einen Sweater über sein Pyjamaoberteil und schlüpfte in eine Jeans aus dem Waschkorb. Ehe er ging, rief er Ginevra an, die bereits nach dem ersten Klingeln abhob.

»Ist was mit Arturo passiert?«, fragte sie. »Er war vorhin so komisch am Telefon.«

»Alles okay mit ihm. Unser Elbenprinz ist wohlauf. Bitte zieh dir was über, ich stehe in fünf Minuten vor eurer Haustür.«

Stella musste trotz ihrer tiefen Traurigkeit unwillkürlich grinsen. Ihr Guido, in dieser seltsamen Kleidung, und die Missoni, die ja bekannt für ihren eigenwilligen Aufzug war, würden das perfekte Paar für ein Blind Date abgeben.

»Bitte, *tesoro mio*, beschreibe mir anschließend genau, was Ginevra angehabt hat.«

»Stella, selbst in Anbetracht dieser schrecklichen Umstände kannst du so etwas von kindisch sein.« Er lachte verhalten.

Sie sah ihn fragend an.

»Genau das liebe ich so an dir. Gemeinsam schaffen wir das, oder nicht? *Wir* beide sind immer noch einfach *wir*, mein süßer Engel. Ich versuche, nicht allzu spät heimzukommen. Und ich genehmige mir nur ein kleines Bier. Versprochen. Schließlich könnte mich ein Bulle anhalten und meinen Führerschein einziehen.« Er zwinkerte ihr zu.

Obwohl es alles andere als lustig war, zwinkerte Stella zurück. So war ihr Guido nun mal.

Und sie war nicht die Spur anders. Wahrscheinlich verstanden sie sich deshalb nach vielen alten Grabenkämpfen so gut.

»Pass bitte auf dich auf. Und auf deine Chefin. Und auf Arturo. Und auf Zoli und …«

»… und ich weiß, wir haben jetzt ein Kind, um das wir uns kümmern müssen«, unterbrach er sie zärtlich. »Schau du gut auf die kleine Simone.«

Sie küsste Guido auf die Stirn und machte sich, nachdem er die Tür ins Schloss gezogen hatte, über den Rest des Abendessens her. Ihr Magen knurrte erbärmlich, und sie fühlte sich wieder einer Ohnmacht nahe. Sie musste etwas essen, um nicht umzukippen.

Morgen hatte Simone ihr Flötenspiel in der Musikschule.

Stella hoffte, dass alles gut klappen würde, weil die Kleine nicht zum Üben gekommen war.

Aber das war das kleinste Übel.

Wie sollten sie ihr beibringen, dass ihre geliebte Mutter tot war?

Stella begann, jetzt, da Guido weg war, hemmungslos zu weinen.

40

Gianna stieg in den Wagen, nachdem sie Vittorio die Kopfhörer aufgesetzt hatte, damit er »Peter und der Wolf« hören konnte.

Sie waren früh aufgestanden und hatten zusammen gefrühstückt, nun ging es zur Musikschule. Ihr Vater saß mit Vittorio auf der Rückbank, Fausto auf dem Beifahrersitz.

»Papa, ich bin so froh, dass ihr hier seid. Geht es Mama gut? Sie macht sich sicher große Sorgen«, sagte sie, als sie sicher war, dass ihr Sohn sie nicht hören konnte.

»Darüber musst du nicht nachdenken, *tesoro mio*. Deine Mutter ist glücklich, dass wir dich in dieser schweren Zeit unterstützen können. Sie kommt sehr gut allein zurecht. Vielleicht fliegt ihr ja für ein paar Tage mit uns zurück nach Mailand? Es würde dir helfen, das alles zu verarbeiten.«

»Ach, Papa. Es gibt so viel zu erledigen. Später sicher, ich weiß nur noch nicht, wann, aber es klingt sehr verlockend, einmal loszulassen. Warum hat Gianluca mir und Vitti das bloß angetan?«

»Weil er ein elender Wurm ist, dem nur er selbst am Herzen liegt«, sagte ihr Bruder und verzog angewidert das Gesicht.

»Danke, dass du uns zum Flötenspiel begleitest, Fausto.«

»Nun, wie ich herausbekommen habe, liegt der Trainingsplatz der Nachwuchsfußballer gleich nebenan. Wenn es mir zu langweilig wird, schau ich bei den Jungs vorbei«, scherzte er, rückte dann aber mit der Wahrheit heraus. »Oder besser noch, auf der Isola della Schiusa spielen etwa zeitgleich zum Flötengequietsche die Gradeser Jungs gegen die Mannschaft aus Monfalcone Fußball. Und wie der Zufall es will, besitze ich eine Eintrittskarte.«

»Elender Verräter.«

Das war typisch für ihren Bruder. Aber sie konnte es ihm nicht vorhalten, immerhin hatte er ihren Vater begleitet. Und Flötenspiel war nicht jedermanns Sache.

»Wie konntest du denn ein Ticket ergattern? Unter der Woche spielen die Jungs doch nicht.«

»*Sorella mia*, schon vergessen? Heute ist Sonntag. Da gibt es die Fußball-Matinee. Das heißt, die spielen sehr wohl.«

»Wusste ich nicht«, bekannte Gianna. »Heute ist Sonntag, stimmt.«

»Ihr lasst mich einfach bei der Isola della Schiusa aussteigen. Ich habe schon nachgesehen, sie liegt auf dem Weg, und je nachdem, welche Veranstaltung früher aufhört, holt ihr mich wieder ab, oder ich fahre mit dem Bus nach Fossalon zurück. Die Haltestelle befindet sich ja ganz in der Nähe deines Hauses. Das habe ich, in weiser Voraussicht, schon alles genau recherchiert.«

»Hm«, murrte Gianna. »Du wirst aber doch rechtzeitig vor zwölf wieder da sein? Es wäre mir wichtig. Gianluca glaubt, dass Papa Vittorio während unserer Unterredung mit Muschelsammeln beschäftigt. Er soll nicht wissen, dass ihr zugegen seid.«

»Klar doch. Verlass dich auf mich. Sei unbesorgt. Ich will schließlich dabei sein, wenn der Kerl endlich zur Verantwortung gezogen wird.« Ihr Bruder verschränkte seine Finger so fest ineinander, dass die Knöcheln weiß wurden.

»Was mache ich, wenn der Plan nicht funktioniert?«, fragte sie bange.

»Vertraue mir, der Typ kommt gewiss nicht ungeschoren davon.« Fausto brachte das so aggressiv hervor, dass Gianna zusammenschrak. Sie seufzte auf und wollte nichts lieber als an die tröstenden, jedoch leicht verstörenden Worte ihres Bruders glauben.

Gerade waren sie beide noch kleine Kinder gewesen, die sich ein Zimmer teilten und mit Freude Monopoly spielten und dazu Eis aßen. Und jetzt waren sie erwachsen und jeder mit seinen eigenen Angelegenheiten beschäftigt.

Heute Abend würde sie Fausto fragen, wie es ihm eigentlich so ging. Denn bisher hatten sie nur ihre Probleme gewälzt.

Ihr Bruder war als Kind sehr anstrengend gewesen, erinnerte sie sich. Aber jetzt war er ihr mehr als nur eine Hilfe zur rechten Zeit.

Gianna verscheuchte bewusst ihre aufsteigende Trauer.

Als sie an der Musikschule in eine Parklücke fuhr, machte sich Aufregung in Gianna breit. Der Tag der Abrechnung war gekommen.

Heute würde das Gespräch mit ihrem ihr inzwischen zutiefst verhassten Ehemann stattfinden.

Ihr Vater wirkte müde.

Vittorio murrte beim Aussteigen unentwegt: »Warum soll ich mir das doofe Flötenspiel dieser albernen Simone anhören. Nur weil wir in den gleichen Kindergarten gehen? Das finde ich blöd. Außerdem ist sie ein Mädchen.«

»Manchmal«, erklärte Gianna ihm behutsam, »ist es notwendig, über seinen Schatten zu springen. Danach könnt ihr euch aus dem Weg gehen. Ich zwinge niemanden zu einer Freundschaft. Außerdem spielt nicht nur Simone vor, sondern auch andere Kinder. Da sind sicher auch Jungs mit dabei.«

Damit gab ihr widerspenstiger Sohn sich erst einmal zufrieden. »Wenn das so ist, Mama, und du mir dein Wort gibst, dass ich mich nicht mit dieser doofen Nuss befreunden muss, gehe ich dir zuliebe hin und auch, weil mein Opa dabei ist. Obwohl ich hunderttausendmal lieber mit Onkel Fausto zum Fußball gegangen wäre.«

Vor dem Eingang begegnete Gianna Stella, die Simone an der Hand hielt und deren Flötenkasten über ihrem Arm hängen hatte.

Sie umarmten sich.

»Simone hat überhaupt nicht geübt. Ich bete, dass die Kleine es trotzdem schafft«, sagte Stella leise. »Es wäre für ihr Selbstbewusstsein so extrem wichtig. Ich könnte mir wirklich vorstellen, dass die Musik einmal etwas Wesentliches in ihrem Leben darstellen wird.«

Gianna bejahte und war in Gedanken doch woanders. »Simone ist ein Naturtalent. Sie wird es sicher schaffen«, bekräftigte sie.

Insgeheim zählte sie die Stunden bis zum Treffen mit Gianluca herunter.

Natürlich war sie heilfroh, dass Papa und Fausto ihr beistehen würden. Doch irgendeine kleine, mickrige Stimme in ihr hoffte immer noch auf eine abermalige Versöhnung, die es sicher nie geben würde.

Ungeachtet der vorwurfsvollen Blicke ihrer Nachbarinnen auf den Stühlen neben ihr, knibbelte sie die Haut um ihre abgebrochenen Fingernägel weg.

Es war für Gianna ungemein wichtig, dass sie vor Gianluca zu Hause ankamen.

»Papa«, hauchte sie, »glaubst du, wir kriegen das alles hin?«

»Natürlich, verlass dich drauf.«

Etwas von Giannas Anspannung löste sich, und sie lehnte sich in ihrem Stuhl zurück.

Als Simone an der Reihe war, flossen nicht nur ihre Tränen. Das Kind spielte bezaubernd und zog mit ihrer Flöte alle in ihren Bann.

42

Gianluca küsste Mariella auf die Stirn.

Ihr schwarzes, langes Haar musste sie vorhin gewaschen und geglättet haben. Es roch nach einer gelungenen Mischung aus Pfirsich und Aprikose.

»Du bist einzigartig«, flüsterte er und zog sie heftig an sich.

Sie machte sich ungestüm von ihm los. »Ja, da gebe ich dir recht. Ich bin einzigartig blöd. Mir wird das immer klarer, ich hätte dich einfach nicht hierher mitnehmen dürfen.«

»Du hast versprochen, dass ich den Wagen deiner Freundin nehmen und wieder zu dir kommen kann, nachdem ich das Kästchen aus dem Keller geholt habe. Du kannst jetzt doch keinen Rückzieher machen!«

»Nein, das will ich auch gar nicht. Ich möchte nur nicht in deine üblen Machenschaften mit hineingezogen werden. Hol das Beweismaterial, dann sehen wir weiter.«

Der Wagen, der in der Garage stand, war alt, rostig und ganz und gar nicht nach Gianlucas Geschmack. Ein grüner Fiat Panda aus den achtziger Jahren des vorigen Jahrhunderts.

»Fährt das Vehikel denn überhaupt noch?«

»Warum sollte es nicht? Es ist vollgetankt und abgesehen von ein paar Dellen, die von kleineren Unfällen stammen, noch gut in Schuss. Außerdem bist du als Fahrer umso schwerer zu identifizieren, je unauffälliger dein Fahrzeug ist. Viele Leute, auch Bauern aus der Umgebung, fahren mit diesem Auto. Jetzt hab dich mal nicht so. Ein wenig Bescheidenheit wäre angebracht.«

»Danke, Mariella«, murmelte Gianluca, »es ist sehr großzügig von dir, mich hier wohnen zu lassen und mir diesen Wagen zu geben.«

»Jetzt ab mit dir, und ruf an, wenn etwas nicht funktionieren sollte.«

»Hm«, brummte Gianluca unmutig und quetschte sich in den Panda.

»Vergiss nicht, du gehst rein, sicherst die Abstriche und verschwindest direkt wieder. Nicht dass um zwölf Uhr die Polizei statt Gianna auf dich wartet. Also los, spute dich lieber, solange die Luft rein ist.«

Mariella war ohne Frage die Durchdachtere von ihnen beiden, so viel stand für Gianluca fest. Er würde sich gebührend bei ihr bedanken und vielleicht ein neues Leben mit ihr beginnen, wenn erst mal alles in trockenen Tüchern war.

Der Fiat rumpelte, und Gianluca war überzeugt, niemals zuvor in einem solchen Auto gesessen zu haben, doch zu seinem Erstaunen bewegte es sich fort.

Schon war Mariella nicht mehr zu sehen, und er bog auf die Hauptstraße ab. Es war nicht viel los heute, am Sonntag gab es kaum Verkehr um diese Zeit.

Entweder saßen die Leute noch beim gemütlichen Frühstück oder in der Kirche, oder sie bereiteten das Mittagessen mit der Familie vor.

Eine Veranstaltung wie die in der Musikschule war eher eine Seltenheit an einem Sonntag.

Gianluca fuhr unter der Geschwindigkeitsbegrenzung, sah angestrengt nach rechts und links, konzentriert darauf, keinen Fahrfehler zu begehen und dadurch womöglich in eine Kontrolle zu geraten.

Polizeiautos begegneten ihm keine.

Endlich kam die schmale Straße in Sicht, in die er von der Hauptstraße aus einbiegen musste, um nach Fossalon zu gelangen.

Alles wirkte wie ausgestorben. Ein leichter Dunst schwebte über den Kanälen.

Der Oktober machte unverkennbar dem November Platz, auch wenn es an manchen Tagen noch so warm wie im September war.

Gianluca blinkte und bog in den Weg ein, der direkt zu seinem Haus führte.

Es sah verlassen aus, kein Auto stand unter dem Carport.

Vor allem kein dunkelblauer Fiat Cinquecento.

Erleichtert stellte Gianluca den alten Panda in der Einfahrt ab.

Warum Gianna ihm die Schlüssel gelassen hatte, war ihm immer noch ein Rätsel. In ihrem geheimen Innersten wird sie wohl hoffen, dachte er, dass ich wieder zu ihr zurückkomme. Dass sie ihn nur für vierzehn Tage des Hauses verwiesen hatte und im Anschluss über ihre Beziehung reden wollte, sprach dafür. Ebenso, dass sie sich vor Ablauf der Frist auf ein Gespräch mit ihm eingelassen hatte.

Ehe er den klapprigen Fiat verließ, schaute er wachsam nach links und rechts.

Niemand war zu sehen.

Am Eingang schloss er leise die Haustür auf und betrat den Flur. Zuerst vergewisserte er sich, dass er wirklich allein war, dann stieg er die Treppe in den Keller hinab. Das Licht der Deckenlampe war zwar diesig, aber dennoch ausreichend hell, um ihn auf den ersten Blick erkennen zu lassen, dass Gianna ebenfalls hier unten gewesen war.

Sein Herz schlug heftig, als er zu den Regalen hetzte, auf denen Giannas Einmachgläser standen.

Zu seinem maßlosen Entsetzen war hier nichts mehr so, wie er es in Erinnerung hatte.

Zwischen den Gläsern, hinter denen er das Kästchen verborgen hatte, klaffte eine Lücke, und der Bereich dahinter war jetzt leer.

»Verdammt!«, entfuhr es ihm.

Auf einmal wurde ihm auch das restliche Durcheinander bewusst. Einweckgläser standen auf dem Boden, und die Kartons, in denen seine Patientenakten lagerten, waren kreuz und quer übereinandergestapelt. Gianna hatte seine Phiolen gefunden und die Polizei verständigt. Unschwer reimte er sich jetzt zusammen, dass die Spurensicherung das Chaos im Keller verursacht hatte.

Nichts wie weg, war Gianlucas erster Gedanke, der sich im Nachhinein als richtig erweisen würde.

Doch er zögerte und stieg dann schwer atmend die Treppe hinauf.

Wieder blickte er sich gehetzt um. Lauschte auf Geräusche aus dem Obergeschoss.

Außer ihm war niemand hier.

Kurz entschlossen hastete er in sein Büro und riss die unterste Lade seines Schreibtischs auf. Gianna hatte das Passwort für seinen Computer geknackt. Er stand auch nicht mehr hier. Sicher hatten die Bullen ihn mitgenommen. Was er vor seiner lieben Ehefrau aber mit Sicherheit erfolgreich hatte verbergen können, war der kleine Safe in der Wand hinter dem Regal mit seinen medizinischen Fachbüchern. Das Ding war durch keinen Code gesichert, sondern ganz banal durch einen Schlüssel zu öffnen.

Gianluca bückte sich und nahm aus der Lade, die einen doppelten Boden besaß, den Schlüssel zum Safe, in dem er verwahrte, was niemand außer ihm je sehen sollte. Er atmete lautstark auf, als er das Metall in seinen klammen Fingern hielt. Ihm war sonnenklar, dass er abhauen musste, da Gianna den Bullen das Kästchen mit dem belastenden Inhalt übergeben hatte.

Rasch öffnete er den Safe und holte seine goldene, verdammt wertvolle Münzsammlung, die ordentlich sortierten Bündel mit dem über die Jahre erworbenen Schwarzgeld und seine Waffe, eine Makarow, eine in gewissen Kreisen leicht erhältliche selbstladende Pistole, heraus.

All das würde er brauchen.

Die Geldbündel und die Goldmünzen, die eigentlich für Vittorio bestimmt waren, wogen schwer.

Auf einmal überkam Gianluca eine ungeahnte Anwandlung von Traurigkeit. Das gerahmte Foto von Gianna mit dem kleinen Vittorio auf ihren Armen geriet in sein Blickfeld.

Er konnte nicht mehr an sich halten.

Tränen strömten aus seinen Augen, und er schluchzte auf.

In einem seltenen Moment innerer Erkenntnis wurde ihm bewusst, was er verbrochen hatte.

Er hatte nicht nur das Leben unzähliger Patientinnen in Mailand und im Friaul aufs Spiel gesetzt, sondern auch seine liebenswerte Familie brutal zerstört.

Was war schon eine Mariella gegen seine Gianna?

Seine Ehefrau, das gestand er sich ein, besaß ein treues, hingebungsvolles Wesen. Nur durch die finanzielle Unterstützung, die ihre Familie ihr zu Beginn ihrer Ehe hatte zukommen lassen, hatte er es so weit gebracht.

Und das war sein Dank?

Eine seltene Regung überwältigte ihn.

Scham.

Und dennoch musste er fliehen.

Sonst würde er den Rest seines Lebens im Gefängnis versauern.

Er ging nach nebenan in die Wohnung und holte seine geheiligte Samsonite-Airea-Reisetasche, die er schon lange besaß, aus einem der Schränke im Schlafzimmer, um seine »Schätze« darin zu verstauen und möglichst schnell zu verschwinden.

Zurück in seinem Büro, öffnete er die Tasche und warf gerade das erste Geldbündel hinein, als er hinter sich einen Luftzug spürte.

Gianluca drehte sich um.

43

Gianna sah Faustos Namen auf dem Display ihres Handys aufscheinen. Das Vorspielen war zu Ende, Vittorio und ihr Vater gähnten synchron, und sie hob ab.

»*Sorella mia*«, begrüßte ihr Bruder sie fröhlich. »Wie lange braucht ihr noch? Das Spiel ist vorbei. Ich genehmige mir noch rasch einen Espresso und würde dann über die Brücke der Isola della Schiusa gehen und an der Straße auf euch warten. Oder soll ich den Bus nehmen?«

»Nein, kein Problem. Wir sind hier fertig. Ich tausche mich nur noch kurz mit Stella aus.«

Die Freundin kam ihr entgegen und lächelte fragend. »Wie hat dir Simones Spiel gefallen?«

»Umwerfend, bei diesem Kind klingt die Flöte wie bei keinem anderen. Ich … wir waren begeistert.«

Stella schmunzelte, als sie über ihre Schulter zu den Stuhlreihen blickte und die gelangweilten Mienen von Giannas Begleitern sah. »Unschwer zu erkennen. Telefonieren wir beide später?«

Gianna nickte beklommen. »Ich habe das Gefühl, da kommt einiges auf mich zu.« Sie spielte auf ihr Gespräch mit Gianluca und die bevorstehende Verhaftung an und sah, dass Stella verstand.

»Weißt du was«, entschied Stella spontan, »ich nehme deinen Vittorio mit und gehe mit den Kindern, sobald Simone hier fertig ist, in den neuen Burgerladen. Ich bin zu faul, um zu kochen. Dann kannst du dich freispielen, und Vittorio bekommt nicht mit, was du mit seinem Papa besprichst. Aber bitte sei vorsichtig. Mach auf keinen Fall Zugeständnisse, bleib hart. Dieser Mann ist mehr als nur gefährlich. Und abzocken will er dich womöglich obendrein.«

»Bitte sorge dich nicht. Und erklär mir mal schnell, was ›mehr als nur gefährlich‹ bedeutet?« Gianna grinste.

»Ich finde, der Typ ist ein Raubtier. Ihm geht es nur um seinen vollen Bauch, ohne Rücksicht auf Verluste, das meinte ich damit.«

»Ich danke dir von Herzen für deine Unterstützung. Meinen Kleinen mit zu dir zu nehmen ist eine tolle Idee. Ich will natürlich verhindern, dass Vitti seinen Papa sieht, nur wusste ich nicht, wie ich es anstellen sollte.«

»Dafür hast du ja mich.«

Simone kam angelaufen, ergriff Stellas Hand und begann sofort zu quengeln. »Wann gehen wir endlich?«

Gianna winkte ihren Sohn herbei und erklärte ihm, dass er heute mit Stella und Simone den neuen Burgerladen testen durfte.

»Bäh«, machte Vittorio und zeigte Gianna seine Zunge. »Simone ist ein doofes Mädchen. Ich will viel lieber mit Opa und Onkel Fausto essen.«

»Sei nicht so frech, Bürschchen, bedank dich lieber, so ein gutes Essen zu bekommen. Und Simone ist keineswegs doof, sondern die beste Flötenspielerin weit und breit.«

Ihr Vater kam Gianna zur Hilfe. »Deine Mutter hat recht. Simone ist der Star der Veranstaltung«, erklärte er mit Nachdruck. »Ich an deiner Stelle wäre stolz, dieses hübsche Mädchen begleiten zu dürfen. Also los, und danach sind wir wieder alle zusammen.«

Vittorio gehorchte zu Giannas Erstaunen seinem Großvater widerstandslos.

»Bis später!«, rief er und war schon an Stellas Hand und gleich darauf außer Sicht.

»So. Die erste Hürde wäre geschafft«, stellte Giannas Vater fest. »Dank der Hilfe deiner liebenswerten Freundin können wir sicher sein, dass der Kleine seinem Papa nicht begegnet.«

Auf dem Weg zum Treffpunkt mit Fausto rumorte Giannas Magen heftig, aber nicht vor Hunger.

Es war eine große Herausforderung für sie, ihren Noch-Ehemann wiederzusehen. Sie fürchtete sich insgeheim vor dieser Begegnung.

Fausto erzählte den Rest der Fahrt über aufgeräumt von der

Fußball-Matinee. Gianna hörte ihm kaum zu, da ihre Gedanken immer wieder zu dem Treffen mit Gianluca vorauseilten.

Als sie sich ihrem Haus näherten, sagte ihr Vater: »Der alte grüne Panda da, so ein Fahrzeug gab es früher, als Mama und ich noch jung waren. Wieso steht der in deiner Einfahrt? Hast du einen Arbeiter herbestellt?«

Gianna schüttelte verwundert den Kopf.

Gemeinsam betraten sie das Haus, dessen Eingangstür unverschlossen war.

»Nanu?«, sagte Gianna. »Das ist aber merkwürdig. Ich habe vorhin hundertprozentig abgeschlossen.«

»Warte mal eine Minute«, bat ihr Vater sie. »Fausto und ich schauen lieber nach, ob Gianluca nicht schon hier ist. Das wäre dem Kerl ohne Weiteres zuzutrauen.«

Dankbar nickte Gianna.

Vorsichtig folgte sie den beiden, erst durch die Wohnung, dann hinüber in die Praxis.

Es roch komisch.

Metallisch, so als hätte ein Handwerker ein undichtes Rohr verlegt.

Bevor ihr Vater und Fausto sie davon abhalten konnten, betrat Gianna direkt hinter den beiden Gianlucas Büro.

»Was ist das denn?«, brüllte sie entsetzt, denn die Wand neben Gianlucas Schreibtisch war voller Blutspritzer, und noch etwas anderes, Graues klebte dort.

»Gehirnmasse«, bemerkte Fausto trocken.

Vor ihnen lag Gianluca, eine Waffe in der Hand, den Oberkörper auf dem Schreibtisch. In seiner Schläfe prangte ein schwarzes Loch.

Gianna schrie vor Entsetzen und wollte sich auf ihn stürzen, doch ihr Vater hielt sie zurück.

»Der arme Kerl hat sich das Leben genommen.« Sie stammelte und wiederholte sich. »Der Arme. Er hat mit all dem, was er verursacht hat, nicht fertigwerden können.«

Gianna weinte hemmungslos, und ihr Vater nahm sie fest in seine Arme. Er drückte sie an sich.

»Wann wollte die Polizei genau hier sein? Die wollten Gianluca doch nach dem Gespräch mit dir festnehmen«, erkundigte sich ihr Bruder gefasst.

»Sie müssten schon irgendwo da draußen lauern«, antwortete Gianna unter Schluchzen.

»Fausto, schau doch bitte mal draußen nach, ob du einen Polizeiwagen siehst, sonst wähle ich den Notruf«, instruierte ihr Vater seinen Sohn.

Immer noch hielt er sie mit seinen Armen fest umschlungen.

Gianna konnte den Blick nicht von ihrem toten Ehemann abwenden. Ihr Herz klopfte heftig und schien knapp vor dem Zerbersten. Gianluca war der Vater ihres Sohnes, und auch wenn sie sich scheiden lassen wollte, war er doch ihr geliebter Ehemann gewesen.

Ein Glück nur, dass dieser Anblick Vittorio erspart blieb.

Der Kragen des Poloshirts, das ihr Vater unter dem Pullover trug, war nass von ihren Tränen.

»Wie soll es nun weitergehen?« Ihre Stimme brach und ging in erneutem Schluchzen unter.

44

Maddalena, Lippi und Fanetti stürmten hinter Fausto in Giannas Haus.

Sie bedeuteten Gianna und ihrem Vater, Platz zu machen, und betraten das Büro.

»Na ja«, konstatierte Fanetti trocken, »der Abgang ist immer noch besser, als lebenslang verknackt und im Gefängnis gemeuchelt zu werden.«

»Arturo«, wies Maddalena ihn scharf zurecht.

Lippi atmete geräuschvoll durch seine Nase aus. »Chefin, ich verständige die Spurensicherung.«

Er war es anscheinend leid, Fanettis Hasstiraden anzuhören. Maddalena konnte das sehr gut nachvollziehen. Gestern hatte der Elbenprinz im alkoholisierten Zustand ganz ähnliche Aussagen getroffen. Aber sie waren weder Richter noch Henker, und bevor kein kausaler Zusammenhang zwischen den Taten des Dottore und dem Tod der Frauen festgestellt worden war, blieb es bei der Unschuldsvermutung, so schwer das auch fallen mochte.

Einen Moment lang dachte sie an das verkaterte Erwachen am Morgen zurück. Fabrizio, der in voller Montur auf ihrer Couch geschlafen hatte, war durch nichts zu wecken gewesen. Trotz ihres brummenden Schädels hatte sie es bewerkstelligt, ihm eine Nachricht auf Papier zu schreiben. Er sollte zumindest wissen, wo sie die Bialetti und den Kaffee aufbewahrte und ebenso das Toastbrot.

Jetzt wandte sie sich ab und ging zu Gianna, die völlig verstört und mit verweinten Augen in der Küche neben ihrem Vater saß. Der sprang bei Maddalenas Eintreten auf und begrüßte sie höflich.

»Schrecklich, oder? Meine Kleine muss so viel Schlimmes erleben.«

»Gianna.« Sie berührte sie an der Schulter, doch Gianna bewegte sich nicht. Anscheinend befand sie sich in einer Art Schockstarre, was ihr kaum zu verdenken war.

Maddalena rief ihren Kollegen herbei. »Fanetti, bitte protokollieren Sie die Befragung.«

»Selbstverständlich«, entgegnete er emsig. Er zog ein Diktiergerät aus seiner Umhängetasche und rückte einen Stuhl an den Küchentisch.

»Gut.« Sie wandte sich an Gianna. »Gehört der alte Fiat Panda in der Einfahrt dir?«

Gianna schreckte hoch. »Maddalena, nein, den habe ich noch nie zuvor gesehen. Gianluca muss damit hergekommen sein.«

Als sie den Namen ihres Ehemannes aussprach, wurde sie wieder von Schluchzern gebeutelt. Giannas Bruder stand mit vor der Brust verschränkten Armen kopfschüttelnd im Türrahmen. Er weinte dem Schwager offenbar keine Träne nach. Verständlich, dachte Maddalena.

»Das Fahrzeug stand schon da, als wir drei mit dem Cinquecento meiner Tochter ankamen«, antwortete Giannas Vater, der sich als Signor Mantovanni vorgestellt hatte. Der Bruder hieß Fausto. »Commissaria, wäre es möglich, dass jemand meinen Schwiegersohn hergebracht hat und sich noch im Haus befindet?«

»Papa«, murmelte Gianna unter Tränen, »daran habe ich noch gar nicht gedacht.«

Ich auch nicht, dachte Maddalena alarmiert.

Sie rief den Kollegen Lippi herein, der draußen die Ankunft der Spusi erwartete. »Bitte schauen Sie in jeden Raum, Signor Mantovanni hat soeben geistesgegenwärtig bemerkt, dass sich eine weitere Person im Haus oder im Garten befinden könnte.«

»Mach ich.«

Giannas Kopf ruckte nach oben. »Maddalena, da Gianluca vor unserem vereinbarten Termin hier aufgetaucht ist, hatte er vermutlich etwas Bestimmtes im Sinn. Ich glaube, er wollte in den Keller, um sich zu vergewissern, dass das Kästchen mit den Abstrichen noch an Ort und Stelle war. Nur das ergibt einen Sinn. Und als er es nicht fand, wusste er, dass ich es gefunden habe und seine Karriere beendet ist. Ich kenne die Reaktionen meines Ehemannes nur allzu gut. Mit Versagen kommt er absolut nicht zurecht.« Sie unterbrach sich und schlug die Hand vor ihren Mund. »Oh Gott, ich rede ständig in der Gegenwart von ihm, dabei ist er nicht mehr am Leben. Ich bin Witwe, denn Gianluca ist tot.«

»Gianna«, sagte Maddalena sanft. »Das wird noch einige Zeit so bleiben, dass es für dich unfassbar ist. Erst langsam wird die Erkenntnis, dass sein Tod etwas Endgültiges ist, in dich einsickern. Das ist normal.«

»Das mit dem Keller klingt für mich plausibel«, bestätigte Signor Mantovanni, ohne auf den Rest einzugehen. »So könnte es durchaus gewesen sein.«

Maddalena nickte bekräftigend.

»Der Dottore hat Selbstmord begangen, als er kapierte, dass das Kästchen nicht mehr da war. Ihm blieb kein anderer Ausweg, als sich zu stellen oder sein Leben zu beenden«, schlussfolgerte Fanetti gewohnt neunmalklug.

»So könnte es gewesen sein«, äußerte Maddalena nicht ganz so kategorisch. »Die Spurensicherung wird sicher Licht in die Sache bringen. Ich ermittle inzwischen über das Kennzeichen, wem der Fiat gehört. Sobald die Daten vorliegen, werden Sie, Fanetti, mit Lippi zum Inhaber des Wagens fahren.«

»Und Sie, Chefin, sollen wir Sie allein hier zurücklassen?«

»So ist es.«

»Nicht nötig«, widersprach Fanetti. »Wir wecken Zoli, der soll gefälligst herkommen, Kater hin oder her. Wir versehen auch unseren Dienst, egal, wie schwer es fällt.«

Maddalena nickte zustimmend.

»Die Spusi ist eingetroffen«, sagte Lippi, der in diesem Moment den Raum betrat. »Sie beginnen mit dem Büro, werden später aber auch noch mal den Keller unter die Lupe nehmen. Das gesamte Haus ist leer, ich habe alles abgesucht. Niemand da außer dem toten Dottore.«

Gianna schluchzte auf, und ihr Bruder reichte ihr ein schlampig abgerissenes Stück Küchenrolle.

Maddalena legte ihr tröstend eine Hand auf den Arm. »Gianna. Was ich dich die ganze Zeit schon fragen wollte, wo habt ihr Vittorio gelassen?«

»Stella, Giannas reizende Freundin, hat ihn nach dem Flöten-spiel in der Musikschule mitgenommen«, erklärte Giannas Vater.

Lippi blieb stehen. »Tatsächlich? Dann sollte Vittorio, so wie die Dinge sich entwickelt haben, besser noch einige Zeit bei ihr bleiben.«

Gianna nickte dankbar. »Ich wäre froh, wenn das ginge.«

»Aber sicher. Ich werde sie anrufen und ihr die Gründe er-klären.«

Maddalena beobachtete, wie Fanetti und Lippi abwechselnd erfolglos versuchten, Zoli zu erreichen. Ihr fiel ein, dass Pieros Verlobte Maria diesen heute Morgen wegen Kreislaufproblemen krankgemeldet hatte.

»Was habt ihr ihm gestern zu trinken gegeben? Er hat sich in der Nacht angeblich mindestens dreimal übergeben, der Arme.«

»Von wegen krank«, polterte Lippi, der das sehr gut hinbekam. »Sturzbetrunken war er, weiter nichts. Er soll in den Wagen stei-gen und sich uns unverzüglich anschließen. Jede Hilfe ist nötig.«

Der arme Piero, dachte Maddalena. Er kann heute bestimmt kaum rechts von links unterscheiden.

»Zoli wird rasch hier sein«, verkündete Arturo Fanetti, der den Kollegen endlich erreicht hatte, grimmig und steckte sein Telefon wieder ein.

»Gut. Dann fahren Sie und Lippi jetzt zur Adresse der Arzt-helferin, vielleicht ist sie inzwischen wieder zu Hause. Sie muss befragt werden, womöglich ist sie eine Mitwisserin«, wies Mad-dalena ihre Kollegen an. »Ich melde mich, sobald ich den Halter des Fahrzeuges ermittelt habe.«

45

Seit Gianluca fort war, hatte eine tiefgehende Unruhe Mariella erfasst und ließ sie nicht mehr aus ihren Klauen. Sie war unfähig, irgendetwas zu tun.

Weder ein Film noch eine Serie konnten ihre Aufmerksamkeit fesseln. Aufräumen war ebenfalls keine Option, da hier alles in bester Ordnung war. Zu pflegende Blumen besaß Pasqualina, ihre Freundin, auch nicht.

Also lief Mariella nervös durch das Haus. Treppauf, treppab.

Irgendwann wurde sie vom Warten müde und ließ sich auf eine Couch fallen, als das Schrillen ihres Handys sie bereits wieder vom Sitz riss.

Sie sprang auf.

Gianluca!

Das musste er sein.

Irgendetwas war danebengegangen.

Doch zu ihrem grenzenlosen Erstaunen vernahm sie die bitterböse klingende Stimme ihrer liebsten Freundin.

»Mariella, bist du denn von allen guten Geistern verlassen? Eben rief mich die Gradeser Polizei auf dem Smartphone an, die mich über das Kennzeichen meines alten Fiat Pandas ausfindig gemacht hat. Wem zum Teufel hast du mein Auto geborgt? Diese Person dürfte in gewaltigen Schwierigkeiten stecken. Und du auch. Ich habe dich gebeten, bei mir nach dem Rechten zu sehen, und nicht, über meinen Wagen zu verfügen, zumal du ein eigenes Auto hast. Oder ist das eingegangen?«

»Pasqualina«, brachte Mariella krächzend hervor. »Es war ein Notfall, ich habe nicht leichtfertig gehandelt. Bitte glaube mir das.«

»Dann erklär mir, was das alles bedeutet. In was für eine Sache bist du verwickelt, und wieso brauchtest du dazu meinem Fiat?«

Mariella fasste kurz die Geschehnisse zusammen.

»Du dumme Gans. Ist dir denn nicht klar, dass du da ordentlich mit drinhängst? Hättest du dir keinen anderen Lover suchen können? Die Bullen werden dir ziemlich schnell auf den Leib rücken. Immerhin haben sie mich über das Auto ausfindig gemacht. In *Australien*«, betonte sie, und Mariella zuckte zusammen.

Wenn das bei einer solchen Entfernung möglich war, dachte sie, dann ist es um meine eigene Sicherheit nicht gut bestellt.

Pasqualina sprach weiter, und in der Telefonleitung rauschte es leise. »Hau besser gleich aus meinem Haus ab. Die werden nicht lange zögern und dich festnehmen, wenn sie dich dort vorfinden.«

»Ja«, flüsterte Mariella und überlegte krampfhaft, wohin sie sollte.

Wenn Gianluca in den nächsten Minuten nicht auftauchte oder anrief, dann war etwas schiefgelaufen. Den Fiat hatte die Polizei schon.

Aber vielleicht war er den Bullen noch rechtzeitig entkommen?

Möglich wäre es.

Oder sollte sie sich stellen?

Einer wirklichen Schuld war sie sich allerdings nicht bewusst. Abgesehen davon, dass sie einem vielleicht von der Polizei gesuchten Menschen Unterschlupf gewährt hatte.

War das überhaupt eine Straftat?

Sie wusste es nicht. Doch nach dem, was Gianluca ihr gestern anvertraut hatte, fiel ihr siedend heiß ein, war sie zumindest eine Mitwisserin. Da konnte sie sich nichts vormachen.

Sie warf einen besorgten Blick aus dem Fenster.

Pasqualina hatte recht.

Hastig warf sie ihr Zeug in den Trolley, sah hinter vorgeschobener Gardine aus dem Fenster, ob sie irgendwo einen Polizeiwagen entdecken konnte, und verließ das Haus. Sie verschloss die Tür hinter sich und legte den Schlüssel unter den Fußabstreifer, falls Gianluca noch einmal zurückkam. Was vermutlich keine so gute Idee wäre.

»Manchmal«, murmelte sie, als sie zur zweiten Garage ging, »bin selbst ich so was von schwer von Begriff.«

Die würden Gianluca ebenso schnell einkassieren wie sie, wenn sie hier auf ihn trafen.

Warum hatte er sie nicht angerufen? Er sollte sich doch melden, falls er auf Probleme stieß.

Vielleicht hatte er keine Zeit dazu gehabt. Ja, genau so war es gelaufen. Als die Polizei kam, musste er das Haus Knall auf Fall verlassen und sich, von ihnen unbemerkt, durch den Garten davonstehlen. Hatte er zu seinem Jaguar flüchten können?

Dorthin musste sie, das stand jetzt für sie fest.

Gerade als sie mit ihrem Mini Cooper die Garage verließ, stellte sich hinter ihr ein Auto quer, das unschwer als Polizeifahrzeug zu erkennen war.

Zwei Männer sprangen heraus und versperrten ihr den Weg.

»Signora Mariella Oberdan?«

»Ja«, hauchte sie.

»Aussteigen und die Hände über den Kopf!«, schrie der ältere der beiden.

Mariella tat wie ihr geheißen, und das Rauschen in ihren Ohren übertönte fast ihre Gedanken.

»Was wollen Sie von mir?«, fragte Mariella forscher, als sie sich fühlte.

Der jüngere, um vieles hübschere Bulle, der einen langen blonden Zopf trug, erklärte ihr in mildem Tonfall: »So einiges. Ihre Freundin Pasqualina Cecchi hat uns mitgeteilt, dass Sie, Signora Oberdan, derzeit auf ihr Haus aufpassen.«

Mariella konnte es nicht glauben. Ihre beste Freundin seit Schulzeiten hatte sie bei der Polizei angeschwärzt. Wenn man solche Freundinnen hatte, brauchte man keine Feindinnen.

Sie war sauer, bestürzt, enttäuscht, zornig und aufgeregt zugleich.

Der hübsche Blonde nahm ihren Arm und führte sie zum Dienstwagen. »Gianluca Pirandelli, Ihr Arbeitgeber und Geliebter, liegt tot in seinem Haus. Wir müssen Sie daher bitten, uns auf die Polizeiwache zu begleiten.«

Entsetzt setzte Mariella sich auf die hintere Bank. »Gianluca ist tot?«

»So tot wie nur irgendwas.«

Während die Landschaft von Fiumicello an Mariella vorbeizog, schnürte Traurigkeit ihr Herz ein.

Was mussten erst Gianlucas Frau und der arme kleine Vittorio durchmachen?

Das stand alles in keinem Vergleich zu ihrem Schmerz.

Dann hörte irgendetwas in ihrem Kopf zu summen auf, und ihr wurde etwas klar.

Wenn Gianluca tot war, bedeutete das vermutlich auch, dass er das gesuchte Kästchen mit den Abstrichen nicht gefunden hatte.

Jemand anders war ihm zuvorgekommen. Entweder hatte derjenige – vielleicht ein Angehöriger einer sterbenskranken Patientin – ihn auf dem Gewissen, oder diese Person, in dem Fall vermutlich seine Frau, hatte das Beweismaterial der Polizei übergeben, und als er das erkannte, hatte er sich umgebracht.

Je länger Mariella darüber nachdachte, desto plausibler erschien es ihr.

Hätte sie denn an Giannas Stelle anders gehandelt?

Sie fürchtete sich, diese Frage zu beantworten.

Maddalena saß mit Gianna, deren Vater und Fausto um den Küchentisch bei einer Kanne gesüßtem schwarzen Tee.

Lippi hatte vor einer Weile angerufen, um sie darüber in Kenntnis zu setzen, dass er und Fanetti die Arzthelferin an der angegebenen Adresse angetroffen und zur Befragung aufs Revier gebracht hätten. Danach war sie im Büro des Arztes gewesen, um sich nach dem Stand der Dinge zu erkundigen. Die Arbeit der Kriminaltechniker war inzwischen so weit fortgeschritten, dass der Leichnam in die Rechtsmedizin überstellt werden konnte.

»Der Mann wurde übrigens mit einer Makarow getötet«, hatte der Leiter der Spurensicherung zu ihr gesagt und auf die Pistole gezeigt, »die erhält man heutzutage nur auf dem Schwarzmarkt. Pirandellis Fingerabdrücke sind drauf, also gehörte sie wahrscheinlich ihm. Und in der Wand hinter einem der Regale ist ein kleiner Safe, zu dem wir bisher keinen Schlüssel finden konnten. Würden Sie bitte die Signora fragen, ob sie weiß, wo er sich befindet?«

Maddalena war zurück in die Küche gelaufen und hatte Gianna gefragt, ob sie wisse, wo ihr Mann den Schlüssel zum Safe im Büro aufbewahrte. Doch Gianna hatte nur ratlos den Kopf geschüttelt.

»Davon habe ich keine Ahnung.«

Jetzt klingelte Maddalenas Diensttelefon.

Sie hob ab.

»Chefin«, vernahm sie Guido Lippis aufgeregte Stimme, »ich habe da etwas entdeckt.«

Am liebsten hätte sie schnoddrig nachgefragt: »Doch wohl nicht Atlantis?«, unterließ es aber im letzten Moment.

»Auf welcher Seite befindet sich das Einschussloch in Pirandellis Schläfe? Könnten Sie das bitte in Erfahrung bringen? Es ist von großer, sogar immenser Bedeutung.«

Lippi klang ungewöhnlich drängend, also blieb Maddalena nichts anderes übrig, als sich erneut zu den Kollegen ins Büro zu begeben und nachzufragen.

Währenddessen schaltete sie Lippi weg.

47

Lippi war brüskiert.

Mitten im Gespräch hatte seine Chefin ihn einfach brutal abgeblockt, ohne einen Kommentar abzugeben.

Das ging gar nicht.

Dabei war er einer wichtigen Sache auf die Spur gekommen, und zwar durch einen wirklich außergewöhnlichen, blöden Zufall.

Während Arturo Fanetti Mariella Oberdan vernahm – da war der Elbenprinz genau der richtige Ermittler, denn er wusste mit Frauen umzugehen, und so manches Herz schmolz bei seinem Charme –, hatte Guido gewissenhaft im Internet nach Einträgen von und über Gianluca Pirandelli gegoogelt. Der über die Grenzen Italiens hinaus anerkannte Gynäkologe hatte einige Auszeichnungen erhalten. Sogar in der Washington Post hatte Guido einen kleinen Artikel über diesen glorreichen Arzt gefunden.

Doch auch die Vorwürfe, dass Pirandelli in Mailand einige Krebsabstriche nicht in ein Labor gegeben hatte, entgingen ihm nicht. Dieser Verdacht war vor drei Jahren durch die Medien gegeistert.

Das Internet vergaß nichts.

Dennoch war es den Kollegen damals offenbar nicht gelungen, den Tod einiger seiner Patientinnen auf seine Fahrlässigkeit zurückzuführen.

Der Arzt war also schuldfrei geblieben.

Besonders diejenigen Artikel, die zu Beginn seiner Karriere in Mailand über Pirandelli veröffentlicht worden waren, waren voll des Lobes über den aufstrebenden Arzt.

»Ein Star der Frauenheilkunde«, hatte Guido gemurmelt und sich geärgert, bis er schlagartig innehielt.

Jetzt starrte er verärgert auf sein Handy und fragte sich, warum seine Chefin so desinteressiert reagiert hatte.

Fanetti ließ Mariella kurz im Verhörzimmer allein und kam zu ihm.

»Alter«, sprach er Lippi salopp an. »Aus dieser Tussi ist nichts herauszubringen, was wir nicht eh schon wissen. Endlos leeres Geplapper.«

Lippi schwieg und hörte sich erst mal aufmerksam Fanettis Bericht an. Dann begann er zu husten und konnte nicht mehr damit aufhören.

»Brauchst du einen Schluck Wasser oder eine Medizin?«, fragte Fanetti fürsorglich.

»Nichts dergleichen«, keuchte Lippi, »ich habe bloß, während du in der Befragung warst, etwas Wesentliches herausgefunden.«

»Lass hören.«

»Der Gynäkologe kann sich gar nicht selbst umgebracht haben. Er ist ein Linkshänder, und das Einschussloch ist, so glaube ich jedenfalls, in der rechten Schläfe. Das ist bis jetzt niemandem aufgefallen. Die Ehefrau hätte vielleicht darauf kommen können, aber sie war bestimmt viel zu geschockt, um genau hinzusehen.«

»Wie bist du darauf gekommen, Guido?«, fragte Fanetti, und ein unerwarteter Ton der Anerkennung schwang in seinen Worten mit.

»Zufall. Reiner Zufall. Ich suchte nach Pirandelli im Internet. Und wurde fündig. Bei der Übergabe einer Urkunde nahm der Dottore sie mit der linken Hand entgegen. Ein ähnliches Bild kam noch ein weiteres Mal.«

»Alle Achtung, Guido«, entfuhr es Fanetti, der üblicherweise selbst solche wertvollen Entdeckungen machte. »Was meint unsere Chefin dazu?«

»Nichts«, polterte Lippi verärgert. »Sie war wohl beschäftigt und wollte mir kein Gehör schenken.«

»Guido, das haben wir gleich. So ein Verhalten bringt mich auf die Palme.«

Er wählte die Nummer ihrer Chefin.

Als sie endlich abhob, zischte er: »Guido Lippi hat vielleicht etwas Entscheidendes herausgefunden. Und Sie gestatten ihm nicht mal, dass er Ihnen davon erzählt? Sie wissen«, seine Stimme bekam einen drohenden Unterton, »dass Onkel Muzzi ein enger Vertrauter von mir ist. Ich zog daraus nie einen Nutzen.«

Jeder auf dem Revier wusste von der engen Beziehung zwischen Arturo Fanettis Vater und Comandante Achille Scaramuzza und auch, dass der Grund für Fanettis Anstellung damals in dieser Freundschaft begründet lag. Doch Arturo Fanetti hatte sich nicht, wie sie alle zu Beginn befürchteten, als Spion erwiesen, sondern als ein ebenbürtiger und vorzüglicher Mitarbeiter, der keinen jemals verpfiffen hatte.

»Inspektor Fanetti«, erboste sich die Chefin jetzt ihrerseits über Fanettis bösen Ton und die freche Anspielung auf dessen »Onkel Muzzi«. »Was bringt Sie dazu, so mit mir zu sprechen? Was habe ich Ihnen getan?«

»Es geht nicht um mich, sondern um den Kollegen Lippi. Chefin, er ist auf etwas gestoßen. Aber Sie wollten ihm nicht zuhören. Der arme Lippi ist ziemlich verzweifelt ob Ihres Desinteresses an seinen Worten.«

»Fanetti«, schnauzte die Commissaria ihn rüde an. »Jetzt mal raus mit der Sprache. Worum geht es?«

»Warten Sie, ich gebe das Telefon an Guido Lippi weiter.«

Lippi war Arturo dankbar, dass er seine Entdeckung noch nicht preisgegeben hatte. Er nickte ihm freundlich zu und nahm das Handy entgegen.

»Chefin«, fragte er befangen, »können Sie jetzt achtgeben auf das, was ich Ihnen mitzuteilen habe? Oder sind Sie zu beschäftigt?«

»Ich brauche dazu nicht Fanettis lächerliche Drohungen. Ich hatte Sie nur kurz stumm geschaltet, weil ich wegen Ihrer Frage bei der Spurensicherung war. Das Einschussloch ist auf der rechten Seite.«

»Dann stimmt mein Verdacht. Der elende Dottore war Linkshänder. Ich habe Fotos entdeckt, die das belegen. Er kann sich also unmöglich in die rechte Schläfe geschossen haben.«

»Danke, Lippi, das ist ein beachtlicher Hinweis. Ich werde

das an die Rechtsmedizin weitergeben, der Leichnam ist gerade abgeholt worden. Danke noch mal, geschätzter Kollege.«

Seine Chefin klang zufrieden. Wärme durchflutete sein Herz.

Es verlangte ihn danach, Stella anzurufen, ihr von seinem Erfolg zu berichten und nach der kleinen Simone zu fragen.

»Commissaria!«, rief der Spurensicherer, mit dem sie vorhin gesprochen hatte. »Kommen Sie bitte mal? Ich muss Ihnen etwas zeigen, das Sie sicher interessieren wird.«

Nach dem kurzen Telefonat mit der Rechtsmedizin, der sie Lippis Beobachtung mitgeteilt hatte, wandte sie sich wieder dem Kollegen von der Spusi zu.

»Hier.« Ein Schlüssel baumelte am Ringfinger seines Handschuhs. »Der gehört zum Safe. Wir haben ihn aufgesperrt, aber er war leer.«

»Leer?« Maddalena betrachtete unschlüssig den kleinen Tresor. »Vielleicht hat Pirandelli da ohnehin nie etwas aufgehoben. Denn wieso hätte er das Kästchen mit den Krebsabstrichen sonst im Keller statt im Safe versteckt?«

»Commissaria, diese Frage ist einfach zu beantworten: Das Kästchen war zu groß. Der Dottore muss im Safe aber trotzdem etwas verwahrt haben, denn seine Fingerabdrücke sind sowohl außen als auch im Innenraum zu finden.«

»Fragt sich nur, wann er ihn zuletzt benutzt hat«, bemerkte Maddalena resigniert. »Wenn aber tatsächlich etwas im Safe lag und wir von Fremdverschulden ausgehen, könnte der Täter oder eine Täterin den Inhalt mitgenommen haben. Wo haben Sie den Schlüssel gefunden?«

»In einer der Schreibtischschubladen.«

»Hm«, machte Maddalena. »In dem Fall liegt nahe, das der Dottore den Safe selbst geöffnet und das, was drinnen war, herausgeholt hat, ehe er den Safe wieder verschloss und den Schlüssel an seinem Platz verstaute.«

»Wertsachen oder -papiere haben wir allerdings nirgends gefunden.«

»Dann wird auch in diesem Szenario der Mörder mitgenommen haben, was der Dottore herausgeholt hatte.«

»So scheint es gewesen zu sein.«

Lippi und Fanetti trafen ein.

»Kollegen«, begrüßte Maddalena sie erleichtert, »hier ist einiges los.« Sie brachte sie auf den aktuellen Stand. »Ich beabsichtige, Gianna und die beiden Mantovannis als Nächstes noch einmal umfassend getrennt voneinander zu befragen, bisher haben sie mir ja nur die Auffindesituation geschildert. Und nachdem sich der Mordverdacht nun erhärtet hat, ist dieses Prozedere erforderlich.«

»Klar«, bestätigte Lippi. »Immerhin war der Tote ein Mitglied der Familie.«

In diesem Moment trottete Piero Zoli herein. »Chefin, ich bin untröstlich, Sie derart im Stich gelassen zu haben. Jetzt können Sie allerdings zu hundert Prozent mit mir rechnen.«

»Wir besprechen uns später, Zoli«, antwortete Maddalena kurz angebunden. »Jetzt haben wir zu tun. Die Zeugen sind einzeln zu befragen.«

»Dann los«, bestätigte Lippi. »Ich nehme mir die Ehefrau vor, wenn's recht ist.«

»Klar«, entgegnete Maddalena. »Ist mir ganz lieb so, weil uns eine Art Freundschaft verbindet, deshalb rede ich besser mit ihrem Bruder. Und Fanetti darf sich den Vater vornehmen.«

Zoli stand wie ein begossener Pudel da, niemand schien ihn zu beachten. Da Maddalena ihn sehr gut kannte und seine Selbstzweifel nicht weiter nähren wollte, wies sie ihm eine Aufgabe zu. Er sollte die Nachbarn der Pirandellis befragen, ob sie am Morgen oder Vormittag den Fahrer des alten Fiats bemerkt oder jemand Fremdes in der Nähe des Hauses gesehen hatten. Er dankte ihr ergeben, nahm sein iPad und ging hinaus.

»Da.« Bevor er verschwand, steckte Maddalena ihm verstohlen eine Schmerztablette zu.

»Danke, Chefin«, murmelte er betreten.

Maddalena ging in die Küche, wo Fanetti und Lippi der kleinen Familie bereits erklärt hatten, warum sie sich nun noch einmal einzeln mit ihnen unterhalten mussten, und mit Gianna und deren Vater in geeignete Räume des Hauses gegangen waren. Maddalena setzte sich zu Fausto an den Küchentisch und erkundigte sich nach den Ereignissen seit dem Morgen, als er mit seiner Familie das Haus verlassen hatte.

»Sie sind also nicht mit in der Musikschule gewesen? Was haben Sie unternommen, während Ihre Schwester, Ihr Vater und Vittorio dort waren?«

»Ich war bei der Fußball-Matinee im Stadion auf der Isola della Schiusa. Das kann ich nachweisen. Warten Sie, ich zeige es Ihnen.«

Er stand auf, und Maddalena fand, dass er im Gegensatz zu seiner etwas molligen Schwester ein durchaus ansehnlicher, schlanker Mann war, der, so wie es aussah, regelmäßig im Fitnessstudio trainierte. Maddalena gefiel auch seine Art, sich auszudrücken, obwohl seine Mailänder Redeweise ein wenig arrogant rüberkam.

Er reichte ihr sein Telefon. »Hier bitte, Commissaria. Ich hatte die Fußball-Matinee bereits gestern online gebucht. Flötenspiel ist mir ehrlich gesagt zuwider. Als Kind wollten meine Eltern mich zwingen, dieses Instrument zu erlernen, ich bin kläglich gescheitert. Da bin ich leider vorbelastet.« Er lachte verhalten.

»Nun«, Maddalena runzelte die Stirn, »das heißt nichts. Sie mussten das Ticket beim Betreten des Stadions doch entwerten lassen, oder nicht? Sonst könnte ja jeder etwas buchen, um ein Alibi zu bekommen, und den Ort dann gar nicht aufsuchen.«

Fausto schmunzelte, und Maddalena gefiel der Bogen, den seine Oberlippe dabei bildete. »Venusbogen«, so hieß diese Wölbung, fiel ihr ein, und sie schalt sich, weil sie sich wie ein dummer Teenager verhielt, der sich nicht auf das Wesentliche konzentrieren konnte. »Nicht mit dem Zeugen flirten«, ermahnte die grimmige Stimme von Comandante Achille Scaramuzza sie in Gedanken.

»Natürlich, hier.« Er hielt Maddalena eine ausgedruckte Seite hin. »Ich habe mich des Druckers meines Schwagers bedient. Nenne ich ihn nun, da er tot ist, eigentlich Ex-Schwager oder weiterhin Schwager?«

Maddalena konnte sich ein Grinsen nicht verkneifen. »Da bin ich überfragt, Signor Mantovanni. Aber ich denke, er bleibt nach wie vor Ihr Schwager, ob tot oder lebendig. Nur für Ihre

Schwester ändert sich ganz klar der Status. Gianna ist ab heute die Witwe Ihres verblichenen Schwagers.«

Sie sah auf das ausgedruckte und vom Stadion entwertete Ticket.

Fausto registrierte ihren skeptischen Blick. Er lachte diesmal herzlich.

»Commissaria, die notieren natürlich nicht, wann ich gegangen bin. Das ist nicht üblich, nirgends, wenn ich mich nicht täusche.«

»Stimmt«, gab Maddalena ihm recht und bemerkte, dass er zwei verschiedene Augenfarben hatte. Eines war grün, das andere schimmerte bläulich.

Irritiert wandte sie sich ab.

»Ich hätte große Lust, Ihnen trotz der traurigen Stimmung, in der wir und, wie ich hörte, auch Sie sich befinden, bei einem kleinen Abendessen, nichts Besonderes, ein bisschen was über das Fußballspiel zu erzählen. Was halten Sie davon?«

Maddalena reagierte darauf nicht, sondern dachte kurz an Bibiana und glaubte, unter der Last, die durch die Arbeit ein gutes Stück weit von ihr genommen worden war, zu zerbrechen. Dann fragte sie eine Spur strenger: »Was haben Sie nach dem Spiel gemacht?«

»Ich wusste, dass beide Veranstaltungen so ziemlich zur gleichen Zeit enden. Schon wegen der Mamis, die am Sonntag für ihre Liebsten Spaghetti kochen, muss das so sein, denn die Pasta darf nur frisch serviert werden. Daher hatte ich Gianna gebeten, mich an der Straße am Ende der Brücke, die über die Isola della Schiusa führt, wieder einzusammeln.«

»Okay, das heißt, Sie standen an der vereinbarten Stelle und warteten auf den Rest Ihrer Familie?«

»Stimmt, umgeben von anderen Fußballfans, die an der Haltestelle auf einen pünktlichen Bus hofften. Aber nur ein Teil meiner Familie saß im Auto, als ich einstieg. Wie Sie ja wissen, hatte Giannas Freundin Stella den kleinen Vitti mitgenommen. Sie ist mit den Kindern in irgendeinem hippen neuen Laden Burger essen gegangen.«

Maddalena sah ihn an, und wieder fand sie ihn umwerfend. So

eine Stimmung konnte bei der Befragung von Zeugen jedoch zu gravierenden Fehlern führen. Obwohl ihr das sonnenklar war, konnte sie sich Faustos Ausstrahlung kaum entziehen. Er hatte so eine gewisse Aura, von der sie vollends eingenommen wurde. Er war das genaue Gegenteil ihres lieben, langweiligen Triestiner Kollegen Leonardo Morokutti.

»Meine Freundin Stella ist inzwischen so etwas wie ein wandelndes Waisenhaus, da sie auch Simone, die Tochter meiner verstorbenen Freundin, versorgt. Ihr Mann ist Guido Lippi, der Polizist, der gerade mit Ihrer Schwester spricht.«

Maddalena merkte sich gewissenhaft, die Busfahrer, die heute Vormittag die Strecke von der Isola della Schiusa nach Fossalon gefahren waren, nach einem Fahrgast zu fragen, auf den Faustos Beschreibung passte, auch wenn er ihr nicht verdächtig erschien.

Aber sie wollte auf Nummer sicher gehen.

49

Lippi, der eben Giannas Befragung beendet hatte, wurde von einem der Männer der Spurensicherung gerufen.

»Wir haben da etwas. Eigentlich müsste der Richter eine Hausdurchsuchung anordnen, aber mit Signora Mantovannis Einverständnis, und da wir nun mal da sind, haben wir einen Teil der Arbeit bereits erledigt.«

Tatsächlich war derselbe Kollege ihnen vor der Befragung über den Weg gelaufen und hatte die Witwe des Dottore gebeten, sich im Obergeschoss umsehen zu dürfen.

»Worum geht es? Was haben Sie entdeckt?«

»Kommen Sie mal mit und verständigen Sie die Commissaria, die sollte sich das auch anschauen.«

Lippi ging in die Küche, in der Maddalena mit Fausto Mantovanni sprach.

»Chefin«, sagte er, als sie ihm den Blick zuwandte, »wir werden gebraucht. Bitte folgen Sie mir.«

Er sah, wie Maddalena Giannas Bruder einen entschuldigenden, etwas zu freundlichen Blick zuwarf und ihre Unterhaltung für vorerst beendet erklärte. Sie werde später gegebenenfalls noch mal auf ihn zurückkommen, die Einladung zum Abendessen aber erst im Anschluss an die Ermittlungen annehmen. Der Bruder schien betrübt.

Und Lippi fragte sich irritiert: welche Einladung, zu welchem Abendessen?

So kannte er seine Chefin nicht, auch wenn dieser Fausto verdammt gut aussah.

»Die Spusi hat etwas entdeckt, das uns interessieren könnte«, sagte er, als die Commissaria bei ihm war.

Sie folgten gemeinsam dem Mann in seinem weißen Schutzanzug in die erste Etage.

Der Kollege steuerte auf das Kinderzimmer von Vittorio zu. Am Bett machte er halt.

»Wir haben zwischen der Matratze und dem Bettenrost etwas sichergestellt, das von großer Bedeutung sein könnte.«

Er hob die Matratze an und präsentierte ihnen drei dicke, flach gedrückte Bündel Geldscheine und eine Sammlung goldener Münzen, die in einer Kunststoffhülle steckten.

Lippi hielt die Luft an, er konnte sich nicht erklären, was das bedeutete.

Der Mörder musste den Inhalt des Safes doch mitgenommen haben? Warum hatte er das Geld und die Münzen unter die Matratze des Jungen gelegt?

Außer der Dottore hatte sich doch selbst umgebracht.

Aber das war wegen der Linkshänder-Sache unmöglich.

Manchmal fiel es ihm schwer, in stressigen Situationen einen kausalen Zusammenhang herzustellen. Da erging es ihm nicht anders als seinem Kollegen Zoli, was er aber niemals zugeben würde.

Doch für das Herstellen kausaler Zusammenhänge hatte er ja seine Chefin.

50

Maddalena schüttelte ihre Locken und rieb sich nachdenklich über ihre Stirn. »Guido, holen Sie bitte mal flott Fanetti herauf.«

Es war, als hätte Lippi nur auf ein Wort von ihr gewartet, denn schon stürmte er die Treppe hinab, und gleich darauf hörte sie ihn nach Arturo rufen.

Sekunden später betrat der Elbenprinz das Kinderzimmer und starrte sprachlos den Fund an.

»Netter Täter«, sagte er sarkastisch. »Versorgt noch schnell die Halbwaise, bevor er sich aus dem Staub macht. Es gibt anscheinend doch noch gute Samariter.«

»Fanetti!« Maddalena spürte ein Kitzeln in ihrem Hals, das durch Arturos Worte entstanden war und sich hoffentlich nicht in einer Lachsalve entlud.

Als sie Lippis ratloses Gesicht sah, wurde sie jedoch sogleich wieder ernst.

»Also«, schlussfolgerte sie, »mir kommt es so vor, als hätte Pirandelli den Safe ausgeräumt, möglicherweise war die Waffe auch drin, weil er beabsichtigte, mit dem Geld abzuhauen. Als er den Platz, an dem er das Kästchen versteckt hatte, leer vorfand, ist ihm schnell klar geworden, dass seine Ehefrau die Beweise gegen ihn der Polizei übergeben hatte. Daraufhin versorgte er seinen Sohn mit etwas vom gehorteten Schwarzgeld und der wertvollen Münzsammlung, um die Zukunft des Kleinen abzusichern. Als er dann wieder zurück in seinem Büro war, um den Rest einzupacken, denn da war bestimmt noch mehr Geld, wurde er von seinem Mörder überrascht.«

»Das klingt einleuchtend und schlüssig«, kam es dumpf von dem Spurensicherer.

»Aber um das alles wegzuschaffen, brauchte er doch eine Tasche oder einen Rucksack?«, wandte Lippi ein, der anscheinend sein Hirn wieder in Bewegung gesetzt hatte.

»Stimmt, Guido.« Maddalena fotografierte die Geldbündel

und die Münzsammlung mit ihrem Handy. »Gehen wir nach unten zu Gianna und zeigen ihr, was wir entdeckt haben. Bin gespannt, was sie dazu meint.«

Maddalena, Lippi und Fanetti überließen die Sicherstellung der Beweise dem Kollegen von der Spurensicherung, gingen nach unten und betraten die Küche. Alle waren hier versammelt, auch Zoli, der seine Befragungen ebenfalls beendet hatte.

Maddalena zeigte Gianna die Fotos.

»Er hat das für Vittorio hiergelassen«, brachte sie hervor und wischte Tränen aus ihrem Gesicht. »Er wollte uns zwar verlassen, hat aber dennoch nicht seinen Sohn vergessen.«

»Das sind die Goldmünzen, die wir Vittorio zur Geburt geschenkt hatten«, erklärte Giannas Vater, der die Fotos ebenso aufmerksam betrachtete. »Bei dem Geld scheint es sich ausschließlich um Zweihundert- oder Fünfhundert-Euro-Scheine zu handeln. Wie viel es ist, kann ich nicht sagen. Jedenfalls handelt es sich um eine ordentliche Summe. Und es spricht für meinen Schwiegersohn, dass er die Münzsammlung nicht geklaut hat.«

»Papa«, ereiferte sich Fausto, »das ist doch alles Wunschdenken. Was wissen wir denn Genaues? Nichts. Mein Schwager war kein Guter.«

»Reg dich ab, auch wenn es dir nicht passt, Gianluca hat vor seinem Tod an seinen Sohn gedacht«, fuhr Gianna ihren Bruder wütend an.

Der verdrehte bloß seine Augen und antwortete nicht.

»Ich hätte da noch eine Frage«, sagte Fanetti und unterband so den aufkeimenden Streit. Maddalena vermutete, er imitierte soeben Inspektor Columbo.

Alle Augen richteten sich auf ihn.

»Signora Mantovanni, da Ihr Gatte allem Anschein nach flüchten wollte, müsste er das restliche Zeug aus dem Tresor doch irgendwo hineingepackt haben. Eine Tasche mit Geld oder anderen Wertsachen wurde im Büro allerdings nicht gefunden. Könnten Sie mal mit mir nachsehen, ob ein Teil Ihres Reisegepäcks fehlt?«

Das ist mal ein richtig kluger Gedanke, dachte Maddalena, aber Arturo war ja auch ein aufgeweckter Kerl.

Gianna und er gingen hinauf in die obere Etage, wo sich in den Schränken im Hauswirtschaftsraum auch die Ablage für die nicht regelmäßig benötigten Gegenstände befand.

Triumphierend kehrte Fanetti kurz darauf mit Gianna zurück.

»Tatsächlich fehlt ein Stück, eine Samsonite-Airea-Reisetasche, angeblich wollte er sie schon bei seinem vierzehntägigen Auszug mitnehmen, wurde aber durch ein Streitgespräch mit seiner Ehefrau daran gehindert.«

»Das stimmt. Ich gebe zu, dass ich sie ihm absichtlich nicht überlassen hatte. Eine miese kleine Rache meinerseits, lächerlich obendrein.«

»Wenn diese Tasche fehlt«, mischte Lippi sich ein, »wird der Täter das restliche Geld hineingeworfen und beides mitgenommen haben.«

»Auf mich wirkt das Ganze allerdings nicht wie ein zufälliger Raubzug. Eher wie ein heimtückischer Racheakt. In letzter Zeit wurde selten eingebrochen. Und die Tür war nicht versperrt.«

Das hatte Maddalena sich auch schon überlegt.

»Kollegen«, sagte sie daher, »wir haben keine Zeit zu verlieren. Ab in die Rechtsmedizin, und danach müssen wir all diejenigen, denen der Dottore in irgendeiner Art geschadet hat, ermitteln und befragen. Irgendeiner muss es ja gewesen sein.«

»Ich fahre Sie, Chefin«, erklärte Zoli verschämt, »ich fühle mich wieder viel besser.«

Lippi und Fanetti grinsten sich an. »Wir nehmen den anderen Dienstwagen und folgen Ihnen unauffällig.«

Dass Arturo Fanetti es nicht lassen konnte, aus Büchern oder Filmen zu zitieren, was mitunter gehörig nervte, dann aber wieder alle zum Lachen brachte, war vielleicht dem Bedürfnis geschuldet, sein enormes Wissen ständig zur Schau stellen zu müssen, überlegte Maddalena. Das wiederum sprach für einen gewissen Minderwertigkeitskomplex.

Sie verabschiedeten sich von Gianna und den Mantovannis und verließen das Haus.

51

Fabrizio rieb sich die Augen.

Wo war er?

Erst langsam dämmerte ihm, was geschehen war.

Seine Bibiana war gestorben. Einfach so, und niemand hatte ihren Tod verhindern können.

Er begann, herzhaft zu schluchzen und sich umzusehen.

In seinem Kopf trampelte eine wild gewordene Horde Nashörner. Der Schmerz, den diese Tiere verursachten, war kaum auszuhalten.

Wo war er hier gelandet?

»Hallo?«, rief er, doch niemand antwortete.

Es erinnerte ihn an den Abschlussball in seiner ehemaligen Schule. Benommen, krank, jedes seiner Glieder schmerzte mit dem Kopf um die Wette. Und es fühlte sich an, als wäre er immer noch betrunken.

Er stand von der Couch auf, auf der er in voller Montur gelegen hatte, und stieß dabei ungeschickt ein Glas Wasser um, das auf dem kleinen Tischchen stand.

Seine Beine knickten unter ihm ein, und er musste sich erst mal setzen. Mit dem Zipfel seines Poloshirts wischte er seine Augen aus. Am Fußende der Couch lag eine Wolldecke, die jemand fürsorglich über ihn gebreitet haben musste, ehe er sie in seinem komaähnlichen Schlaf wohl weggestrampelt hatte.

Wer war diese gute Seele?

Es war ihm schleierhaft, wie er hierhergelangt war.

»Hallo, hallo?«, krächzte er wieder, diesmal zaghafter, und als erneut keine Antwort kam, stützte er sich an der Wand ab und schlurfte in die Küche, die gleich neben dem Wohnzimmer lag.

Auf dem Küchentresen entdeckte er eine Bialetti und eine Dose mit Kaffee. Und eine Packung Toastbrot. Ein handgeschriebener Zettel lag daneben. Er war im Moment allerdings nicht fähig, ihn zu entziffern.

Die Welt verschwamm vor seinen Augen.

»Bibiana, meine Bibiana«, murmelte er unter Tränen.

Im Kühlschrank fand er etwas Butter, eine Scheibe Käse und ein halb geleertes Glas Orangenmarmelade. Milch gab es keine, und Zucker stand auch nicht auf dem Tresen.

Die Person, der diese Wohnung gehörte, musste sich äußerst karg ernähren.

Der schwarze, starke Espresso brachte ihn wieder einigermaßen zu Sinnen.

Er kannte nur ein menschliches Geschöpf, dem er ein solches Essverhalten zutraute, und das war Bibianas beste Freundin.

Maddalena.

Jetzt erinnerte er sich wieder diffus daran, schon einmal hier gewesen zu sein.

Der Espresso half ihm zwar dabei, klarer zu denken, konnte seinen schrecklichen Kummer aber nicht die Spur besänftigen.

Er griff in seine Hosentasche, und erstaunlicherweise befand sich sein Handy darin. Mit zittrigen Fingern wählte er Maddalenas Nummer. An ihr Privathandy ging sie nicht, also versuchte er es auf dem Diensttelefon.

»Degrassi«, meldete sie sich brüsk.

»Maddalena, ich bin es, Fabrizio. Bin eben erst aufgewacht, hab keinen Schimmer, wie spät es ist.«

»Ciao, Fabrizio«, entgegnete Maddalena milder. »Wo hältst du dich auf?«

»In deiner Wohnung. Soll ich irgendwohin kommen? Muss ich etwas erledigen?«

»Nein, bleib, wo du bist. Wir sind gerade auf dem Weg in die Rechtsmedizin, daher kann ich nicht ausführlich mit dir reden. Verlasse bitte unter keinen Umständen meine Wohnung, wir kommen anschließend zu dir.«

»Rechtsmedizin?«, wiederholte Fabrizio erschrocken. »Ist das nicht so etwas wie eine Prosektur? Warum haben sie meine arme Bibi dorthin gebracht?« Er schluchzte auf.

»Nein, beruhige dich. Es geht nicht um Bibiana. Gianluca Pirandelli wurde heute Vormittag ermordet.«

Fabrizio brauchte zwei Sekunden, um das zu verarbeiten. »Das geschieht dem dreckigen Schwein nur recht. Da hat einer eine wirklich gute Arbeit geleistet«, ereiferte er sich.

»Fabrizio, pass auf, was du von dir gibst. Noch ist unklar, wer der Täter ist. Bitte bleib, so wie ich gesagt habe, in meiner Wohnung. Rühr dich nicht von der Stelle.«

Fabrizio schloss die Augen und sandte ein Dankgebet an die Rachegötter der Antike. Sie waren es, die ihm geholfen hatten. Nicht von ungefähr hatte er sein Leben damit verbracht, sie zu erforschen.

Er legte sich auf die Couch und schlief unmittelbar darauf wieder ein.

52

Maddalena, Zoli, Fanetti und Lippi mussten auf dem Flur des Rechtsmedizinischen Instituts eine Zeit lang auf sehr ungemütlichen Stühlen ausharren, bis sie hineingelassen wurden, um von dem Pathologen das Obduktionsergebnis zu erfahren.

Niemand hatte Lust auf den unhöflichen kleinwüchsigen Mediziner, der zwar eine Koryphäe auf seinem Gebiet war, aber weibliche Polizistinnen, zumal wenn sie Führungskräfte waren, zutiefst verachtete. Warum, konnte sich niemand erklären, wahrscheinlich war dieses ungebührliche Verhalten seinen diversen Komplexen zuzuschreiben. Stets zweifelte er vor allem Maddalenas berufliche Kompetenz an.

Sie hatte sich bei ihrem Vorgesetzten, Comandante Achille Scaramuzza, mehr als einmal über die Überheblichkeit des Rechtsmediziners beschwert. Ihr Chef lächelte dann zumeist, rieb seine dicken Hände und meinte, den Kerl müsse sie eben so nehmen, wie er sei.

Und unternahm nichts.

Kein Wunder, war der Pathologe doch ein Jagdkollege des Comandante, mit dem dieser oft auf Safari ging. Einen Moment lang hoffte Maddalena, dass er auch jetzt in Afrika mit von der Partie wäre. Aber ihre Mutter konnte ihn ebenso wenig leiden wie sie, da Maddalena sich oft bei ihr über sein unmögliches Benehmen beklagt hatte.

»Chefin«, sagte Fanetti aufmunternd, »wir drei sind diesmal dabei. Da kann der alte Widerling sich noch so höhnisch Ihnen gegenüber aufspielen, wir verteidigen Sie mit meinem Schwert aus dem Finsterwald bis zum letzten Tropfen seines Blutes.«

Alle kicherten. Dann wurden sie in den Saal gebeten, der nach einer Mischung aus Verwesung und Desinfektionsmittel roch.

Eine junge Frau mit hochgestecktem roten Haar, von dem nur der Ansatz zu sehen war, da sie es unter einer weißen Haube verbarg, begrüßte sie höflich.

Ließ der Alte nun auch noch Sekretärinnen seine Besucher hereinbitten?

Zuzutrauen wäre es ihm.

»Dottoressa Roberta Fusilli«, stellte sich die Rothaarige freundlich vor, »aber so spiralig wie die gleichnamige Pasta sind meine Locken nicht. Ich leite seit einem halben Jahr die Rechtsmedizin.« Sie zögerte kurz. »Commissaria, ich nehme an, Sie kennen die Wutausbrüche meines Vorgängers aus eigener Erfahrung und hatten selbst schon den einen oder anderen Schlagabtausch mit dem Dottore. Leider hat er bei einer solchen Auseinandersetzung mit einem anderen weiblichen Wesen einen Schlaganfall erlitten und liegt jetzt einseitig gelähmt in einer Rehaklinik.«

»Oje«, sagte Maddalena bestürzt, das hatte sie dem erbarmungslosen Knilch nun wirklich nicht gewünscht. »Richten Sie ihm bitte meine Genesungswünsche aus.«

Einer ihrer Kollegen kicherte verhalten, und sie drehte sich um und maß die drei mit strengen Blicken. So etwas hatte niemand verdient.

»Also, zu Ihrem Toten. Das Einschussloch ist sauber, die fotografierten Spritzer und Proben von der Wand stammen vom Blut und der Gehirnmasse aus dem Austrittsloch.«

»Was heißt ›sauber‹?«, fragte Lippi.

»Das bedeutet, dass keine anderen Spuren als die von der Mündung der eingesetzten Waffe vorzufinden sind.« Die Ärztin lächelte kurz und widmete sich wieder dem nackten Dottore, der auf der Bahre lag und bei dem Maddalena den Ypsilon-Schnitt nicht übersehen konnte. Wenigstens war der Brustkorb nicht mehr offen.

Sie wandte sich ab.

»Commissaria, machen Sie sich nichts draus«, erklärte die Dottoressa liebenswürdig, »das ist mein Tagesgeschäft. So wie es das Ihre ist, meine späteren Kunden aufzutreiben.«

Zoli, Fanetti, Lippi und Maddalena verabschiedeten sich höflich von der neuen Rechtsmedizinern.

»Schnuckelig.« Fanetti konnte sich nicht zurückhalten, kaum dass sie das Gebäude verlassen hatten.

»›Schnuckelig‹ finde ich sie auch«, gab sie ihm recht.

»Eine Augenweide ist sie außerdem mit diesen entzückenden Grübchen in ihren Wangen, wenn sie lächelt«, schwärmte Fanetti weiter. »Und die funkelnden grünen Augen bilden einen tollen Kontrast zu ihrem roten Haar, das anscheinend natürlich und nicht gefärbt ist. Ich kenne mich da aus.«

Wobei nicht, dachte Maddalena amüsiert. »Dass Sie auf solche Äußerlichkeiten achten, war mir klar«, entgegnete sie streng. »Ich glaube allerdings, Ginevra würde Ihre Bemerkung nicht allzu gut gefallen. Sie verstehen, was ich meine? Lassen Sie es gut sein.«

Fanetti, Zoli und Lippi nickten synchron wie die Dackel, die auf den Hutablagen mancher Autos mit den Köpfen wackelten.

»Auf geht's zu unserem ersten Verdächtigen.« Maddalenas Stimme klang um einiges munterer, als sie sich fühlte.

Stella konnte ihren Mann nicht erreichen. Fast den ganzen Tag ging es ihr schon so. Seit sie Vittorio mit nach Hause genommen hatte, war der Kontakt zu Guido quasi wie abgebrochen.

Wieder versuchte sie es, ohne Resultat.

Simone und Vittorio verstanden sich nicht.

Sie waren wie Hund und Katz.

Einer riss dem anderen das Spielzeug weg oder trat ihm, kaum dass er sich unbeobachtet fühlte, gegen das Schienbein, was zu gewaltigem Gejohle führte.

Die neue Burgerbude hatte beiden nicht ihre Lieblingsburger beschert, sondern, wie sie ungewohnt einstimmig behaupteten, zähe Dinger, die man kaum durchbeißen konnte und die mies gefüllt waren.

Hilflos hatte Stella sie danach in den Eissalon geschleppt, aber auch dort war ihnen nichts recht gewesen, und sie hatten das Angebot für diese Jahreszeit als buchstäblich zu frostig empfunden.

»Tante Stella«, hatte Vittorio gejammert, »meine Zähne tun von der Kälte weh.«

Simone fragte traurig: »Wann kommen meine Eltern endlich wieder zurück? Ich vermisse sie so sehr. Von hier bis hinauf zur Sonne.«

Stella hatte das Kind an sich gedrückt und beruhigend in ihr Ohr geflüstert.

Das hatte wiederum Vittorio erbost.

»Warum hat meine Mama mich überhaupt bei dir gelassen? Du hast wahrscheinlich nicht mal den Tonie mit ›Peter und der Wolf‹, und du kümmerst dich eh nur um die doofe Simone. Zu Hause könnte ich mit meinem Onkel oder mit Opa aus Mailand spielen. Ich finde das total ungerecht.«

Darauf wusste Stella erst mal keine passende Antwort. Sie griff sich in einer Übersprunghandlung in das neuerdings kurze Haar im Nacken, fasste ins Leere und grinste über sich selbst.

»Lachst du über mich?«, fragte Vittorio mürrisch, ein Zittern in seinem Stimmchen war nicht zu überhören.

»Nein, keineswegs. Übrigens, Simone ist ganz und gar nicht doof. Und wie willst du wissen, welche Tonies wir haben? Simone hört sich sehr gern ›Peter und der Wolf‹ an. Aber ich verstehe dich schon, du hättest lieber einen Jungen zum Spielen, was? Deine Mama«, erklärte sie ihm schließlich, »muss eine Familienangelegenheit klären.«

Er stampfte mit dem Fuß auf.

»Vitti, beruhige dich. Ich habe mich falsch ausgedrückt. Es handelt sich um eine langweilige Erwachsenensache. Deine Mama wollte dir einen schönen Tag gönnen.«

Als es Stella schließlich gelungen war, die beiden mit je einer Tasse heißer Schokolade mit brutzelnden Marshmallows vor ein Puzzle zu setzen, und sie ihnen erklärte, dass es sich bei dieser Arbeit um Teamwork handelte, wirkten sie für Stellas Begriffe eine Spur zufriedener als zuvor.

Beim Hinausgehen hörte sie Vittorio allerdings sagen: »Tante Stella schwindelt. Wer seine Seite des Puzzles mit der Basilika von Grado schneller fertig hat, der ist der Gewinner. Also los!«

Stella hatte über den Kleinen grinsen müssen.

Aus dem Kinderzimmer war kein Laut zu vernehmen, also versuchte sie zum gefühlt hundertsten Mal, ihren Mann zu erreichen.

Endlich ging er dran.

54

»Stella, *tesoro mio*. Ich wollte dich längst anrufen, kam aber nicht dazu. Es ist etwas geschehen, womit keiner gerechnet hat.« Lippi trat unruhig von einem Fuß auf den anderen. Er musste sich beeilen, denn Fanetti suchte gerade einen Parkplatz hinter dem Haus, in dem ihre Chefin wohnte. In ihrer Wohnung befand sich Fabrizio, den sie befragen mussten.

»Bin ganz Ohr«, sagte Stella.

»Stell dir vor, Gianluca Pirandelli weilt nicht mehr unter uns, er wurde ermordet.«

»Was?«, rief Stella. »Doch wohl hoffentlich nicht von seiner Frau?«

»Zum Glück hat sie ein Alibi, das unter anderem sogar du ihr verschafft hast.«

»Ich?« Stella schien perplex, und Lippi wunderte sich, denn üblicherweise war sie nicht so schwer von Begriff.

»Ja, du«, antwortete er ein wenig ungehalten. »Sie war mit Vittorio und ihrem Vater in der Musikschule. Genau zu dieser Zeit wurde der Arzt erschossen.« Die Todesart hätte er ihr eigentlich nicht verraten dürfen. »Bitte halte dich. Du hast das eben nicht gehört.«

Stella entgegnete leichthin: »Wie sollte ich etwas von dem, was du mir erzählst, vernehmen, wenn die Kinder sich in Überlautstärke ›Peter und der Wolf‹ anhören?«

So, wie sie es sagte, wusste Guido sofort, dass dem nicht so war.

»Danke, *bella mia*. Du Arme. Wie es aussieht, werden wir wohl demnächst eine private Kindertagesstätte bei der Comune beantragen.«

»Das zwar nicht, aber wir müssen uns mit Fabrizio wirklich eingehend über die kleine Simone unterhalten. Sie ist regelrecht verzweifelt und durchschaut mehr, als wir denken. An den sogenannten Erholungsurlaub glaubt sie schon längst nicht mehr.

Es muss einen Weg geben, ihr zu helfen, und dazu brauchen wir ihren Vater.«

»Ich muss jetzt aufhören, mit dir zu reden, *tesoro mio*. Fanetti parkt ein, und die Chefin und Zoli sind auch schon vor Ort. Wir hören uns später.«

Mit Fanetti folgte er der Degrassi und dem Kollegen Zoli um den Gebäudeblock herum auf die Kanalseite, wo sich die Wohnung ihrer Chefin befand.

»Warum hat unsere Chefin denn keinen Hintereingang? Manche der Wohnungen verfügen über einen«, erkundigte Fanetti sich.

»Das war für den Bauträger wohl eine Frage des Geldes. Andererseits hat die Chefin als Einzige hier eine eigene Treppe, die zu ihrer Terrasse führt, und muss sich nicht wie die restlichen Hausbewohner durch das gemeinschaftliche Treppenhaus quälen.«

»Guido, Mann. Woher weißt du das denn alles? Noch dazu so genau? Hast du das etwa heimlich ausgekundschaftet, du kleiner Spion?« Arturo zog sein typisches Faungesicht, warf den Zopf über seine Schulter und lachte. »Nichts für ungut, Lippi. Ich mache nur Spaß.«

»Ist mir nicht entgangen, Arturo. Den Legolas in dir kenne ich schon ziemlich lange. Also, um auf deine Frage zu antworten, du neugierige Seele, ich habe meine Stella einmal nach einem feuchtfröhlichen Abend bei der Chefin auf der Terrasse abgeholt, und Fabrizios Frau, Bibiana«, er stockte, bevor er betont sachlich weitersprach, »sie war ja eine erfolgreiche Maklerin und hatte der Commissaria diese Wohnung vermittelt. Ohne meinen ausdrücklichen Wunsch zeigte sie mir alles und wies mich auf einige Kostbarkeiten wie marokkanische Fliesen und den Bretterboden aus Mahagoniholz hin.«

»So einen haben Ginevra und ich auch. Ich habe ihn einbauen und das altertümliche Parkett herausreißen lassen. Die Wohnung gehört nämlich mir, Ginevra zog ja erst später bei mir ein. Das alte Schlitzohr Fulvio Benedetti hat sie mir verschafft. Übrigens, die erste Wohnung der Commissaria hat sie auch Benedetti zu verdanken.«

»Dann weißt du ja, wie sonst auch immer, bedeutend mehr als ich, Arturo.«

»Dafür kennst du die Unterkunft unserer Chefin in- und auswendig.«

»Na, wenn das nicht ein wenig übertrieben ist. Obwohl Bibiana so begeistert von der Bude war, dass sie mich in jede Ecke hinschleppte.« Guido lächelte traurig.

»Was geschieht nun eigentlich mit Simone?«

»Nun, es gibt genug alleinerziehende Väter, warum sollte das nicht auch bei diesem funktionieren?«

»Fabrizio? Der hat doch nur die Griechen und Römer im Kopf, wenn ich mich richtig erinnere.«

»Willst du damit andeuten, er könnte die Kleine nicht versorgen?«

»Ehrlich, Guido? Ich habe da so meine Zweifel.«

»Es wäre vermessen von mir, so etwas zu behaupten. Vater und Tochter müssen irgendwie auch ohne Bibiana miteinander zurechtkommen. Stella hat das Mädchen ins Herz geschlossen, genau wie ich, und wir wollen nur das Beste für Simone. Leider ist sie immerzu traurig, weil sie wohl instinktiv spürt, dass sie ihre Mama nicht mehr wiedersehen wird. Ihre Fragen zielen oft in diese Richtung. Und uns fehlt die Erfahrung, angemessen darauf zu reagieren. Stella bemüht sich sehr um Simone. Ich hoffe, es findet sich eine gute Lösung. Wir würden es nicht ertragen, wenn Simone in eine Pflegefamilie abgeschoben wird, nur weil ihr Vater unfähig ist, sich der Situation zu stellen. Sie hat so viel mitmachen müssen, da wäre ein wenig Glück nur angebracht.«

»Ja, lieber Kollege, das wünschen Ginevra und ich uns auch. Arme kleine Maus«, pflichtete Fanetti ihm bei.

Vor der schmiedeeisernen Tür an der kleinen Terrasse warteten Zoli und die Chefin auf sie.

»Lasst uns hineingehen. Ich werde uns einen Kaffee zubereiten, denn Fabrizio und ich kennen uns schon viel zu lange und zu gut, als dass ich ein formelles Gespräch mit ihm führen würde. Befangenheit, ihr versteht? Und Kollege Zoli sollte wegen seiner etwas eigentümlichen Beziehung zu Fabrizio ebenfalls nicht derjenige sein, der ihn befragt.« Sie stupste ihn an.

Piero wurde bis hinter die Ohren rot. »Chefin, Sie meinen, weil ich Fabrizio einmal angebrüllt habe, richtig grob wurde, als der Feuerteufel in Grado wütete?«

»Genau davon rede ich. Guido, Sie passen als derzeitiger Pflegevater seiner Tochter leider auch nicht ins Profil.«

»Dann ist der Kollege Fanetti wohl der einzig Richtige, um das Gespräch mit Signor Vascotto zu führen. Ich glaube, Arturo, Sie werden die richtigen Worte finden.«

Die Degrassi zückte ihren Wohnungsschlüssel und schloss auf. »Als ich Fabrizio heute Morgen verließ, habe ich die Wohnung zugesperrt. Natürlich nicht absichtlich, und wenn ein Feuer ausgebrochen wäre oder sonst etwas, hätte er leicht über das Wohnzimmerfenster und die Terrasse hinausgelangen können«, rechtfertigte sie sich vor den Kollegen.

Im Inneren des Wohnraumes roch es muffig und stark nach Alkohol.

»Da bekomme ich ja gleich allein vom ätzenden Geruch einen Schwips«, scherzte Fanetti.

Fabrizio lag zusammengekrümmt auf der Couch, gleich gekleidet wie gestern. Auf dem Tisch neben ihm standen eine leere Espressotasse und einige halb volle Flaschen mit alkoholischen Getränken.

»Da hat sich einer ja gewissenhaft über meine flüssigen Vorräte in der Bar hergemacht«, stellte die Commissaria ernüchtert fest. »Hoffentlich kriegen wir den traurigen Kerl überhaupt wach.«

Fanetti rüttelte an seiner Schulter, und anders, als von ihnen erwartet, sprang Fabrizio pfeilschnell von seinem Lager hoch und setzte sich aufrecht hin. Er wischte sich verstohlen den Schlaf aus seinen geröteten Augen und kratzte mit den Fingerspitzen über den Drei-Tage-Bart.

»War das alles nur ein Alptraum, Maddalena?«, fragte er verwirrt.

»Leider nein, mein lieber Freund. Ich bereite jetzt für uns alle einen starken Kaffee zu, und Inspettor Fanetti spricht mit dir.«

Sie winkte Guido und Zoli zu sich in die Küche.

Selbstverständlich konnten sie das Gespräch der beiden von hier aus anstandslos mitverfolgen.

»Signor Vascotto, oder darf ich Sie Fabrizio nennen?«, begann Fanetti salopp.

Darin war er gut, das musste ihm Guido neidlos zugestehen. Die Chefin schien das ebenso zu empfinden, denn sie nickte zustimmend.

»Sagen Sie einfach Fabrizio zu mir. Ein beträchtlicher Teil von mir ist mit Bibiana für immer gegangen.«

Darauf ging Fanetti nicht ein, was Guido angemessen fand. Es brachte nichts, den Witwer von seiner momentan überschwappenden Trauer abbringen zu wollen.

»Wie haben Sie den heutigen Vormittag verbracht?«

Fabrizio sah ihn entgeistert an. »Nach was sieht es denn aus, Inspettor Fanetti?«

Zumindest, dachte Guido, weiß der Mann, mit wem er spricht. Das ist schon mal was.

»Sagen Sie es mir.«

»Gepennt und gesoffen habe ich.« Er drehte sich zur Commissaria um. »Verzeih, dass ich deine Bar geplündert habe, ich ersetze dir selbstverständlich alles.«

»Das spielt jetzt keine Rolle«, entgegnete Lippis Chefin konziliant.

»Fabrizio, haben Sie seit gestern Nacht diese Wohnung verlassen?«

»Inspettore, hätte ich das getan, wäre ich sicher über die Stufen, die zum Kanalufer hinunterführen, oder über die Brüstung des Geländers gestürzt. Dann hätten Spaziergänger mich auf der Riva Dandolo aufgefunden. Tot. Mit hoffentlich gebrochenem Genick.«

Alle vier warfen einander bezeichnende Blicke zu. Fabrizios Worte zeugten davon, dass er nicht mal wusste, dass die Chefin ihn eingesperrt hatte.

»Lippi«, forderte ihn die Degrassi auf, »gehen Sie bitte auf einen Sprung hinüber zum angrenzenden Lokal. Fragen Sie

Luisa, die Chefin, ob irgendjemand Fabrizio heute Vormittag vor meiner Wohnung gesehen hat. Es ist eigentlich immer einer von den Mitarbeitern draußen.«

»Wird erledigt«, erwiderte Guido und ging leise hinaus.

Eine grelle Sonne knallte vom Himmel, als hätten sie immer noch August.

Dieser Klimawandel bringt so einiges durcheinander, schlussfolgerte Guido, denn es war schon eigentümlich, dass man zu dieser späten Jahreszeit noch im Freien mittagessen konnte. Im Grunde war es ein Segen, der aber auch eine Kehrseite hatte. So folgenschwere Unwetter wie dieses Jahr hatten sie bisher weder auf der Insel noch auf dem Festland erlebt, außer im Jahr 2008, kurz vor Ferragosto im August, als ein grauenvoller Tornado die Insel heimsuchte, bei dem mindestens drei Personen getötet wurden.

»Sind Sie Luisa, die Chefin?«, fragte er eine blonde Frau mit Kurzhaarschnitt.

»Ja, die bin ich.«

»Mein Name ist Inspektor Guido Lippi«, stellte er sich höflich vor. »Puh, ganz schön brütend hier. Also, ich wollte von Ihnen wissen, ob ein Mann über die Brüstung der kleinen Terrasse oder über den Treppenabgang der Wohnung meiner Chefin auf die Riva geklettert ist? Bitte halten Sie sich an die Tatsachen.«

Luisa rief ihr Personal zu sich, und alle bestätigten einhellig, was Guido ohnehin vermutete. Niemand hatte Fabrizio gesehen.

Er bedankte sich und erstattete der Degrassi unverzüglich Meldung.

Damit war Fabrizio aus dem Schneider und nicht mehr verdächtig.

55

»Fabrizio«, fragte Maddalena mit milder Stimme, »kann ich dich hier allein lassen, bis ich wiederkomme? Dann bringe ich uns etwas zum Essen und eine Flasche Rotwein mit. Bitte trink in der Zwischenzeit nur Wasser – oder warte mal, ich habe auch ein Lemonsoda im Kühlschrank, und meines Erachtens täte dir ein wenig Zucker gut.«

»Ja«, gab Fabrizio unwillig von sich. »Hast du zufällig Schlaf- oder Beruhigungspillen in deinem Apothekerschrank?«

Maddalena, die solcherlei prinzipiell nicht einnahm, es sei denn, ein Mediziner flößte ihr, wie nach Franjos Tod, eine Infusion mit Benzodiazepinen ein, damit sie wenigstens ein wenig Schlaf finden konnte, entgegnete mitfühlend: »Ich hätte da noch ein Fläschchen mit Baldriantropfen oder Passedan, das ist ein Extrakt aus Passionsblumenkraut, und etwas Melissen- oder Lavendeltee. Mit einer chemischen Bombe kann ich leider nicht dienen.«

Enttäuscht legte Fabrizio sich wieder hin und sagte: »Dann werde ich wohl dein Passedan-Fläschchen kippen müssen. Keine Bange«, setzte er nach, als er ihr besorgtes Gesicht sah, »ich rühre mich nicht von der Stelle. Wozu eigentlich der ganze Aufwand?«

»Wegen Gianluca Pirandelli«, platzte Fanetti heraus.

Sie würde später mit Arturo über sein vorlautes Mundwerk sprechen müssen.

»Das ist endlich mal eine gute Nachricht«, stellte Fabrizio erfreut fest und rieb sich die Hände. »Da kommt ja sogar etwas Zuversicht bei mir auf.«

»Fabrizio«, ermahnte Maddalena ihn.

»Wenn ich ehrlich bin, weiß ich gar nicht, ob es mir gefallen würde, wenn ihr den Mörder schnappt. Hat er denn nicht so etwas wie eine gute Tat begangen?«

Zoli, Fanetti und Lippi grinsten bei Fabrizios Aussage, doch als sie Maddalenas strafenden Blickes gewahr wurden, sahen sie betreten zur Seite.

»So. Jetzt müssen wir herausfinden, wo Cinzia Bocelli wohnte. Sprechen wir mit ihrem Ehemann.«

»Ich könnte in der Zwischenzeit, bloß um alles ordentlich abzusichern, den Busfahrer, der heute Vormittag zwischen der Isola della Schiusa und Fossalon gefahren ist, befragen, ob Fausto Mantovanni bei ihm mitgefahren ist. Was halten Sie davon, Chefin? Womöglich ist ihm auch jemand anders Auffälliges in Erinnerung geblieben, der oder die mit der Linie zur Haltestelle nahe dem Haus von Gianna Mantovanni fuhr.« Piero Zoli sah sie erwartungsvoll an, wohl in der Hoffnung auf ein Lob.

Maddalena gefror das Blut in den Adern, irgendetwas in ihrem Inneren sträubte sich dagegen, dass Fausto abermals im Dunstkreis der Ermittlungen stand.

»Nehmen Sie Fanetti mit. Ich rufe Gianna an, damit sie ein Foto von ihrem Bruder macht und es mir schickt. Ich leite es dann an Sie weiter.«

Dieser Anruf fiel ihr schwer.

Während sie wählte, brachte Lippi die Adresse der verstorbenen Cinzia Bocelli in Erfahrung.

Es klingelte nicht oft, bis Gianna abhob.

»Oh, Maddalena«, sagte sie, »gibt es etwas Neues? Vittorio ist immer noch bei Stella. Die beiden Kinder zanken unaufhörlich miteinander. Wann kann ich ihn holen?«

»Warte noch ein bisschen. Ich gebe dir Bescheid. Euer Haus sollte sich wieder in seinem ursprünglichen Zustand befinden, damit dein Kleiner keine Angst bekommt.«

Gianna bedankte sich. Und Maddalena rückte mit dem eigentlichen Grund für ihren Anruf heraus.

56

»Habe ich dich richtig verstanden, Maddalena?« Um Zeit zu gewinnen, musste Gianna sich etwas Luft verschaffen. Sie war zutiefst erschrocken. »Die Telefonleitung knackt so. Scheinen atmosphärische Störungen zu sein. Was, meintest du, brauchst du von mir?«

»Könntest du bitte von deinem Bruder ein Ganzkörperfoto und eines von seinem Gesicht machen und mir schicken?«

»Wieso das? Aber natürlich mache ich das. Brauchst du auch eines von Papa?«

»Was will die Commissaria von mir?« Ihr Vater mit sonorer Stimme dazwischen.

»Pst, Papa, ich erkläre es dir gleich.«

Ein unangenehmes Gefühl beschlich Gianna. Fausto war der Einzige, der nicht die ganze Zeit über mit Vittorio, ihr und Papa zusammen gewesen war. Das war im Grunde kein Anlass zur Sorge, denn er war nachweislich im Stadion gewesen.

Doch irgendetwas gefiel ihr daran nicht.

»Fausto«, forderte sie ihren Bruder auf, »stell dich mal an die leere Wand dort. Ich brauche eine Ganzkörperaufnahme von dir und anschließend eine von deinem Gesicht.«

Ihr Bruder, der das Ende ihres Telefonats mitbekommen hatte, grinste verschmitzt. »Verlangt die schöne Commissaria danach? Wir gehen demnächst miteinander essen, wenn der ganze Spuk vorbei ist. Aber dass sie von Sehnsucht nach mir getrieben ein Foto von dir verlangt, ist schon ein starkes Stück. Ich weiß das zu schätzen. Endlich mal ein weibliches Wesen, das die Initiative ergreift.«

Aber er ging nicht zur Wand, sondern lachte laut und tat geschmeichelt.

»Fausto, du bist ein eitler Geck. Wer weiß, wozu Maddalena die Fotos braucht. Es klang ziemlich wichtig.«

»Nun denn.« Er stellte sich nun doch in Position. »Dann

schieß eben zuverlässige Verbrecherfotos von mir für die Kartei der Bösen.«

Ihr Vater schüttelte den Kopf. »Darüber solltet ihr nicht scherzen, Kinder. So etwas kann schlecht ausgehen.«

»Papa«, ereiferte sich Fausto, »was soll's? Ich bin unschuldig und in Mailand ein gefeierter Architekt der Moderne.«

Gianna wurde unruhig.

Sie mochte es nicht, wenn ihr Bruder sich so zur Schau stellte. Er war schon als Kind ein Wichtigtuer gewesen, der sie nicht nur einmal mit seinen hochmütigen Sprüchen zur Weißglut getrieben hatte.

»Du gehst mit Maddalena essen?«, fragte sie.

»Hast du womöglich etwas dagegen? Diese Frau fällt genau in mein Beuteschema.«

Gianna wandte sich angeekelt ab.

»Fausto«, ermahnte sie ihn, »treib es nicht zu weit. Maddalena ist mir eine Freundin geworden, und ich möchte nicht, dass sie verletzt wird.«

»Wie kommst du darauf, dass ich ihr wehtun könnte? Die Commissaria ist interessanter als jede Frau, die ich bisher in Mailand getroffen habe. Glaub mir das, Schwesterchen. Die Weiber dort sind alle so konformistisch gestrickt. Eine gleicht der anderen. Sie unterscheiden sich nur durch ihre Haarfarben.«

»Typisch Mann. Du erkennst einfach keine Unterschiede zwischen deinen Dates und tust deine Partnerinnen unter ihrem tatsächlichen Wert verächtlich ab. Früher fand ich dich netter und nicht so zynisch. Was ist mit dir geschehen?«

»Nichts. Außer dem realen Leben. Ich hatte nicht so ein Glück oder besser gesagt Unglück wie du. Aber dass es sich so entwickeln würde, konnten wir alle nicht wissen. Damals schien Gianluca die perfekte Ergänzung zu dir zu sein. Und als du Vittorio bekamst, waren wir alle mehr als nur glücklich. Dass dieser Mensch sich als Monster entpuppt, konnte keiner vorhersehen.«

»Jetzt steh endlich gerade, lass Gianna tun, was die Commissaria verlangt, und klopf nicht so blöde Sprüche, mein Sohn. Tu deiner Schwester den Gefallen. Ihre Freundin, die Commissaria, leistet vorzügliche Arbeit. Bitte zieh nicht alles ins Lächerliche.«

Fausto reckte den Kopf und erstarrte.

Gianna war klar, dass er das absichtlich machte. »So, und nun dein wunderschönes markantes Gesicht, bitte mit einem Lächeln.«

Er widersprach ihr nicht, sondern lächelte, und Gianna schickte Maddalena die Fotos.

57

Lippi stieß auf erbitterten Widerstand.

»Ich bleibe, bis die Sache halbwegs aufgelöst ist.«

Beltrame konnte sturer als ein Ochse sein.

»Chefin, bitte übernehmen Sie das Gespräch mit der Kollegin. Auf mich will sie nicht hören.« Er hielt ihr hilflos sein Diensthandy entgegen.

Maddalena war gerade gar nicht nach Reden zumute. Die Trauer um Bibiana kam wieder hoch.

Natürlich, der Schmerz von Fabrizio war mit nichts zu vergleichen, aber auch sie litt unermesslich.

Wem konnte sie denn jetzt noch Unverschämtheiten ins Ohr flüstern?

Wer würde sie oft besser verstehen als sie sich selbst?

»Rita«, sagte sie freundlich, »ich weiß um Ihre großartige Hilfsbereitschaft. Aber lassen Sie sich doch ablösen. Sie sind übermüdet. Das bringt keinem etwas. Darf ich Ihnen eine etwas indiskrete Frage stellen?«

»Klar, Chefin, die beantworte ich gern.«

»Ihr Ergebnis, was ist das Resultat Ihres Abstriches? Ich weiß, diese Frage ist taktlos, wenn nicht gar indiskret.«

»Keineswegs. Ich freue mich über Ihre Anteilnahme. Sie sind eine gute Vorgesetzte, und ich kann Ihnen glücklicherweise sagen, dass mein Befund negativ ist.«

In Maddalena schmolz etwas.

»Was bin ich erleichtert.«

»Francesca, die Ehefrau von Stefano aus der Bar am Hafen, ist ebenfalls negativ. Vielleicht fragen Sie sich, woher ich das weiß. Wir sind schon seit Langem befreundet.«

Maddalena atmete erneut erleichtert auf. »Danke, Rita, Sie sind unvergleichlich und eine wahre Bereicherung für unser Team. Wenn Sie wirklich weiter den Dienst versehen wollen, gebe ich Ihnen ausnahmsweise mein Okay, aber nur für diesen speziellen

Fall. Danach kommt so etwas nicht wieder vor. Sie schlafen sich mindestens drei Nächte aus. Sonst kommt glatt Ihr geschätzter Vater über mich.«

Beltrame lachte. »Da bin ich Schlimmeres gewöhnt. Ich halte hier die Stellung, Chefin. Ich stehe unverbrüchlich zu Ihnen und dem Team.«

Maddalena war gerührt ob dieser Worte.

»Danke«, murmelte sie und hielt abermals krampfhaft ihre Tränen zurück.

Inzwischen waren Lippi und sie bei der Adresse ihrer verstorbenen Pilates-Kollegin Cinzia Bocelli angekommen.

Auf ihr mehrmaliges Klopfen und Klingeln hin öffnete zu Maddalenas grenzenlosem Erstaunen jedoch eine andere Frau aus dem Pilates-Kurs die Tür.

Lara stand, nur in ein purpurrotes Badehandtuch gehüllt, vor ihnen.

Lippi starrte sie geradezu unverschämt an.

»Ich …«, brachte Lara hervor, als sie Maddalena erblickte, und verstummte dann genauso abrupt, wie sie angefangen hatte.

»Lara. Du? Was machst du denn in Cinzias Wohnung?«

»Es ist nicht das, wonach es aussieht.«

»Doch.« Ein bärtiger Mann, ebenfalls halb nackt, trat neben sie. Das musste Mattia Vidussi sein, Cinzias Witwer. »Es ist genau so, wie es aussieht. Lara und ich lieben einander seit drei Jahren. Daran kann nichts etwas ändern. Warum sollen wir unsere Liebe weiterhin verstecken? Der schreckliche Tod meiner Frau hat damit nichts zu tun. Ich bin wegen Cinzia wirklich und wahrhaftig zutiefst unglücklich, sie war mir eine wunderbare Gefährtin, nun kann ich aber endlich mein neues Leben mit meiner großen Liebe Lara beginnen.«

Lippi scharrte höchst beunruhigt mit den Füßen über den Abstreifer vor der Tür.

»Lara, wenn ich mich recht erinnere, war Cinzia deine beste Freundin«, sagte Maddalena.

»Das stimmt, und wegen des Verrats an ihr schäme ich mich wirklich sehr, aber Mattia und ich konnten nicht anders, als uns ineinander zu verlieben. Wir haben uns auf einer von Cinzias Partys kennengelernt, und es war sofort um uns geschehen. Liebe auf den ersten Blick, es gibt sie wirklich.«

Auch Lippi hatte sich wieder unter Kontrolle, starrte die Halbnackte nicht mehr unverblümt an und übernahm, keineswegs zu Maddalenas Erstaunen, die Gesprächsführung. »Wie haben Sie den heutigen Vormittag verbracht?«

Maddalena betrachtete die beiden offensichtlich Verliebten und bildete sich ihr eigenes Urteil.

»Äh«, stammelte Lara verlegen, »im Bett.«

Cinzias Mann nickte, so als wäre dies die normalste Sache der Welt. »Nach einer angemessenen Trauerzeit werde ich diese Frau heiraten. Egal, was einer dazu meint. Ich liebe Lara über alles.«

Lara errötete. »Liebster, falls das ein Antrag war, beantworte ich ihn unumwunden mit Ja.«

Lippi und Maddalena verzogen unabhängig voneinander ihre Gesichter und sahen sich dann an.

»Glückwunsch«, brachte Maddalena gedämpft hervor.

Sie empfand diesen Heiratsantrag eindeutig als unangemessen. Der Ehemann und seine Geliebte hätten zumindest das Trauerjahr abwarten können.

Aber wer war sie denn, dass sie über so etwas Profundes urteilte?

Stand ihr das zu?

»Sie waren also beide zu Hause und im Bett oder im Badezimmer, keiner hat die Wohnung verlassen?«, hakte Lippi nach.

»Ja«, antwortete Lara bekümmert. »Ich wollte wirklich nicht, dass unsre Liebesgeschichte so an die Öffentlichkeit gerät, nachdem die arme Cinzia, die ja meine beste Freundin war, gerade erst verstorben ist.«

Maddalena beschloss genau in dieser Minute, niemals mehr in diesen Pilates-Kurs zu gehen.

Zu viel war passiert, und Lara würde sie niemals mehr in die Augen sehen können.

»Chefin.« Lippi tippte ihr fest auf die Schulter. »Ich habe eine Idee. Was halten Sie davon, wenn ich mal kurz in der Nachbarwohnung nachfrage, ob jemand gesehen hat, wie einer von den beiden das Appartement verließ?«

Lara kicherte verlegen und lief rot an. »Ihnen wird vermutlich nicht gefallen, was Sie von der Nachbarin erfahren werden.«

Sie zog sich zurück, während Cinzias Mann neben Maddalena stehen blieb.

»Sehr gut mitgedacht, lieber Guido. Bitte gehen Sie nicht mit hinein, damit wir hören, was die Signora zu berichten hat.«

Maddalena achtete genau auf die Reaktion von Mattia Vidussi. Er verhielt sich unauffällig, zeigte nicht die leiseste Spur von Nervosität.

Die Nachbarin öffnete und rief: »Lucca! Ihr seid zu früh, ich konnte mich heute beim Kochen wieder mal nicht richtig konzentrieren, da …« Sie brach mitten im Satz ab. »Habe ich etwas verbrochen?«

»Nein, alles ist gut. Ich bräuchte nur eine Auskunft von Ihnen.«

Er stellte sich so, dass die Nachbarin nicht zur anderen Eingangstür sehen konnte.

»Haben Sie mitbekommen, ob Signor Vidussi oder seine Freundin heute Morgen oder am Vormittag die Wohnung verlassen haben?«

»Ha«, sie seufzte auf, »da fragen Sie die Richtige. Die Wände in diesem Haus sind so dünn wie Pappmaschee, man wird zwangsläufig Zeuge des Geschehens.«

»Ja?«, fragte Lippi interessiert.

»Dieses Appartement hat eindeutig niemand verlassen. Die beiden wechselten vom Bett ins Badezimmer und wieder retour. Vielleicht haben sie sich zwischendurch ein Omelett zubereitet. Was ich aber stark bezweifle. Sie waren sehr intensiv miteinander beschäftigt. Niemand kann von mir behaupten, dass ich sehr religiös bin. Doch so kurz nach dem qualvollen Tod von Signora Bocelli finde ich so ein Verhalten in höchstem Maße ungehörig. Meinen Sie nicht auch? Kaum ist die Ehefrau unter der Erde, treibt der Nachbar es wie wild mit seiner Geliebten. Er ist ja schon früher mit ihr im Bett gelandet. Abgrundtief scheußlich finde ich dieses Verhalten. Cinzia war eine gute, vertrauensvolle Seele. Sie ahnte nicht das Mindeste. Ich überlege mir sogar ernstlich, aus dieser Etage auszuziehen. Unten im Erdgeschoss wird gerade eine Garçonnière frei. Mehr Platz brauche ich nicht.«

Der Redeschwall der Signora war kaum zu stoppen.

Jedoch der Inhalt war entlastend für Lara und ihren Geliebten. Die beiden schieden als Täter aus.

Lippi und Maddalena wechselten einen Blick und verabschiedeten sich kühl bei Lara und Signor Vidussi, hingegen freundlich bei der Nachbarin.

58

»Chefin!«, schrie Zoli aufgeregt. »Sie werden es nicht für möglich halten.«

»Was?«, fragte Maddalena postwendend nach. »Worum geht es? Und warum brüllen Sie so in mein Ohr? Wollen Sie, dass ich einen Hörschaden erleide?«

Zoli ging nicht auf Maddalena ein, sondern redete unbeeindruckt weiter. »Fanetti und ich haben mit unseren hauseigenen Mitteln, die ich Ihnen gegenüber besser nicht aufführen möchte, den Vorgesetzten der Busfahrer dazu überreden können, eigentlich haben wir ihn mit der gesamten Überzeugungskraft der Polizei von Grado eher zwingen müssen, uns den Namen jenes Fahrers herauszugeben, der heute Morgen die Strecke zwischen Fossalon und der Isola della Schiusa gefahren ist.«

»Ja?«, fragte Maddalena erwartungsvoll. »Und was wollen Sie mir jetzt mitteilen?«

»Äh …« Piero stockte, und es fiel ihm schwer, weiterzureden, nachdem er so schwungvoll begonnen hatte. »Wir sprechen erst später mit dem Mann.«

Die Luft war raus, das war Maddalena bewusst, und sie konnte sich gut vorstellen, dass Fanetti Zoli gerade unsanft in die Seite stieß, während Zoli dem Kollegen aus Zorn über sich selbst am liebsten eine geklebt hätte. Wenn er rabiat wäre, aber das war der Kollege nun mal nicht.

Zu allem Überfluss bat Maddalena ihn nun auch noch, das Telefon an Fanetti weiterzugeben. Während ihres Gesprächs wandte Zoli sich sicherlich beleidigt ab. Genauso schätzte sie ihren Piero ein.

Der Elbenprinz fand wie immer die richtigen Worte.

»Piero«, hörte Maddalena ihn sagen, denn er hatte vergessen, sein Handy auszuschalten, während ihres auf Lautsprecher gestellt war, damit Lippi mithören konnte, »unsere Chefin möchte, dass wir beide unverzüglich in den Supermarkt in der Via Duca d'Aosta gehen und einiges an Lebensmitteln besorgen. Sie schickt mir eine Liste für den Einkauf.«

»Duca d'Aosta? War das nicht einer aus der Gefolgschaft Mussolinis? Warum nennen wir hier eigentlich die Straßen und Plätze nicht um, wenn sie Namen politisch unkorrekter Personen tragen?«, erboste sich der sonst so sanfte Zoli.

»Wie soll ich das wissen? Ich stamme doch aus dem Finsterwald. Und bei uns Elben gibt es so etwas wie politische Unkorrektheit nicht.« Fanetti lachte. »So, und jetzt besorgen wir mal flott Degrassis kulinarische Schätze.«

»Oh Gott«, murmelte Zoli zu Maddalenas Überraschung, »das heißt, sie will wirklich für uns kochen? Die Chefin ist für ihre Kochkunst nicht eben berühmt. Aber was muss, das muss. Lass hören, was wir für sie holen sollen.«

»Erstpressöl, also Extra-vergine-Olivenöl«, begann Arturo, und Zoli unterbrach ihn leicht verächtlich.

»Hat das denn nicht jeder zu Hause? Also, meine Mutter und Maria haben mindestens vier Sorten davon.«

»Ginevra hat eines, das nicht mal extra vergine ist.« Fanetti lachte.

Wenn die beiden wüssten, dass Maddalena und Lippi mithörten und schmunzelten.

»Weiter.«

»Panna da Cucina al Salmone, geräucherten Lachs, von der besten Sorte, Salz, Pfeffer, Zupfsalat, Weinessig und Pappardelle.«

»Klingt annehmbar. Aber hat die Chefin auch die Mengen aufgeschrieben?«

»Piero, du kleine Spaßbremse. Ja, das hat sie, und so wie ich das sehe, sogar ziemlich korrekt. Ich meine, für ihre Verhältnisse. Ginevra hätte vermutlich ein Fertiggericht mitgebracht. Nichts dagegen einzuwenden. Und satt bin ich immer noch geworden.«

»Hat sie Getränke aufgeschrieben?«

»Stimmt, das hätte ich fast vergessen in meinem Dusel. Wir sollen zwei Flaschen Prosecco ›Roca del Sole‹ Gran Cuvée mitnehmen.«

»Den kenne ich gut. Ist ein ›Blanc de Blancs‹, ein ›Millesimato‹ extra trocken. Erstklassige Wahl, wenn er für uns gedacht ist.«

»Wieso hätte sie ihn sonst auf die Einkaufsliste setzen sollen?«

Als sie kurz darauf mit ihren Einkaufstüten bei der Chefin anläuteten, machte ein inzwischen sichtlich um einiges wacherer Fabrizio auf.

»Das Futter ist da.«

Er nahm ihnen anstandslos die grünen Tüten ab und brachte sie in die Küche.

59

Maddalena wusste, dass sie alle etwas in den Magen bekommen mussten, dennoch war sie von einer unbestimmten Unruhe erfasst, seit ihr die glorreiche Idee mit Faustos Foto gekommen war. Und das mitgehörte Geplauder der beiden hatte ihre Laune nicht wirklich gesteigert.

Wenn diese Sache hier beendet war, würde sie die erste Abendessenseinladung seit Langem annehmen, und zwar von einem Mann, der ihr gefiel.

Leonardo Morokutti zählte nicht dazu.

Kaum an ihn gedacht, rief er auch schon an.

»Hallo, *bella mia*, treffen wir uns mal wieder?«

War der Kollege aus Triest neuerdings unter die Gedankenleser gegangen?

Früher hätten Bibiana und sie herzlich darüber gelacht, jetzt war sie nur unendlich traurig, sobald ihr die Freundin einfiel.

Eigentlich war sie immer in ihrem Kopf.

»Im Moment, lieber Leonardo, bin ich mit einem prekären Fall bis über die Ohren hin beschäftigt. Ich melde bei dir, wenn ich wieder durchatmen kann. Dann treffen wir uns auf einen Drink, okay?«

Sie meinte es ernst, denn dem Kollegen gelang es fast immer, sie aufzuheitern.

So, nun musste sie zur Tat schreiten. Am besten, sie beschäftigte Fabrizio, der katatonisch auf ihrer Couch saß und Löcher in die Luft starrte.

»Komm zu mir«, bat sie ihn und packe mit Lippi die Köstlichkeiten aus, die Fanetti und Zoli herangeschafft hatten. »Es gibt sogar ein Schlückchen Prosecco, weil du brav warst«, erklärte sie nach einem Blick auf die Flaschen, die noch den gleichen Pegel aufwiesen wie vorhin, als sie Fabrizio verlassen hatten.

»Du, Fabrizio, schneidest den Lachs in saubere kleine Stücke. Piero, Sie geben die Panna da Cucina al Salmone in eine Pfanne und rühren sie bei leichter Flamme einige Male um, bis sie heiß ist. Dann schüttet Fabrizio den Lachs hinein, und ihr rührt langsam weiter, damit nichts anbrennt. Lippi, Sie setzen das Wasser auf, salzen es und kochen die Pasta, in etwa sieben Minuten sind die Pappardelle bissfest. Dann schütten Sie die Nudeln in dieses Sieb, behalten aber einen Löffel Kochwasser zurück und geben ihn zusammen mit der Pasta in die Pfanne, in der Fabrizio und Piero die Soße zubereitet haben, verstanden?«

»Ja«, sagten alle gleichzeitig, und Fanetti fragte in seiner spitzbübischen Art: »Und ich?«

»Im Kombinieren hatten Sie schon mal bessere Ergebnisse, lieber Arturo. Ihnen vertraue ich an, den Prosecco zu entkorken und in Gläser zu füllen.« Sie hielt kurz inne, um dann mit einem Augenzwinkern zu ergänzen: »Und ich warne Sie, lieber Fanetti, teilen Sie den Schaumwein gerecht unter uns auf. Mein Argusauge sieht alles. Mir entgeht nichts.«

»Es wird mir eine Freude sein.«

»Freuen Sie sich nicht zu früh, vorher wischen Sie den Tisch auf der Terrasse ab, holen ein hübsches wasserabweisendes Tischtuch und decken anständig für uns fünf auf.«

»Passen überhaupt genug Stühle auf die Terrasse?«, fragte Fanetti skeptisch.

»Nun, vier gibt es um den Tisch herum immer, und mit einem Stuhl müssen wir improvisieren. Wir holen ihn aus dem Wohnzimmer. Müssen halt etwas enger als sonst zusammenrücken.«

Maddalena fühlte sich ein wenig so, wie sie sich Franjo in seiner Küche oben im Karst immer vorgestellt hatte. Er behielt stets den Überblick und gab, den Kochlöffel in der Hand schwingend, seine Anweisungen.

Gerade als sich alle um den Tisch versammelten, um sich zuzuprosten, kam ein Anruf von einer unbekannten Nummer auf Maddalenas Diensthandy.

»Lippi, bringen Sie mal den Topf mit der Pasta in die Küche und schalten Sie das Backrohr, also den Ofen, auf eine niedrige Stufe. Der Anruf scheint dienstlich zu sein, und ich möchte nicht, dass unser wohlverdientes Essen kalt wird«, bat sie und hob ab.

»Hier spricht Inspettor Gaddi von der Telefonzentrale. Ein gewisser Dottor Colitti aus Monfalcone hat bei uns angerufen und darum gebeten, den ermittelnden Beamten zu informieren, dass der Tod sowohl von Cinzia Bocelli als auch Bibiana Taddi eindeutig auf das Versagen des behandelnden Gynäkologen zurückzuführen ist, wie die Ergebnisse seiner Untersuchungen zeigen.«

Maddalena stieg mit dem Handy die Stufen ihrer schmalen Treppe zur Riva Dandolo hinab. Das Krankenhaus in Monfalcone hatte von beiden Ehemännern die Einwilligung zur Feststellung der Todesursache erhalten. Sie wollte vermeiden, dass Fabrizio Zeuge ihres Gesprächs wurde.

»Daran besteht kein Zweifel?«

»Anscheinend nicht. Colitti sagte, beide Frauen hätten höchstwahrscheinlich gerettet werden können.«

»In Mailand haben sie den Arzt nicht drangekriegt, denn es konnte keine Kausalität zwischen den Todesfällen und eventuellen Behandlungsfehlern festgestellt werden. Es hieß, die Krankheit der Frauen wäre bereits so weit fortgeschritten gewesen, dass jeder Rettungsversuch zu spät gekommen wäre.«

»Hier liegt der Fall offenbar anders. Dottor Colitti steht Ihnen für Rückfragen zur Verfügung.«

»Danke für Ihren Anruf.«

Maddalena blieb noch einen Moment draußen stehen. Nun hatten sie es also schwarz auf weiß. Der Ermordete war selbst ein Mörder. Leider konnten sie den Leichnam nicht mehr zur Verantwortung ziehen. Das hieß, er hatte sein Leben zwar ebenfalls verloren, war aber einer Gefängnisstrafe entkommen. Was war besser?

»Ich weiß es nicht«, murmelte sie.

Maddalena hoffte inständig, dass die veruntreuten Proben der anderen Patientinnen von Gianluca Pirandelli nicht noch mehr Schrecken über die Insel bringen würden.

60

Piero Zoli war es, der sich zaghaft hervorwagte.

»Chefin, können wir jetzt essen, denn Arturo und ich treffen ziemlich bald den Busfahrer der Linie von Fossalon zur Isola della Schiusa. Und ich fühle mich noch ein wenig mitgenommen von dem Besäufnis letzte Nacht.«

Alle brachen in Gelächter aus, und Maddalena forderte ihre Jungs auf, ordentlich zuzulangen.

»Nur nicht zu viel vom Prosecco«, mahnte sie, »den leeren Zoli und ich.« Als sie Fabrizios beleidigtem Blick begegnete, fügte sie erbarmungslos hinzu: »Du, mein lieber Freund, solltest dich schlafen legen. Satt ruht es sich immer noch am besten. Dazu braucht man keine Medikamente. Nimm dir mein Bett, geh in mein Zimmer und schließ die Tür. Guido Lippi und ich haben einiges zu besprechen, während Zoli und Fanetti den Busfahrer befragen.«

Fabrizio gehorchte anstandslos, wagte keine Frage einzuwerfen, er wirkte vollständig gebrochen.

Als sie allein mit Lippi war, holte sie einen gut gekühlten Limoncello, goss zwei Gläser bis zum Rand voll, und dann erst traute Maddalena sich, die Frage zu stellen, die ihr so schwer auf dem Herzen lag.

»Was passiert denn nun mit der armen kleinen Simone? Ich zermartere mir den Kopf, aber ich kann dem Kind nicht die Sicherheit und Geborgenheit bieten, die es so dringend benötigt. In unserem Beruf ergibt sich doch jeden Tag etwas neues Unvorhergesehenes.«

»Chefin«, fing Lippi befangen an. »Ich weiß das und kenne auch Ihr großzügiges Herz. Es ist für Sie absolut nicht machbar, das Kind ohne Partner aufzuziehen. Simone wäre lange Zeit auf sich allein gestellt und ohne den Rückhalt eines verantwortungsbewussten Erwachsenen. Nicht anders verhielte es sich auf unbestimmte Zeit mit ihrem eigenen Vater. Simone hätte keinen geregelten Ablauf und kein geschütztes Zuhause.«

»Fabrizio kann sein Kind nicht mal anschauen, ohne in Simone seine geliebte Bibiana zu sehen. Das ist die wahre Katastrophe, meine ich.«

»Wir, Stella und ich, empfinden das ebenso. Die Jugendfürsorge würde für Simone einen Platz bei Pflegeeltern finden. Aber wäre sie dort glücklich?«

Maddalena dachte angestrengt nach. »Damals, als Toto Merluzzis Eltern starben, haben Olivia, seine Schwester, und seine Tante Antonella hart darum gekämpft, ihn bei sich behalten und großziehen zu können, trotz seiner seltenen Erkrankung, die ihn körperlich sowie geistig beeinträchtigt. Und zu guter Letzt ist es den beiden kämpferischen Frauen gelungen, Toto in einer für ihn sicheren und gewohnten Umgebung aufwachsen zu lassen.«

»Glauben Sie, Chefin, dass Simone bei uns leben könnte? Stella wünscht sich nichts sehnlicher, als endlich einem Kind die Fürsorge zu geben, die sie keinem eigenen Kind zukommen lassen kann.«

Maddalena war gerührt.

Es wäre tatsächlich eine perfekte Lösung, denn Simone könnte ihren Vater so oft treffen, wie sie oder, besser, er es wollte, und die restliche Zeit mit zwei Menschen verbringen, die für sie nur das Allerbeste im Sinn hatten.

»Guido«, sagte Maddalena und spürte selbst, wie ihre Stimme kippte, »ich werde alles Notwendige veranlassen, das in meiner Macht steht, um diese Lösung zu erreichen.«

Guido Lippi strahlte sie an. »Wissen Sie, Commissaria, wir haben Simone sehr lieb. Ich bin jetzt so gerührt, dass ich kaum weitersprechen kann. Stella sagte ja, auf Sie wäre Verlass.«

»Lippi, versprechen kann ich nichts.« Maddalena blickte ihn ernst an. Dann schmunzelte sie. »Aber über uns allen sitzt ein gewaltiger, mächtiger und einflussreicher Drache, der sich Comandante Achille Scaramuzza nennt, noch dazu ist dieses Untier mit meiner etwas manipulativen Mutter verheiratet, also steht unsrem Plan kaum etwas im Weg.«

Beide lachten und kippten den süßen Limoncello hinunter.

»Danke, Chefin, ich werde Ihre Worte niemals vergessen, und meine Stella wird, sobald ich ihr davon berichte, in Tränen ausbrechen.«

Ihre sentimentale Stimmung dauerte nicht lange an, denn plötzlich klingelte Lippis Diensttelefon.

61

Piero Zoli war dran.

»Guido, ich möchte es unserer Chefin nicht persönlich mitteilen. Es geht um eine äußerst peinliche Angelegenheit. Arturo meinte daher, ich solle mich zuerst an dich wenden.«

»Spuck es schon aus, ich bin ganz Ohr.«

»Also, wir haben den Busfahrer befragt. Er hat nur einen kurzen Blick auf die Fotos von Fausto Mantovanni geworfen und uns mitgeteilt, dass er ihn gegen zehn Uhr dreißig vom Stadion nach Fossalon und bei der nächsten Fuhre wieder zurück zur Haltestelle an der Isola della Schiusa gefahren hat. Ich gebe dir mal Arturo.«

Feiger Hund, dachte Lippi, aber ihm blieb nichts anderes übrig, als mit Fanetti weiterzureden. Er stieg dabei, wie zuvor seine Chefin, die Stufen der schmalen Treppe zur Riva Dandolo hinab.

»Das bedeutet doch hoffentlich nicht, was ich jetzt schwerstens vermute?«

Arturo Fanetti murmelte etwas, das Lippi absolut nicht verstand.

»Gib mir bitte wieder Piero. Ich werde aus dir nicht schlau.«

Fanetti übergab Zoli das Handy und sagte barsch: »Rede du mit ihm.«

»Guido, als ich heute Mittag so verkatert war, schickte die Chefin mich zur Zeugenbefragung hinaus an die frische Luft, damit ich wieder einen klaren Kopf bekomme. Mir begegnete eine scheinbar demente Alte an der Bushaltestelle, die sich nicht weit entfernt von Gianna Mantovannis Haus befindet. Als ich die Frau fragte, ob sie am Vormittag in der Nähe des Hauses etwas oder jemanden bemerkt hätte, brabbelte sie etwas von einem ›Gurkenkönig‹, der aus dem Bus ausgestiegen sei, als sie einsteigen wollte. Wir fragten Gianna Mantovanni, ob ihr das Gerede einer Nachbarin vom ›Gurkenkönig‹ etwas sagen würde. Zuerst lachte sie herzlich und erklärte uns, es handele sich nicht um einen König, sondern um sie, die ›Gurkenkönigin‹. In ihrem ersten Jahr in Fossalon sei sie von einer Nachbarin so bezeichnet worden, weil sie so viel Gemüse eingekocht hätte. Dann schlug ihre Stimmung auf einmal um.«

Zoli reichte Fanetti das Diensttelefon, unfähig weiterzusprechen.

»Guido, es sieht ganz so aus, als hätte der Bruder den Schwager gekillt.«

»Doch nicht Fausto?«

»Genau der«, sagten beide Kollegen gleichzeitig.

»Der Verdächtige hat alles sofort gestanden«, ergänzte Zoli, »und vor seinem Vater und seiner Schwester den Racheakt zugegeben.«

»Was ist mit der Reisetasche und dem restlichen Geld aus dem Safe?«

»Da gab es keines, hat er behauptet, und er wirkte dabei sogar durchaus glaubwürdig«, erwiderte Fanetti. »Wir durften sein Zimmer und das Gepäck durchsuchen. Keine Tasche, auch keine weiteren Münzen, Wertpapiere oder Geld.«

»Jetzt ist es sicher anderswo untergebracht«, sagte Lippi und überlegte, wie er das der Chefin beibringen sollte.

Kein gemütliches Abendessen für die Degrassi, wieder mal …

Epilog

Rita Beltrame hatte vorzügliche Arbeit geleistet. Alle in der Patientinnenkartei befindlichen Frauen konnten innerhalb kürzester Zeit verständigt werden.

Drei waren inzwischen verstorben, da würde man die Todesursache noch erheben müssen, acht Frauen erhielten einen unklaren Befund, bei zwei davon wurde mittels weiterer Untersuchungen der Verdacht auf ein Karzinom im Anfangsstadium bestätigt, die anderen blieben von dieser schwerwiegenden Diagnose verschont.

Gianna hatte schweren Herzens ihr Haus in Fossalon verkauft. Zu viele Erinnerungen, gute und schlechte, geisterten durch die unterschiedlichen Räume.

Vittorio und Simone waren, was keiner je vermutet hätte, nach einer kurzen Zeit beidseitigen Widerstands ein Herz und eine Seele geworden.

Maddalena gelang es mit Hilfe ihres Vorgesetzten und Stiefvaters Achille Scaramuzza, ein geteiltes Sorgerecht für Fabrizio und Stella und Guido Lippi zu erwirken. Die »drei Elternteile« verstanden sich hervorragend, doch nur Stella fiel es auf, dass Simone Nacht für Nacht bitterlich nach ihrer Mutter weinte. Immer dann, wenn Maddalenas Zeit es ihr gestattete, widmete sie sich hingebungsvoll der Tochter ihrer allerbesten Freundin.

Alle aus dem Team hielten Wort und unternahmen Unterschiedliches mit dem Kind. In einem Punkt allerdings behielt Maddalena recht: Der gut gemeinte Vorschlag von Arturo Fanetti, Simone die Kaffeerösterei seines Vaters zu zeigen, stieß bei dieser auf vehementen Widerstand. Viel lieber schloss sie sich Ginevra an und kaufte mit ihr bunt geringelte Söckchen.

Zu Stella entwickelte Simone eine innige Beziehung und fühlte sich bei ihr und Guido sogar ein wenig wohler als an den Wochenenden bei ihrem leiblichen Vater.

Gianna besuchte ihren Bruder regelmäßig im Gefängnis. Einmal teilte er ihr einen Zahlencode mit, den sie auf die Innenfläche ihrer Handfläche kritzeln musste. Danach ging sie zu dem von ihm beschriebenen Schließfach im Bahnhof von Monfalcone und fand darin das nötige Kleingeld, um sich unabhängig von ihren Eltern eine Wohnung in der Innenstadt von Grado zu kaufen, unweit von Stellas Unterkunft, wohl auch wegen der wachsenden Freundschaft zwischen Vitti und Simone.

Maddalenas Mutter Sibilla brach ihre Afrikareise vorzeitig ab, um ihre Tochter nach dem Tod der besten Freundin zu trösten und sie fest in die Arme schließen zu können.

Vieles hatte sich zum Besseren gewandt, doch Maddalena fühlte sich einsam, genauso einsam wie nach Franjos Tod.

Rezept

»Lachspappardelle«
für vier bis fünf Personen, von Maddalena für ihr Team und Fabrizio zubereitet[*]

Zutaten:
2 EL Olivenöl extra vergine
200 g Panna da Cucinare al Salmone (Lachs-Kochsahne, zum Beispiel von Parmalat)
100 g Salmone affumicato (kalt geräucherter Lachs)
Salz, Pfeffer nach Geschmack
500 g Pappardelle, Kochzeit etwa 7 Minuten

Zupfsalat extra zubereiten und mit Essig und Olivenöl, Salz und gegebenenfalls Pfeffer abschmecken.

Zubereitung:
In einer Pfanne das Olivenöl auf kleiner Flamme erhitzen und die Panna da Cucinare zugeben. Den in winzige Streifen geschnittenen Lachs hinzufügen und oftmals umrühren.
Die Pappardelle in Salzwasser kochen, bis sie bissfest sind, und das Nudelwasser durch ein Sieb abgießen.
Danach die Pasta in die Pfanne mit der Soße geben und vermischen.
Dazu schmeckt ein Roca del Sole Gran Cuvée Blanc de Blanc Spumante Millesimato Extra Dry.

---

[*] Das ist diesmal kein Rezept eines preisgekrönten Haubenkochs, sondern eines, mit dem mein Mann Günter Janesch mich bekocht, während ich schreibe. Danke!

Dankesworte

Als ich den Roman zu schreiben begann, war mein verehrter Verleger und lieber Freund Hejo Emons noch am Leben.

Ich verdanke ihm viel, und wenn ich an ihn denke, und das ist oft, bin ich sehr traurig.

Herzlichen Dank an ALLE im Verlag, die den Krimi zu dem gemacht haben, der er jetzt ist.

Richard Dabernig gilt mein Dank für die wertvollen Informationen, die er mir zu diesem Fall geliefert hat.

Während der Recherche, des kreativen Prozesses und des Verfassens des Krimis war mein Mann, Günter Janesch, stets kritisch, humorvoll und liebenswert an meiner Seite. Dafür ein Küsschen.

Die Bücher von Erfolgsautorin Andrea Nagele im Überblick

Alle Titel sind auch als eBook erhältlich.

Thriller

Du darfst nicht sterben
ISBN 978-3-7408-0667-5

Sag mir, wen du hörst. Sag mir, wen du siehst. Sag mir, wer du bist.
ISBN 978-3-7408-1270-6

Und nebenan der Tod
ISBN 978-3-7408-1911-8

Grado-Reihe

Grado im Regen
ISBN 978-3-95451-785-5

Grado sotto la pioggia
Italienische Ausgabe
ISBN 978-3-7408-0376-6

Grado im Dunkeln
ISBN 978-3-7408-0068-0

Grado nell'ombra
Italienische Ausgabe
ISBN 978-3-7408-0592-0

www.emons-verlag.de

Grado im Nebel
ISBN 978-3-7408-0298-1

Grado nella nebbia
Italienische Ausgabe
ISBN 978-3-7408-0891-4

Grado im Sturm
ISBN 978-3-7408-0523-4

Grado nella tempesta
Italienische Ausgabe
ISBN 978-3-7408-1525-7

Grado im Mondschein
ISBN 978-3-7408-0803-7

Grado al chiaro di luna
Italienische Ausgabe
ISBN 978-3-7408-1849-4

Grado in Flammen
ISBN 978-3-7408-1137-2

Grado in fiamme
Italienische Ausgabe
ISBN 978-3-7408-2160-9

Grado im Licht
ISBN 978-3-7408-1271-3

Grado und die Tote in der Lagune
ISBN 978-3-7408-1657-5

www.emons-verlag.de

Weitere Kriminalromane

Tod am Wörthersee
ISBN 978-3-95451-288-1

Tod auf dem Kreuzbergl
ISBN 978-3-95451-485-4

Tod in den Karawanken
ISBN 978-3-95451-961-3

Kärntner Wiegenlied
ISBN 978-3-7408-0198-4

Bittersüße Weihnachtszeit
ISBN 978-3-7408-1272-0

111 Orte

**111 Orte in Klagenfurt und am Wörthersee,
die man gesehen haben muss**
ISBN 978-3-7408-1093-1

www.emons-verlag.de